소설을 꿈꾸다

소설을 꿈꾸다

소설 작법과 텍스트 읽기

조동선 편저

아마존의나비

머리말

소설가 지망생들에게 가장 큰 고민은 '무엇을, 어떻게 쓸 것인가'이다.

이 책은 초심자를 위한 소설 창작 입문서로 필자가 20여 년 간 문화센터 여러 곳에서 일반인들을 대상으로 했던 소설 창작 강의 노트를 정리한 것이다. 이미 발간된 훌륭한 소설 작법론이 여러 권 있기는 하지만 원론적인 설명에 치우친 경향이 없지 않아 개별화와 구체화를 지향해야 하는 초심자들의 소설 창작 입문서로는 거리감을 갖게 하는 것 또한 사실이다.

소설 창작에는 오랫동안 이어져온 관습화되고 관례화된 일정한 작법이 있다. 그런 면에서 이 책은 설계도 만들기와 소설의 주요 모티프에 대한 구체적인 설명과 함께 그것에 부합하는 텍스트를 소개하고, 선배 작가들이 그 모티프를 어떻게 형상화했는지 살필 수 있게 하여 소설 창작의 기초를 터득하는 데 도움이 되도록 하였다.

우리는 크든 작든 누군가가 써 놓은 글을 모방할 수밖에 없다. 글은 쓴다는 것은 앞서 간 사람들이 써놓은 글들을 바탕으로 한다는 것을 의미한다. 그러기 위해서는 1960년대 이후에 발표된 한국의 우수한 중·단편 소설들, 특히 이 책에 거론한 텍스트들을 모조리 읽기를 바란다. 한 노벨문학상 수상작가가 '글쓰기란 천재가 아닌 보통사람의 오랜 노동의 산물'이라고 강조한 바 있다. 소설 쓰기에 조바심은 금물이다. 많은 작품을 읽고 많이 쓰는 수밖에 없다.

차례

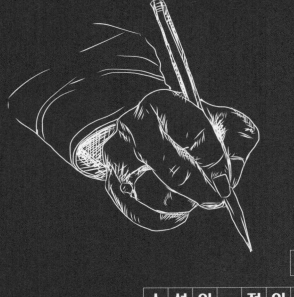

1

소설의 정의와
존재 이유

소설은 '인간'이라는 텍스트에 대한 끊임없는 탐색을 기조로 한다. 소설은 인간과 시대의 심연을 탐색하는 것이지 미문을 짓는 것이 아니다. 아르헨티나 작가 흐르헤 루이스 보르헤스(Jorge Luis Borges, 1899~1986)는 '완벽한 글'과 '불멸의 글'에 대해 말한 바 있다. 훌륭한 소설이란 문체가 뛰어나다고 생각되는 작품이다. 예컨대 돈키호테는 몇 줄만 읽어보면 뛰어난 심리 통찰을 알 수 있다. '완벽한 글'은 단어 하나만 고쳐도 그 전체가 무너지는 글이어서 다른 언어로 번역하면 뉘앙스가 사라지는 데 반해 불멸의 운명을 타고난 글은 오탈자, 오역, 오독, 몰이해의 불길을 통과하여 갖은 시련에도 영혼을 방기하지 않는다.

독자를 감전시키는 글은 문체가 아니라 혼이다, 라고 했다. 예컨대 프란츠 카프카(Franz Kafka, 1888~1924)의 문장은 건조하고 투박하다. 이에 반해 헤르만 헤세(Hermann Hesse, 1877~1962)의 문체는 아름답기 그지없다. 그럼에도 오늘날 카프카를 보다 현재성을 띠고 있는 작가로 평가하는 이유는 그가 인간과 시대를 날카롭게 꿰뚫어보는 눈을 지녔기 때문이다. 카프카의 그레고르 잠자가 '벌레'로 변신할 때 헤세의 싱클레어는 '성숙한 인간'으로 성장한다. 『변신』과 『데미안』의 문학적 위상을 가늠하는 것은 미문이 아니라 성찰의 깊이다. 카프카는 현대인의 실존을 '벌레'라는 이미지로 포착했고, 헤세는 여전히 19세기 낭만적이고 이상적인 휴머니즘 인간상에 머물러 있다. 카프카의 말처럼 문학은 "우리 내면의 얼어붙은 바다를 깨부수는 한 자루 도끼"와 같은 것이지 잘 가꾸어진 아름다운 언어의 정원이 아니다.

헤겔은 "미네르바의 부엉이는 황혼이 깃들면 날개를 펼친다"는 말로 철학적 의미를 설파했다. 반면 문학은 '새로운 시대를 알리는 나이팅게일의 새'에 비유되곤 한다. 철학이 지나간 시대를 해석한다면 문학은 새로운 시대를 선취한다. 카프카는 자본주의 시장 경제 체제가 현대인을 극단적인 소외 상태로 전락시킬 것임을 이미 20세기 초에 예견한 나이팅게일이었다. 그의 문학적 모더니즘은 반세기가 지나 철학적 포스트모더니즘으로 계승되었다. 즉, 문학이 예견하면 철학이 확증한다.

좋은 소설은 시대의 흐름을 예리하게 읽어내는 예지적 정신이지 아름다운 문장을 지어내는 수공적 기예가 아니다. 오늘날 비루한 세상에서 아름다운 언어는 언제나 도피적 탐색의 언어라는 혐의에서 자유로울 수 없다. 소설이 현실의 심연을 도발의 언어로 천착하지 못하고, 단지 그 표면을 아름다운 언어로 치장할 때 소설은 성형 문학

01

소설의 정의

소설은 사람과 사람, 그리고 사회와의 관계에서 이루어지는 삶에 대한 이야기를 만들어내 거기에 주제를 담아 '구성'이라는 스펙트럼에 걸러서 자신만의 문체로 내보이는 문학 장르이다.

소설은 현실을 형상화한다. 그러나 현실을 있는 그대로 형상화하는 것이 아니라 작가의 주관과 상상력에 의해 재구성(재현)하는 세계이다. 소설은 추상적인 본질을 형상하는 것이 아니라 구체적인 현실을 형상화한다. 작가의 눈은 하늘을 나는 **새의 눈(조감)**이 아니라 땅을 기어 다니는 **벌레의 눈**이어야 한다. 소설은 보편화가 아니라 **구체화, 개별화** 과정 속에서 보편적인 가치를 끌어내기 위한 것이다. 나아가 기존의 보편성에 흠집을 내고 그 한계를 깨뜨림으로써 더 넓고 깊은 보편성으로 나아가고자 하는 **모험과 도전**의 세계이기도 하다.

소설의 존재 이유

개인으로서의 인간은 어떤 시대, 어떤 체제에서나 상처를 입고 고통을 받는다. 그런데 그 치유는 개인적으로 감당해야만 하는 게 현실이다. 소설은 그 상처와 고통의 실체를 밝혀내고 그 치유의 가능성을 모색하는 것이다.

소설은 언제나 현재적이다. 소설은 무엇보다도 지금 이곳, 즉 당대의 고통을 살피는 작업으로 우리가 회피하려고 하는 고통을 참으로 고통스럽게 드러내 그것을 배태시킨 사회의 부조리를 고발하고 **추문화**하는 것이다. 이렇듯 시대의 고통과 공감하는 힘이야말로 소설의 존립 근거라 할 수 있다.

소설의 주요 명제

시대 반영으로서의 소설

소설이 한 시대 사람들의 삶과 정신에 대한 반영이라고 할 때 그것은 그 시대의 모습을 있는 그대로 묘사한다는 것이 아니라 작가의 관점에서 선택적으로 드러내 보이는 것을 말한다. 따라서 '선택적'이란 작가가 현실 속에서 무엇이 본질적이고 의미 있는가를 가려내고, 그것을 개별적이고 구체적인 삶의 형태로 형상화함을 뜻한다.

　소설은 **구체화**이다. 문자가 없던 아득한 선사시대의 동굴 벽화에서도 구체화에 온 힘을 기울였음을 우리는 알 수 있다. 그것은 바꿔 말하면 추상과의 싸움이라고 할 수 있다. 중세 같이 추상이 주도했던 때도 있었지만 그때는 예외 없이 종교, 혹은 종교와 맞먹는 힘이 지배한 시대였다. 혀로 맛본 후, 다시 말해 체험한 것이 아니면 추상적인 표현을 쓰지 말아야 한다. 추상적인 표현은 그 대상의 본질과 괴리될 수 있기 때문이다. 표현과 표현 대상이 일치하도록 해야 한다.

시대와의 길항 관계로서의 소설

소설은 시대와의 길항 관계이다. 소설은 현실에의 영합이 아닌 비판, 부정, 즉 한 시대가 지닌 상식에 대한 투쟁이기를 원한다. 말하자면 인생과 세계에 대한 상투적인 생각들을 전복시키고 새로운 패러다임을 창조하려고 노력하는 것이다.

억압에 대한 저항으로서의 소설

소설은 실생활에 있어 유용한 것이 아니므로 인간을 억압하지 않는다. 따라서 소설은 인간에게 부정적으로 억압하는 모든 것을 끄집어내 보여줄 수 있다. 세상에 억압받는 사람들이 숱하게 존재한다는 추문을 퍼트림으로써 이 비정한 세계의 가혹한 현실을 폭로하고 선의의 양심을 부끄럽게 만든다. 소설은 그 쓸모없음이 마련해준 자유를 통해 실용주의에 매인 욕망에 수치심을 느끼게 하여 그 실용성의 억압으로부터 해방시켜 준다.

인간은 소설을 통하여 억압하는 주체와 억압당하는 객체를 파악하고 그 부정의 힘을 깨닫게 된다. 그러한 깨달음은 억압하는 세계를 개조하지 않으면 안 된다는 당위성을 우리에게 극명하게 보여준다.

우리의 현대 소설은 억압에 대한 저항과 투쟁이었다고 해도 과언이 아니다. 소설을 통한 저항의 목소리는 암울한 시대 뭇사람들의 삶의 지표였고 빛이었다. 따라서 소설은 시대의 모순을 증언하고 인간정신의 고귀함과 보다 나은 세상에 대한 희망을 일깨우는 역할을 해야 한다.

소설은 즐거운 여행이 될 수 없다. 소설은 사회와의 길항 관계에서 그 사회의 모순과 치열하게 대결하는 것이지, 사회가 주는 쾌락에 몸을 파는 것이 아니기 때문이다. 소설은 자신이 속한 사회의 총체적 모순이 만들어낸 **문제적 인물**을 주인공으로 내세워, 그로 하여금 작품 속에서 길을 떠나게 하고 그 과정에서 사회라는 거대한 적과 대결하게 만든다. 따라서 주인공의 여정은 갈등과 투쟁의 연속일 수밖에 없다. 주인공은 결국 거대한 적에게 패배하지만 그 패배를 통해 새로운 세계에 대한 전망을 현현시킨다.

소설은 고독하면서도 비극적인, 그러면서도 새로운 세계를 강하게 지향하는 **투쟁의 여정**이어야 한다.

 텍스트 소설

『전기수 이야기』 이승우
『개기일식』 박형서

2

소설 습작에
임하는 자세

소설 쓰기는 성공을 찬미하는 세계에 맞서 패배의 의미를 사유하는 작업이다. 글쓰기는 외로움과 고단함을 지닌 작업으로 작법과 사고력 그리고 인내력을 동시에 요구한다.

글쓰기는 예술이라기보다 노동에 가깝다. 글쓰기가 마치 행위 예술이라도 되는 것처럼 대접받고 싶어 하는 자들을 위한 곳이 카페이다. 그곳에 다녀와서 얻는 것은 사실상 아무것도 하지 않으면서도 무엇인가를 한 듯 기분을 느끼게 하는 붕 뜬 상태를 맛볼 뿐이다.

때로는 글쓰기의 화려한 영감, 즉 뮤즈가 찾아오기를 기다리기도 하지만, 뮤즈는 아무런 글도 쓰지 않고 넋을 놓고 있을 때가 아니라 글쓰기 작업의 클라이막스에 소리 없이 찾아온다.

01

습작에 임하는 자세

첫째, 사물을 보는 시각이 올바르면서도 독특해야 한다.

둘째, 세계관, 인생관, 시대정신 등을 보편성에 근거해 정립해야 한다.

셋째, 깊은 심성을 지니도록 노력해야 한다. 알프레드 머셜 Alfred Marshall(1842~1924)이 『후생경제학』에서 경제학도들을 위해 설파했던 '따뜻한 가슴과 냉철한 두뇌'라는 말은 소설가 지망생들도 되새겨 들어야 할 말이기도 하다. "리얼리스트가 되자. 그러나 가슴 속에는 이룰 수 없는 꿈을 지니자"라고 말했던 체 게바라의 말과도 일맥상통한다.

넷째, 슬픔과 좌절을 아름답게 묘사할 수 있는 미적 감각을 갈고 닦아야 한다.

다섯째, 체험과 추체험 쌓기를 게을리 하지 말아야 한다. 여행 등을 통한 직접 체험을 쌓는 한편 독서와 자료 조사 등을 통한 추체험 쌓기에도 힘을 기울여야 한다.

여섯째, 상상력의 극대화를 위한 지루하고 고독한 사유의 시간을 많이 갖도록 한다. 상상력이란 사실의 세계에 매이지 않고 사물이 지닌 속성을 마음대로 변형시켜 사실보다 더 다양하고 의미 있게 만들어내는 정신 능력을 말한다. 자유로운 상상력이야말로 현실의 한계를 넓혀 주기 때문에 더욱 그렇다. 현대인은 매스미디어 등 외부 세계로부터 자유롭지 못하다. 그래서 자신을 유폐 공간으로 밀어 넣기가 쉽지만은 않다.

일곱째, 감각과 직관이 무디어지지 않도록 끊임없이 **올바른 현실 인식**을 단련시켜야 한다. 그 어떠한 이상도 현실에 바탕을 두고 있다. 바꿔 말하면 현실 인식이야말로 올바른 전망을 세우는 바탕이 되기 때문이다. 따라서 항시 예리하고 민감한 감성과 삶에 대한 깊이 있는 **통찰**을 지녀야 한다. 그러지 않고서는 사람과 사건과 사물의 정확한 모습이나 그것들이 얽혀 자아내는 갖가지 의미의 핵심을 포착해낼 수가 없다.

마지막으로 우리의 현대 소설이 도달한 지점과 과제로 남겨놓은 것이 무엇인가를 파악하기 위해 1960년대 이후에 발표된 우수한 중·단편 소설들을 섭렵해야 한다. 그래야만 자신의 소설적 과제를 설정하는 데 도움이 되기 때문이다.

 텍스트 소설

『영혼에 생선가시가 박혀』 구효서
『천년 여왕』 김경욱

02

체험의 소설화 – 원체험과 추체험

작가는 개인적 경험이 어떤 변용을 거쳐야만 한 시대의 표본 내지는 대표성을 띤 이야기로서의 의미를 지닐 수 있는지에 대한 고뇌로부터 출발한다. 작가가 되고자 하는 동기로써 '한' 맺힌 체험을 풀어내려는 의도에서 시작되는 경우가 가장 많다. 이렇듯 체험은 동기부여에 결정적인 작용을 한다. 따라서 소설은 한이 맺힌 체험, 감동적이고 비극적인 체험, 울분과 분노를 느낀 체험을 조직적으로 배열하고 기록한 하나의 구조물이다.

소설이 작가 개인의 주관과 연관되어 있다는 관점에서 볼 때 소설에 있어서의 체험은 매우 중요하다. 소설은 당대 현실의 객관적인 재현, 즉 '모방'이다. 단, 모방은 대상의 객관화를 전제로 해야 한다. 대상의 객관화란 보편성의 확보(우리들의 이야기)를 뜻한다. 그러한 객관화를 이루는 과정에서 주도적 역할을 담당하는 것이 곧 '이성'이다. 그러나 체험은 주관적인 것이다. 주관적인 것은 바로 독창성의 확보를 뜻한다. 그러한 주관을 지배하는 것이 '감성'이다. 따라서 이성과 감성을 일치시키기 위해서는, 다시 말해 감성이 지배하고 있는 체험이 소설이 되려면 반드시 **동기화** 과정을 거쳐야 한다. 동기화야말로 주제를 설정하는 계기, 즉 객관성 확보의 기틀이 된다.

그런데 지나치게 체험에만 의존하면 사사로운 이야기에 빠지기 쉽다. 체험에는 한계가 있게 마련이다. 따라서 작가가 놀랍게 느꼈던 사건이나 일화의 장면으로부터 시작해서 상상의 날개를 펴 그 장면을 동기화하거나 결말을 드러낼 수 있게 하는 인물이나 사건 또는 사회의 복잡한 그물망을 조직해내는 데까지 나아가야만 한다.

이렇듯 작가에게 있어 체험이란 그 대부분이 자료 수집이나 상상을 통한 **간접 체험(추체험)**이 되지만 문제는 얼마만큼의 노력이라는 에너지가 투여된 것이냐 하는 것이다. 직접 체험이든, 독서든, 여행이든, 상상이든 간에 작가는 자기가 쓰고자 하는 소설에 대하여 남다른 노력을 기울여야 한다. 김원일의 『바람과 강』, 박경리의 『토지』에 나오는 배경 묘사는 상상에 의해 이루어졌다고 했지만 후일 현지를 찾았을 때 거의 비슷했다는 작가의 고백이 있었다. 이와 같이 넓은 의미의 체험의 풍부함이 예사롭지 않은 소설적 의미를 낳고, 독자를 끌어들여 긴장시키며 소설적 실감을 만들어내는 조건이 된다. 빈약한 체험의 양을 가지고 재치를 부려 만든 작품에 독자는 끌려가지 않는다. 독자를 끌어들이기 위해서는 이야기 자체의 흥미와 극적 구성에 대한 배려와 소재에 대한 남다른 체험의 풍부함이 있어야 한다. 물론 체험이란 상상의 체험까지도 포함한 넓은 의미의 체험임은 두말할 필요가 없다. 가령 관념 소설을 쓰고자 한다면 그 관념의 세계에 대한 오랜 사색의 체험이 필요하다. 결론적으로 가장 중요한 것은 '한' 또는 고통에 찬 자신의 '체험'을 당대 파악과 역사 이해의 한 모멘트로 전환시켜야 한다. 즉 개인과 사회의 관계를 역동적이고 또한 적극적으로 연결 짓도록 해야 한다.

 텍스트 소설

『문래』 조해진
『상속』 김성중

낯설게 하기

낯설게 하기란 작중 인물이 벌이는 행태를 일반화된 시각, 즉 관습화되고 상투화된 시각과 통념에서 벗어나 작가만의 독특한 시각에 의해 본질을 꿰뚫어 볼 수 있게 묘사한 것이다.

'낯설게 하기'란 수수께끼 원리와 일치한다. 말하자면 수수께끼에서 '낯설게 하기'의 원리를 찾아볼 수 있다. 예를 들어, 젊어서는 푸른 주머니에 은전이 들어 있다가 늙어서는 붉은 주머니에 금전이 들어 있는 것이 무엇인가? 이 수수께끼는 고추의 식물적 변화가 극적으로 제시되어 선명하게 드러내 보여준다.

서양의 유명한 스핑크스의 수수께끼가 처음 등장했을 때 많은 사람들은 그 해답을 풀지 못하여 목숨을 잃었으나, 오이디푸스는 이 수수께끼를 풀 수 있었기 때문에 생명을 부지하고 영웅으로 추앙을 받았다.

수수께끼는 답을 알고 있는 사람에겐 낯선 요소가 없어 보이고 아주 쉬운 것으로 보인다. 무릇 수수께끼는 모든 비근하고 익숙한 것들을 낯설게 만들면서 그 특징을 선명하게 부각시키는 공통점을 지닌다.

이렇듯 낯설게 하기란 일반적인 시각이 아닌 독특한 시각을 말하며, 그것으로 본질을 꿰뚫어 볼 수 있는 것을 말한다. 규격화되고 상투화된 시각과 통념에서 벗어나 안데르센의 벌거숭이 임금님을 알아본 어린이의 눈도 이에 해당한다. 다시 말해 관습적 인식을 벗어나 사물을 낯설게 봄으로써 그 본래의 모습을 되찾고자 하는 것으로 기존의 발상이나 언어 표현 기법을 뛰어넘어 참신한 충격을 주는 것을 목적으로 한다.

문학에서의 '낯설게 하기'는 러시아 형식주의자로 일컬어지는 빅토르 쉬클로프스키Viktor Borisovich Shklovski(1893~1984)가 1917년 발표한 「장치로서의 예술」이라는 논문에서 처음 사용했다. 그는 문학이 현실의 반영이 아니고 또 반영일 수도 없다는 주장 아래 미메시스 이론에 도전했다. 현실을 반영키는커녕 현실 세계를 새로운 주목의 대상으로 만들기 위하여 현실 세계에 대한 우리의 습관적인 인식을 혼란시키는 경향을 문학은 지녀야 한다고 주장했다. 말하자면 낯설게 하기의 경향을 지녀야 한다는 것이다.

그는 이러한 낯설게 하기를 문학의 요체로 주장하고 언어학을 문학에 운용해 문학의 현실적 요소인 소리, 이미지, 리듬, 서술 기법 등과 같은 장치들이 모두 낯설게 하기의 효과를 지니고 있다고 했다. 즉, 일상 언어를 다양한 방식으로 변형시키고 뒤틀어 놓음으로써 낯설게 하기를 이룰 수 있다고 했다.

일상 언어의 규격화된 **상투성**에 **빠져** 있는 사람들은 현실 인식이나 현실 시각이 습관화되고 자동화되어 버린다. 그런데 문학은 습관적인 지각이나 인식이 당연시하고 지나쳐버린 낯익은 것을 낯설게 함으로서 사물들을 더욱 인식 가능하도록 한다. 또 그 과정에서 언어를 극적으로 인식하게 함으로써 습관적인 우리의 지각이나 반응을 새롭게 해준다. 따라서 문학은 우리 삶의 지각을 회복시켜주고 우리가 사물에 대한 생생한 감각을 갖도록 존재하는 것이다.

사회 현상을 두고 낯설게 하기가 이루어질 때 그것은 충격적인 효과를 거둔다. 예컨대 철거민 출신 성남 시민의 폭동을 다룬 윤흥길의 『아홉 켤레의 구두로 남은 사나이』, 폭력에 방관하는 소시민의 행태를 다룬 양귀자의 『원미동 시인』, 철거민의 비애를 다룬 조세희의 『난장이가 쏘아올린 작은 공』은 낯설게 하기에 성공한 작품이라 할 수 있겠다.

'낯설게 하기'의 사회 비판성에 착안하여 그것을 일찍이 연극 시학 속에 실천한 사람이 베르톨트 브레히트Bertolt Brecht(1898~1956)이다. 그는 20세기 예술 미학의 핵심인 **표현주의**와 리얼리즘에 대해 날카로운 견해를 표명한 평론가이다. 그는 아리스토텔레스 흐름의 고전적 연극 시학에 반대하여 서**사 연극의 이론**을 폈다. 즉 그가 반대하는 것은 '감정 이입'이다.

비아리스토텔레스적이라고 하는 것은 그가 전통적으로 연극 미학에서 중시되어 온 관점, 즉 연극은 관객이 극중 인물이나 사건과의 동일시에 의해 내부 감정의 **정화 작용(카타르시**

스)을 일으키게 된다는 아리스토텔레스의 연극관과 대조되는 연극관을 표명했기 때문이다.

브레히트는 연극은 감정보다는 지성, 감정의 상승보다는 사물에 대한 판단을 얻는 것이 더 중요하다고 보고 현대 문명(특히 그의 경우 자본주의적 경제 체제와 대중문화)은 과거와 다른 예술 형식을 가질 수밖에 없다고 보았다. 따라서 연극은 생각 없이 즐기기보다는 어떤 시각을 갖고 즐기는 것으로 현대적 삶의 관조적, 반성적, 때론 비판적인 반영 형태가 되는 것이라고 했다. 그런 목적을 위해 소외효과(소격), 즉 낯설게하기라는 형식주의적 이론을 차용해 와 시험하게 되었다.

소격효과란 관객에 대한 최면적 효과가 일어나지 않도록 하는 것을 뜻한다. 극 속 해설가의 등장, 작은 장면 변화와 슬라이드와 피켓을 이용한 장면 설명, 노래의 삽입, 전형적 인물의 창조와 때론 표현주의적 과장과 같은 것으로서, 그는 연극이 관객에게 보여주는 것과 관객이 보는 것 사이의 간격을 효과적으로 차단하거나 의도적으로 이용하려고 했다.

그는 연극 관객은 그들 자신의 세계로부터 예술 세계로 유괴되거나 납치되어서는 안 되고 멀쩡한 정신을 가지고 현실 세계로 복귀되어야 한다고 주장했다. 즉 관객이 극장에 와 있다는 것을 의식해야 한다는 것이다. 특정 공간의 분위기를 무대 위에 창출해서도 안 되고 관객이 연극 구경이 아니라 실제로 일어나는 일을 구경하고 있다는 환상을 주어서도 안 된다. 환상의 극장을 버리고 관습의 극장으로 남아 있어야 한다는 것이다(브레히트 『서사이론』 김기석 역).

이러한 소격효과의 연극에서는 암시나 함축이나 모호함이 숭상되지 않는다. 사실이 존중되어야 하며 감정이 넘쳐서도 안 된다. 그리고 궁극적으로 재미있게 가르쳐야 하고 또 가르치면서 재미를 주어야 한다. 그래서 관객으로 하여금 **거짓 의식의 신비화를 무너뜨리고** 실천에 필요한 의식을 준비하도록 유도해야 한다. 연극은 자기 교육과 사회 교육의 중요한 매체가 되며 의식화의 교과 과정이 된다.

브레히트 연극 시학이 사람은 배우는 데서 즐거움을 얻게 마련이라는 인간 이해에 바탕을 두고 있지만 소격효과의 연극은 지루하고 답답한 교훈극으로 떨어진다는 일부의 비판을 받기도 한다. 어쨌거나 그러한 비판자들을 그가 이상적인 관객으로 설정하고 있지 않다는 사실을 잊어서는 안 된다. 즉 그가 대상으로 하는 관객은 의식화를 기다리고 있는 배움과 즐거움에 주린 사람들이기 때문이다.

모든 학문상의 새로운 개념은 통념에 대한 낯설게 하기라고 말할 수 있다. 근대 자연과학의 발견인 '지동설'은 그때까지 진리로 통용되었던 '토레미체계'의 뒤엎음의 낯설게 하기였다. 다윈의 '진화론' 역시 성서적 세계 이해(창조론)의 파괴적인 낯설게 하기였다. 심리학에서의 '오이디푸스 콤플렉스(복합 심리)'는 가족의 성적 파악을 통해 부모와 아들 사이의 관계를 어머니를 중심으로 한 부자간의 삼각관계로 만들어 놓은 것이다. 결론적으로 말하면 모든 새로운 패러다임은 기성체계의 낯설게 하기를 구현하고 있다.

낯설게 하기를 만들어내는 방법으로 소설 설계도의 모든 항목을 다양한 방식으로 변형시켜 본다. 예컨대 인물의 일상적인 행동 속에 일상적이지 않은 요소를 찾아내 개연성 있는 이유를 제시하여 묘사한다든가, 인물을 한 장소에서 다른 장소(영역)나 다른 계층으로 움직여 변화를 유발하여 사회적인 이동이 어떻게 개연적일 수 있는가를 보여주는 것도 한 방법이다. 결론적으로 낯설게 하기란 현실의 가면을 벗겨 가면 뒤에 숨은 실체를 드러냄으로써 획득하는 효과이다. '낯섦'은 독자를 당황하게 만들기도 하지만 현실을 다른 눈으로 보게 하는 계기로 작용하기도 한다. 현실을 다른 눈으로 볼 때 자신과 세계에 대한 성찰이 이루어진다. 일상의 사물에 담긴 의미를 읽어 낯설게 만들고 나아가 그 낯섦으로 인해 그 사물과 다시금 새롭게 만나게 된다.

 텍스트 소설

『저녁의 게임』 오정희
『우리 생애의 꽃』 공선옥
『공중 관람차 타는 여자』 김경욱
『갑을고시원 체류기』 박민규
『토끼의 묘』 편혜영
『일곱 명의 동명이인들과 각자의 순간들』 한유주
『한밤의 손님들』 최정나

04

감정 몰입과 감정의 거리 두기

감정 몰입

대중소설의 최대 목적은 현실의 문제를 잠시 잊게 하고 도피성 오락을 제공해주는 것이다. 그리고 그 방법론은 '작위성'에 바탕을 둔다. 리얼리티와 관계없는 황당무계한 서사 전개, 악인의 터무니없는 음모 때문에 주인공을 곤경에 빠지게 하거나 불치병으로 죽게 만드는 따위 등 독자는 슬프고 아름다운 이야기 때문에 당대의 진짜 문제는 잊어버리게 된다. 주인공의 불행이나 복수를 보다 흥미롭게 만들기 위해 종종 억지 상황까지도 만들어낸다. 억지 부도덕성까지도 가미되는 따위가 그렇다.

그런데 이런 소설들이 사회에서 용납될 수 있는 것은 역시 마지막에 **권선징악**이라는 가치관 때문이다. 이야기 전개 과정에서 부도덕하고 황당무계하더라도 그 결말은 기본 규범에 순응한다는 점에서 상투적이다. 따라서 터부에 대한 **도전**을 통해 새로운 가치관을 제시하지는 못한다. 대중소설은 슬프고 아름다운 이야기를 통해 독자를 끌어들인다. 그래서 다 읽고

난 뒤 쉽게 잊히고 어딘지 아쉬움이 남는 경우가 **감정 몰입**이다.

감정의 거리 두기

순수소설은 감정의 거리 두기에 성공한 작품을 말한다. 비참한 현실로 독자를 생각하게 만드는 경우이다. 즉, 인간의 비극적 몰락 과정이지만 다 읽고 난 뒤, 무언가 두고두고 가슴에 남는 경우가 감정의 거리 두기이다.

감정의 거리 두기에는 저 끔찍스런 게 나에게 안 일어났다는 안도감이라든가, 저렇게 되지 않으려면 어떻게 해야 될까, 하는 반대 의미를 합성해낼 공간을 제공해준다. 바로 이 미학적인 거리가 작가와 독자 사이에 감동과 문학의 상상력이 존재하는 틈새이다. 틈새를 많이 주어야 독자가 만족하는데, 아무래도 서술이 평면적으로 끝나는 경우보다 중층적(입체적)이고 극적으로 끝나야 **미학적인 거리(틈새)**가 생겨난다.

우리는 문학 작품을 읽으면서 끝으로 갈수록 이 틈새를 맛보려는 충동이 커지고 끝내 이 욕구가 충족되지 못하면 "그래서 무엇이 어쨌다는 거야?"라고 반문하게 된다. 그래서 같은 주제, 같은 소재일지라도 극적이고 치밀한 구성일 때 틈새를 극대화시킬 수 있다. 아리스토텔레스가 클라이막스를 뒤에 설정한 것도 같은 맥락이다.

서술자의 의식과 외적 상황이 적당한 간격을 두고 진행되다가 마지막 순간의 단 몇 줄에 의해 역전된 상황이 드러날 때, 그때까지 서술자의 의식을 슬슬 따라가던 독자는 갑자기 자신의 역할이 커진 것을 깨닫게 된다. 역사적 사회적 사건을 남의 일처럼 여기고 동정심을 베풀다가 '아니 이럴 수가?', '이게 뭔가?' 하고 반문하는 상황에 맞닥뜨리게 된다.

이때가 바로 타인의 아픔에 나도 거미줄처럼 얽혀 있다는 뒤늦은 자각을 하게 되는 순간이기도 하다. 때문에 두고두고 생각하게 만든다. 이것이 바로 감정의 거리 두기에 성공한 작품이다. 이것이 타인에 대한 관심 갖기의 필요성의 이유가 되기도 한다.

발터 벤야민Walter Benjamin(1892~1940)은 헤로도토스의『역사』제2권 14장의 이야기를 통해 진정한 이야기꾼에 대해 얘기한 바 있다. 그리스 최초의 이야기꾼은 헤로도토스Herodotos(BC 484~BC425 추정)였다. 이집트 왕 프사메니투스가 페르시아 왕 캠비시스의 공격을 받아 포로가 되었을 때 페르시아 왕은 이집트 왕의 높은 콧대를 꺾으려 했다. 페르시아 왕은 이집트 왕을 페르시아 승리 축하 행렬이 지나가는 길에 서 있게 했다. 그리고 한 수 더 떠서 이집트 왕의 딸이 하녀가 되어 물주전자를 들고 우물가로 가는 것을 보여주었다. 이집트 사람들 모두 이러한 광경을 보고 슬퍼하고 울부짖을 때, 이집트 왕은 침묵을 지키며 미동도 하지 않고 땅을 보고 서 있었다. 이집트 왕은 사형 집행을 받으려 끌려가는 자신의 아들을 보았을 때도 조금도 동요하지 않았다. 그러나 포로 무리들 중에서 늙고 병든 자신의 종을 보았을 때, 그는 주먹으로 머리를 치며 처절하게 울부짖었다. 이 이야기에서 '진실된 이야기의 본질'이 무엇인지 알 수 없다.

정보는 그것이 새로운 것일 때에만 가치가 있다. 정보는 오로지 그 순간만을 사는 것이다. 그것은 한 치도 지체 없이 그 자신에 대해 설명해야 하며 또 그 순간에 완전히 복종해야 한다. 그러나 이 이야기는 그렇지 않다. 이야기는 그 자체를 더 이상 확대시키지 않는다. 오랜 세월이 흐른 뒤에도 그 자체의 힘을 보유하고 함축시킬 수 있다.

몽테뉴는 이집트 왕이 왜 자신의 종을 보았을 때에야 비로소 슬퍼했는가를 자문해 "그 비탄은 너무나 큰 것이어서 그 비탄을 터뜨리기엔 작은 자극으로도 족했다"라는 답을 내린다.

그러나 혹자는 "왕은 왕족들의 운명에 대해서는 슬퍼하지 않았다. 왜냐하면 그 자신의 운명이었으니까"라고 말할 수 있을 것이다. 한편 "실생활에서 우리를 감동시키지 못한 것도 무대에서는 곧잘 감동시킨다. 왕에게 있어서 그 종도 일개의 배우 역할을 하는 것이다"라든지, "커다란 슬픔은 억제되고 있다가 긴장의 이완으로만 터뜨려진다"라고 말할 수도 있다.

헤르도토스는 아무 말도 하지 않는다. 그의 서술은 매우 건조하다. 그것이 바로 고대 이집트의 이야기가 수천 년이 지난 오늘날에도 여전히 놀라움과 생각할 것을 던져주는 이유이다. 마치 수 세기 동안 공기가 차단된 피라미드 안에 보관된 씨알맹이가 오늘날까지도 그 생명을 보존하고 있는 것처럼.

텍스트 소설

『트렁크』 정이현
『발칸의 장미를 네게 주었네』 정미경
『두 개의 시선』 김경원

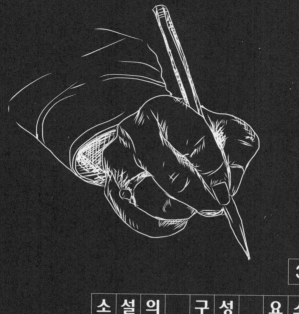

3

소설의 구성 요소

- 설계도 만들기

프랑스 물리학자 아르망 트루소(Armand Trousseau, 1801~1867)는 "모든 과학은 예술에 닿아 있다. 모든 예술에는 과학적 측면이 있다"고 했다. 소설 또한 과학적인 데가 있다.

건축가가 한 채의 집을 짓기 위해 먼저 설계도를 만들 듯 소설가도 설계도를 만들어야 한다. 무엇(주제)을 어떻게(작법) 쓸 것인가? 설계도에 담아야 할 내용은 착상(모티프), 작의로의 발전, 주제, 스토리 라인, 소재, 인물, 배경, 갈등과 사건, 시점, 시제, 상징(장치), 플롯 짜기, 문장과 문체 등이다. 따라서 설계도가 완성되기까지는 많은 시간과 노력을 들여야 한다. 만족스런 설계도를 완성하기까지 소설을 쓰는 것보다 더 많은 시간을 요할 수도 있다.

노벨문학상 수상 작가인 트리니다드 토바고 태생의 영국 소설가 V.S. 네이폴(Vidiadhar Naipaul, 1932~2018)은 노벨상 수상 연설에서 "소설은 '천재들의 작업의 산물이 아니라, 보통사람들의 노력의 산물'이다"라고 했다.

설계도는 되도록 한눈에 볼 수 있도록 대형 스케치북과 같은 큰 종이를 사용하는 것이 좋다. 왜냐하면 설계도 만들기 과정에서 앞서 말한 항목들을 나열했다고 해도 보완, 수정을 끊임없이 해야 하는데, 이때 작가가 만족할 수 있을 때까지 보완할 부분을 삽입하고 수정할 내용을 첨가해야 하므로 많은 여백을 필요로 한다. 특히 수정할 내용의 원형을 그대로 남겨두어야 작가 자신의 의도가 어떻게 변모해왔는지 알 수 있게 해준다. 이렇게 해서 완성된 설계도는 소설을 써내려가는 내내 바라볼 수 있는 곳에 두어야 한다. 소설 집필 중에 새로운 생각이 떠오르면 즉각 정정할 수 있어야 하기 때문에 더욱 그렇다.

창작 동기로서의 착상(모티프)과 작의로의 발전

모티프는 소설 창작의 기본적인 동기를 의미하는데, 이는 작가의 창작 의욕을 자극하는 근본적인 힘이 된다. 작가가 한 편의 소설을 착상하는 데는 크게 나누어 세 가지, 즉 상처로 인한 한恨, 체험(주체험)에 의한 감동과 슬픔, 그리고 사실이나 사건으로 인한 분노와 의협심 등으로부터 착상할 수 있다.

화인, 즉 상처로 인한 한은 작가에게 '해한 의지'를 일깨워 준다. 한승원의 『해변의 길손』은 우리의 현대사와 시간의 궤를 같이한 이름 없는 한 인물의 삶의 행로를 통해 그 인물이 역사와 사회 속에서 어떻게 상처를 입고, 그것을 다스리기 위해 어떻게 행동했는가 하는 '해한 의지'를 형상화한다. 체험(주체험)에 의한 슬픔, 감동은 누군가에게 전하고 싶은 '전달 의지'로 나아간다. 최윤의 『회색 눈사람』은 유신시대 민주화운동에 참여했던 인물들 사이에서 벌어지는 이념과 인간성의 배리현상을 통해 한 인물의 비극적인 삶을 감동적으로 전달한다.

사건, 사실로 인한 분노와 의협심은 독자에게 고발하고픈 마음이 일어나 '고발 의지'로 발전한다. 양귀자의 『원미동 시인』은 산업화 사회가 만들어낸 서울 외각 지대 주민들의 삶의 형태를 통해 폭력적인 현실을 외면하는 소시민들의 대응 자세, 즉 공동체가 지녀야 할 시민 정신 실종을 날카롭게 비판한다.

창작 동기로서의 모티프에는 **구속 모티프**bound motif와 **자유 모티프**free motif가 있다. 태양 아래 새로운 것은 없다. 어떤 작가도 이야기를 창조해낼 수는 없다. 이미 있는 이야기(구속 모티프)에다 자기 식으로 약간의 이야기(자유 모티프)를 달아보는 수준에 지나지 않는다고 한다. 누군가의 영향을 받은 누군가가(A → B), 그 누군가의 영향을 받은 누군가가(B → C), 또 그 누군가의 영향을 받은 누군가가(C → D), 이렇게 이어지는 밑그림 위에 자기의 그림 그리기이다(리믹스 소설). 따라서 자유 모티프만이 가까스로 작가의 몫인 셈이다. 작가는 상황의 상투성을 벗어날 수 없지만 낯설게 바라보기를 통해 인식의 상투성을 벗어날 수 있다.

미하엘 바흐친Mikhail Mikhailovich Bakhtin(1895~1975)은 모든 글과 말은 일종의 **간접 화법**이라고 했다. 나의 말이란 것도 글이라는 것도 알고 보면 이미 누군가가 했던 것의 재생에 지나지 않는다고 했다.

 텍스트 소설

『해변의 길손』 한승원
『회색 눈사람』 최윤
『원미동 시인』 양귀자

주제의 설정

주제는 체험에서 얻어진 착상과 작의에서 잉태된다고 할 수 있다. 체험은 동기부여에 결정적인 작용을 한다. 따라서 작가는 개인적 경험이 어떤 변용을 거쳐야 한 시대의 대표성을 띤 이야기로서의 의미를 지닐 수 있는지에 대한 고뇌로부터 출발해야 한다.

그렇다면 주제란 무엇인가. 주제는 이야기의 함축된 의미이다. 작품의 근본적인 의도인 주제는 작가가 소재를 다뤄나가는 과정에서 작품의 **통일성과 긴밀성**을 유지시켜준다. 즉 작품을 구성하는 모든 세목을 일관된 관점에 의해 하나로 결합시키는 통일 원리이다. 주제는 당대의 삶의 한 국면을 밝히고 해석함으로써 당대에 대한 비판과 문제 제기 그리고 전망, 즉 방향성 설정을 동시에 부여하는 소설의 핵심이다. 작품의 핵심인 주제는 반드시 **내면화·무형화**되어 작품 속에 녹아 있어야 한다. 주제가 표면화되어 있으면 소설이 지녀야 할 효과도 얻을 수 없고 독자의 궁금증도 유발할 수 없다.

영국의 작가이자 평론가인 E.M. 포스터Edward Morgan Forster

(1879~1970)는 『소설의 이해』에서 그 어떠한 주제도 태어남 (성장), 의식주(경제), 휴식(잠), 사랑(섹스), 죽음(존재 이유) 으로 수렴된다고 했다. 작가는 주제를 설정할 때 다음과 같은 물음을 스스로에게 해야 한다.

① 현실의 삶을 있는 그대로 묘사하고 폭로하는 데 그치지 않고 본질의 규명에 다가가고 있는가?

② 보편적인 전망(방향성)을 올바르게 확보하고 있는가?

주인공이 패배 또는 좌절할 운명임을 예감하면서도 보다 나은 미래를 포기하지 않고 앞으로 나아가는 것을 보여줄 때 진정한 전망(방향성)이 제시되었다고 할 수 있다. 즉, 이러한 패배와 좌절이 삶의 비극적 구조를 확인시켜주고 반성케 해 보다 나은 미래가 어떠해야 하는가라는 반대 의미를 합성케 해준다.

③ 주제가 그 어떠한 소재와도 조화를 이루고 있으며 중심 갈등과 긴밀하게 얽혀 있는가?

소설을 끌어가고 이야기의 의미와 통일성을 부여하는 주제가 없다면 작가의 문제 구성력의 빈곤에 말미암은 것으로, 이 빈곤은 무엇보다도 작가의 **문제의식 부재**에 연유한다. 문제의식 없이는 사적 경험과 사회적 문제가 연결되지 않고, 작은 딜레마가 큰 딜레마와 접목되지 않는다. 이야기만 있을 뿐 소설은 없다. 따라서 작가는 사적 경험의 좁은 세계에서 한 발짝 더 나아가 그 세계를 객관화해보고 개인적 경험의 의미를 사회적 딜레마와 연결지어보는 노력을 부단히 해야 한다.

습작기에는 판박이형 주제의 답습을 피해야 한다. 추상적인 주제, 즉 운명, 행복, 죽음, 사랑, 종교 등을 일반론적으로 다루지 말아야 한다. 현재의 일상적인 삶속에 주제(의미망)를 담아낼 때 소설이 소설다워진다. **존재론적 주제만이** 문학에 고귀한 초월성을 부여하는 양하는 얼치기 평자들에 휩쓸리지 말아야 한다. 인간 실존 자체가 정치, 경제, 사회적이지 않는가. 오늘을 사는 우리 모두 자본주의 틀에서 한 치도 벗어날 수 없다. 자본주의 사회는 인간 실존 자체까지도 **상품화**하며 우리의 삶을 억압한다. 따라서 작가는 이에 대한 대응을 어떻게 해나갈 것인가에 대한 고민을 부단히 해야 한다.

결론적으로 말하면 소설은 당대의 삶의 문제를 주로 다루지만 동시에 **인간 실존의 문제**, 즉 시공을 초월한 인간의 변함없는 진실을 추구해야 함도 잊지 말아야 함은 물론이다.

텍스트 소설

『노란 연등 드높이 내걸고』 김연수
『제망매』 고종석
『바다와 나비』 김인숙
『밤이여, 나뉘어라』 정미경
『사랑을 믿다』 권여선
『크리스카스 캐럴』 이장욱
『빛의 호위』 조해진
『산책자의 행복』 조해진

스토리 라인

중심 사건과 종속 사건들이 서로 결합하여 작은 **연속성**을 이루고, 그 작은 연속성들이 서로 결합하며 커다란 연속성을 이루고, 커다란 연속성을 다시 결합하여 완전한 **스토리 라인**을 형성한다. 이렇듯 스토리를 형성해가는 원리는 **시간적 연속**과 **인과관계**에 의해서이다. 따라서 스토리 라인이란 전체 스토리에 대한 개요(시놉시스)라고 할 수 있다. 작가는 주제 구현에 부합되는 스토리 라인을 설계도상에 명시해 소설 쓰기에 필요한 각 항목들을 제어할 수 있도록 해야 한다.

04

소재

소재란 주제를 구현하는 데에 필요한 소설의 재료들, 즉 소설적 형상화 이전의 에피소드들을 일컫는다. 작가는 설계도 상에 주제 구현에 기여할 수 있는 줄거리용 소재를 모으는데, 그 소재가 구체적인지, 개별성을 띄고 있는지, 그리고 리얼리티를 확보하고 있는지를 잣대로 삼아야 한다. 이렇게 해서 모아진 소재들은 작품의 쓰임새에 맞게 선별되고 가공되어져야 한다.

제재화의 방법으로는 첫째, 소재를 모방한다. 둘째, 소재를 변형시켜본다. 셋째, 소재를 과장·확대 또는 축소해본다. 넷째 소재를 심화시켜본다. 그런 다음 10개의 소재를 동원해 소설을 쓴다고 가정할 때, 그 소재들을 아래 표와 같이 스토리 전개에 맞게 시간성을 부여한다. 즉 현재 진행에 쓰일 소재, 소과거에 쓰일 소재, 대과거에 쓰일 소재로 분류한 다음 분류한 소재에 일련번호를 매겨둔다.

소재 분류의 예

현재	소 과거	대 과거
①	⑦	⑩
②	⑧	
③	⑨	
④		
⑤		
⑥		

05

인물

아무리 좋은 주제와 소재가 있다 하더라도 그것을 짊어질 만한 인물(캐릭터)을 창조해내지 못하면 그 소설은 형상화에 실패했다고 말할 수밖에 없다. 일단 사람과 사람이 만나야만 서로 간의 갈등이 생기고, 갈등에서 사건이 발생하고 사건의 고리들이 이어지면서 이야기가 이루어지고, 이야기가 엮어져 나가면서 시간이 흐르고 공간이 형성되며, 시간과 공간의 형성 속에서 사회 형태도 드러나게 된다. 그래서 흔히 '소설은 곧 인물, 인물이 곧 소설'이라는 등식이 성립된다고도 한다.

프랑스 소설가 로브그리에Alain Robbe-Grillet(1922~2008)는 소설의 의미를 "초상화 전시장에 새로운 초상화를 늘리는 데 있다"라고 했다. 세계 문학사에 길이 빛날 인물들을 예로 들면 세익스피어의 '햄릿', 세르반테스의 '돈키호테', 발자크의 '고리오 영감', 스탕달의 '줄리앙 소렐', 톨스토이의 '안나카레니나', 에밀리 브론테의 '히스크리프', 허먼 멜빌의 '에이합 선장', 도스토옙스키의 '라스콜리니코프', 프로벨의 '엠마', 카프카의 '그레고어 잠자', 카뮈의 '뫼르소', 네마르크의 '라비크',

마르케스의 '부엔디아 대령' 등이다. 우리 문학에서는 '춘향', '심청', 김동인의 '복녀', 이효석의 '허생원' 이문열의 '깨철이', 조정래의 '염상구' 등을 들 수 있다.

이러한 인물의 원형은 구약성서와 희랍신화에서 찾아 볼 수 있다. 예컨대 '사랑' 하면 아담과 이브로 훗날 로미오와 줄리엣으로 발전하기도 하고, '형제' 하면 카인과 아벨인데 스타인백의 『에덴의 동쪽』에서 재현되기도 한다.

소설 속 인물에 대해 작가는 미리 한계를 설정해두어야 한다(표 참조).

등장 인물들의 한계 설정

등장인물 \ 캐릭터	성별	나이	출신	가족	학력	용모	취미	친구
A								
B								
C								
D								
...								

첫째, 인물의 이름을 비롯하여 모든 데이터, 즉 성별, 나이, 출신, 가족 상황, 학력, 용모, 취미, 친구 등을 사전에 설정해야 한다. 도대체 국적 불명의 이야기라야 고급이라 여기는 풍조 때문인지 소설가 지망생의 습작기 작품 중에는 카프카와

브르헤스를 닮기라도 하듯 고유명사 지우기, 주인공 이름 지우기(이니셜)를 한 작품을 자주 맞닥뜨리지만 습작기에는 피하는 게 좋다. 작가들이 이니셜로 이름을 붙이는 데는, 등장인물의 내면 묘사에 중점을 두는 심리소설에서의 경우와 등장인물의 성격을 구체적으로 밝히지 않고 추상화시키려는 작가의 의도인 경우로 나눌 수 있다.

소설가는 현실에서 인물 설정의 동기를 얻을 수 있겠지만 동기가 곧 인물 자체의 성격과 일치하는 것은 아니다. 소설 속 인물은 실제적 인물과 같이 끝이 없는 사실의 세계가 아니라 소설가가 등장인물을 위해 만들어 놓은 한정된 범위 내지 환경 속에서 적응해 행동한다.

소설 속의 바람직한 인물은 첫째, 유일적 '문제적 인물'이어야 한다. 소재를 가장 잘 이끌어가는 동시에 주제를 가장 효과적으로 형상화해 낼 수 있는 단 하나의 인물을 만들어내야 한다.

둘째, '입체적인 인물'이어야 한다. 사건의 진전과 환경의 변화에 따라 그 성격이 변화하는 인물이다. 평면적 인물은 시종일관 그 성격이 변하지 않는 고정된 인물을 가리킨다.

셋째, '복합적인 인물'이어야 한다. 한 시대, 한 사회의 집단 또는 계층을 대표할 수 있는 공통적인 성격을 지닌 인물, 즉 공무원, 회사원, 군인, 의사, 교사와 같이 전형적이면서 그 인물이 갖고 있는 개성을 지닌 인물이어야 한다. 다시 말해 인물은 그가 처해 있는 시대적 특성이나 사회적 상황을 보편적

이면서도 대표성을 폭넓게 표출시켜낼 수 있는 인물이어야
한다.

넷째, '하위 모방적, 아이러니적 인물'이어야 한다. 현실에서
패배한, 현실 적응에 실패한 인물이다(표. 인물의 유형 참조).

이렇게 해서 만들어 낸 주인공과 보조 인물을 갈등 구조(삼
각 구도) 속에 배치하여 주인공을 고립시켜야 한다. 인물의 캐
릭터 가운데는 이름 짓기, 즉 애펠레이션appellation도 매우 중요
하다. 소설을 읽는 독자는 등장인물의 이름을 보고 그 성격을
유추하게 되는 경우가 많기 때문에 인물의 이미지에 맞는 이
름 짓기를 해야 한다.

인물의 성격을 드러내는 방법으로는 서술적 방법, 극적 방

인물의 유형

유형	성격	예
신화적 유형	주위 환경이나 다른 인물보다 질적으로 우월한 영웅	희랍신화나 성서에 나오는 인물
로망스적 유형	주위 환경이나 다른 인물보다 우월한 인물	중세의 전설에 나오는 인물
상위 모방적 유형	환경의 지배를 받지만 다른 인물보다는 어느 정도 우월한 인물	현실 사회를 이끌어가는 엘리트들
하위 모방적 유형	환경의 지배를 받고 상위 모방적 인물보다는 열등한 인물	한 사회의 패배자들
아이러니적 유형	힘으로나 지적으로나 하위 모방적인 인물보다 열등한 인물	현실 사회에 적응 못 하는 자들(반푼이)

법, 그리고 의식의 흐름에 의한 드러내기 방법이 있다. **서술적 방법**은 내레이터가 인물의 성격을 직접적으로 들려주는 것으로 독자의 상상력을 막아버리는 흠이 있다. **극적 방법**은 인물의 행동과 대화에 대한 묘사를 통해 드러내 보여줌으로써 독자의 몫을 남겨 놓는다. **의식의 흐름에 의한 드러내기 방법**은 내부 심리를 내보임으로써 그 인물의 성격을 드러낸다. 중·단편 소설을 쓰는 습작기에는 극적 방법에 의한 성격 묘사에 힘을 기울여야 한다.

작가는 **주인공**protagonist에 대한 전망이 제대로 세워졌는지에 대한 두 가지 질문을 스스로에게 해봐야 한다. 우선 사회를 향한 물음으로서 "현실(사회)은 왜 주인공을 패배시켰는가?" 다음은 개인을 향한 물음으로서 "주인공은 왜 현실에서 패배했는가?" 인간은 이기적이기 때문에 누구나 자신의 패배를 남의 탓, 사회의 탓으로 둘러대기 때문이다. 이러한 물음에 의해 원인이 규명되고 아울러 앞으로 어떻게 행동할 것인가라는 물음 앞에 자기가 옳다고 믿는 질서 쪽으로 극복하고자 노력하는 인물일 때 전망이 서 있다고 할 수 있다. 작가는 설계도상의 인물을 주제와 소재에 맞게 설정되어 있는지를 최종적으로 점검해야 한다.

작가는 현실의 재현 체계가 요구하는 상투적 인간형을 거부하고 타자들과의 접촉을 통해 자신의 존재 지평을 창조적으로 넓히고자 하는 의지를 지닌 인물을 창조해내야 한다.

인물 만들기의 사례로 가장 좋은 방법 중의 하나는 **캐릭터**

모방하기이다. 현실의 인물 또는 텍스트의 인물을 골라 모델로 삼고 모델의 캐릭터를 그 인물 고유의 특성이 사라질 때까지 추상화한 다음, 모델과는 전혀 다른 외모나 성별, 나이, 이름, 가치관 등을 설정해 작가가 만들고자 하는 인물에 투입한다. 그렇게 해서 만들어낸 인물이 추구하는 욕망을 구체화해 부여한다.

이렇듯 인물의 캐릭터를 $Y = f(x)$라는 일차 방정식으로 표현할 수 있다. Y는 작가가 만들고자 하는 인물이고 f는 모델인 인물이다. x는 모델이 지니고 있는 캐릭터의 요소로 이것을 작가가 의도한 대로 치환시킨다.

 텍스트 소설

『익명의 섬』 이문열
『인간에 대한 예의』 공지영
『숨은 그림 찾기 ①』 이윤기
『삼촌의 좌절과 영광』 원재길
『복날은 간다』 박은경

06

배경

모든 시공간은 이야기를 품고 있다. 배경이란 등장인물에 시간적, 공간적 세계를 부여하는 것으로 인물의 행위가 전개되기 위해서는 그에 상응하는 무대로서 시간과 공간이 마련되어야 한다. 배경은 단순히 물리적 시간이나 공간으로 놓여 있는 것이 아니라 인물의 성격과 행위를 컨트롤하는 기능을 지니기 때문이다.

시간적 배경은 인물의 위상을 드러내는 현재와 그 현재의 위상에 영향을 미치고 있는 과거로 구분된다.

공간적 배경은 자연적인 배경과 정신적(인위적) 배경으로 구분된다. 자연적 배경은 보조 수단으로 언제 어디서나 막연히 제시되는 공간인데 반해, 정신적 배경은 소설적 구체성을 가진 배경, 즉 인물의 성격이나 행위를 구체적으로 형상화하는 객관적인 등가물로서의 공간이다. 이렇듯 배경 묘사는 그 자체로서 목적일 수 없다. 배경 묘사가 작품의 진행과 유기적으로 연결될 때만이 그 의미를 획득하게 된다. 그래야만 한 사회의 모습 속에서 삶의 모습이 드러나게 된다.

배경 묘사에는 분위기 기능을 빠뜨릴 수 없다. **분위기란** 한 작품에 일관되게 나타나는 특징적인 인상, 즉 어떤 배경을 둘러싸고 있는 느낌이나 기운 같은 것이다. 배경과 분위기의 효과를 살리려면 사실감 확보와 일관된 논리성이 무엇보다도 중요하다.

작가는 문제적인 배경, 즉 우리 사회의 구조적 모순에서 배태되는 삶의 고통이 예각적으로 드러나는 공간 설정을 염두에 두어야 한다. 배경을 사회 현실이나 역사적인 상황을 나타내는 **사회적 배경**과 작중 인물의 심리 상태를 의미하는 **심리적 배경**, 어떤 상황을 상징적으로 나타내는 **상징적 배경** 등으로 나누기도 한다.

김원일의 『마음의 감옥』은 동구권 몰락이라는 시대적 배경과 우리 사회의 구조적 모순에서 배태된 삶의 고통이 예각적으로 드러나는 대구의 빈민촌이라는 공간적 배경을 깔고, 아비 부재하의 4.19 세대 해직 기자 출신 주인공이 실천적 삶을 살아 온 민중운동가인 아우를 거주 제한 지역인 대학병원으로부터 빼내려는 몸싸움을 벌이는 이야기를 통해 시간적 배경과 공간적 배경의 의미를 형상화한 작품이다.

텍스트 소설

「마지막 테우리」 현기영
「마음의 감옥」 김원일
「내 마음의 옥탑방」 박상우
「1978년 겨울, 슬픈 직녀」 이순원
「마음의 가위질」 박명희
「갑을 고시원 체류기」 박민규
「풍경」 정지아
「그 남자의 방」 김이정
「하루」 박성원

07

갈등과 사건

갈등

의지적 두 성격의 대립 현상을 뜻한다. 즉 두 가지 상반된 욕구 가운데 어느 한쪽을 포기해야 할 때 하나의 자아가 주체와 객체로 분열되어 나타나는 현상으로, 한 인물 속의 심리적 갈등을 내적 갈등이라 하고, 인물과 인물, 인물과 환경 사이의 갈등을 외적 갈등이라 한다. 이러한 갈등은 중심적 갈등과 종속적 갈등으로 나눌 수 있는데, 중심적 갈등은 절정 단계에 나타나 주인공의 운명을 바꾸게 하는 등 그 작품의 주제와 불가분의 관계를 맺는 반면, 종속적 갈등은 각 국면마다 일어나 그것이 축적되어 중심적 갈등으로 나아간다.

갈등은 그 종류에 따라 긍정적 갈등 또는 부정적 갈등으로 구분된다. 긍정적 갈등은 접근 경향을, 부정적 갈등은 회피 경향을 나타낸다. 접근 경향의 갈등은 두 개의 바람직한 것 중 하나를 선택하는 경우이고, 회피 경향은 두 개의 바람직하지 못한 것 중 어느 하나를 마지못해 선택하는 경우이다. 이렇듯 소설에는 여러 갈등이 얽혀 있으나 문제가 되는 것은 중심적 갈등이다. 그것은 구성의 핵이며 주제와 긴밀하게 관련되어 있기 때문이다.

주인공의 내적 갈등을 다룬 이승우의 『실종 사례』는 이기심과 윤리적 에토스 사이에서 어떤 결정을 내리고 행동할지를 묻는 형이상학적 텍스트이다.

사건

소설 속에서 발생하고 진행되는 온갖 일들을 일컫는 말이다. 사건은 대개 이야기하는 가운데 그 안에서 다른 사건들과 결합하여 연속적으로 일어나게 되며, 이로써 인물들의 행동을 유발하게 한다. 사건에는 인물의 행동을 다음 단계로 움직이게 하는 **핵심** 사건과 그 행동을 확대, 확장, 지속 또는 지연시키는 **주변** 사건이 있다.

텍스트 소설

『우린 모두 천사』 조경란
『천지 가는 배』 최시한
『실종 사례』 이승우
『고두』 임현
『노찬성과 에반』 김애란

08

구성(플롯)

"작가의 임무는 실제로 일어난 일을 이야기하는 데 있는 것이 아니라 일어날 수 있는, 즉 개연성 또는 필연성의 법칙에 따라 가능한 일을 이야기하는 데 있다." 아리스토텔레스는 『시학』에서 역사보다 이야기의 힘이 더 크다고 말했다. 실제로 일어난 일보다 일어날 수 있는 일이 사람들에게 더 깊은 공감과 이입을 선사한다는 의미이다.

　구성이란 작가가 소설의 주제를 보다 효과적으로 표현하기 위해 사건과 사건 등 각각의 요소를 인과관계에 의해 배열하고 이것을 일관성 있는 하나의 통일체, 즉 **갈등의 전개와 해소**라는 틀을 만드는 것을 말한다. 시간의 순서에 따라 사건을 배열한 것이 이야기인데 반해, **플롯**은 인과관계에 의해 사건을 배열한 것이다. 즉, 누가, 언제, 어디서, 무엇을, 어떻게 했는가를 인과관계에 의해 논리적으로 배열하는 방식을 말한다. 따라서 구성은 개연성과 통일성, 그리고 자기 완결성을 갖추어야 한다.

　소설은 주인공의 극적 행동을 형상화하는 것이다. 주인공

의 극적 행동이 독자의 마음을 움직여 **카타르시스**를 불러일으
키려면 플롯의 통일을 이루어내야 한다.

플롯의 유형

직선적 플롯과 단속적 플롯

E.M. 포스터는 『소설의 이해』에서 스토리와 플롯의 차이를
다음과 같이 설명한 바 있다.

　스토리는 시간의 순서에 따라 배열된 사건의 서술이다. 플
롯도 서술이지만 인과관계에 역점을 둔다. '왕이 죽고 왕비가
죽었다.'(**직선적 플롯**)는 스토리지만 '왕이 죽자 왕비도 슬퍼서
죽었다.'(**단속적 플롯**)는 시간적인 순서는 마찬가지지만 인과
적인 요소가 첨가된다. 또한, '왕이 죽었다. 그러나 왕의 죽음
을 슬퍼한 결과 왕비가 죽었다는 사실을 알게 될 때까지는 아
무도 그 원인을 알 수 없었다.'고 한다면 이것은 궁금증을 간
직한 플롯이며 고도의 전개가 가능한 형식이다. 그것은 시간
의 맥락을 끊고 한계가 허락하는 한 스토리를 비약시키고 있
다. 왕비의 죽음을 생각할 때 만약 그것이 스토리일 경우엔
우리는 '그 다음엔?' 하고 물을 것이며 플롯의 경우엔 '왜?' 라
고 물을 것이다.

병렬적 플롯

각기 독립된 여러 에피소드들을 개별적으로 나열하는 구성
방법을 말한다. 하지만 이 구성법의 소설은 일관된 성격의 변

화나 주제의 발전과 같은 것을 찾아볼 수 없다. 보카치오의
『데카메론』이 대표적인 텍스트이다.

액자형 플롯
이야기 속에 이야기를 담는 이중적 플롯을 가리킨다. 구조
의 핵심을 이루는 부분을 **중심 플롯**이라 하고 그 외곽을 이루
는 부분을 **종속 플롯**이라고 한다. 이 외에도 **도치법** 구성(현재
에서 과거로 거슬러 올라 감)과 **대위법** 구성(두 가닥의 서사가
병치되어 동시 진행)도 있다.

플롯의 전개
플롯의 단층을 분석하는 방법으로는 사건의 단서와 주인공과
인물에 관련된 필요 사항을 제시하는 **도입** 단계, 갈등과 긴장
이 형성되는 **전개와 발전** 단계, 대립과 갈등이 고조되는 **위기**
(절정) 단계, 갈등과 대립이 해소되는 **결말** 단계로 구분된다.
　내용을 분석하는 틀로는 사건 → 탐색 → 진상 → 변모 단
계로 구분할 수 있다.

도입 단계
주인공이 나오고 배경 및 상황이 설정되어야 한다. 특히 사건
의 실마리가 제시되어야 한다. **사건의 실마리**란 일종의 복선으
로 궁금증을 불러일으키는 계기가 된다. 가능하다면 상징이
나 장치를 배치하도록 한다. 흔히 소설은 멜로드라마가 끝나

는 시점에서 시작된다는 말에 유념해야 한다.

전개와 발전 단계

갈등의 야기와 사건이 본격적으로 전개되는 단계이다. 여기에서는 보조 인물을 등장시켜 주인공과 맞물려 충돌시킴으로써 갈등이 야기되고, 갈등이 증폭되면서 사건이 일어나고, 사건과 사건이 연결되면서 중심 갈등을 향해 치닫게 된다.

위기(절정) 단계

갈등이 최고로 강렬해지고 그 결말이 필연적으로 나오게 되는 단계이다. 따라서 주인공의 가장 깊숙한 욕망과 이어진 비극적 행위가 일어나야만 한다.

결말 단계

주인공의 운명이 분명해지고 성패가 결정지어지는 해결의 단계이다. 아리스토텔레스는 『시학』에서 핵심 갈등의 해결은 플롯 자체에 의해 이루어져야 한다고 했다. 즉 외부의 힘을 빌려서는 안 된다는 것이다(데우스 엑스 마키나). 결말에서 핵심 갈등에 대한 통속적 해결책은 죽은 결말이 된다. 따라서 자신만의 새로운 해결책을 제시하도록 해야 한다. 물론 이러한 해결은 잠정적, 일시적으로, 완전한 끝이 아니라 작가가 선택한 특수한 사건에 의해 형성된 작의적인 결말이다. 반전을 끌어들일 때는 그것이 주제에 기여하느냐에 초점을 맞추어야 한다.

플롯에서 도입과 결말은 서로를 불러내고 받아내는 관계이다. 따라서 '도입과 결말은 같다'라고 한다. 여기서 말하는 '같다'라는 의미는 도입의 문제 제기가 결말에서 해결되었다는 것을 의미한다.

이상의 4단계를 독일의 비평가 프라이타크Gustav Freytag가 역 V자형 도식으로 나타낸바 있다.

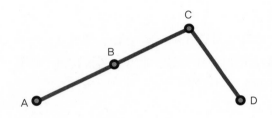

위 도표에서 A는 발단이고, AB는 발단을 재현하며, B는 갈등의 도입이고, BC는 고조되는 행위 또는 분규 혹은 갈등의 전개이며 C는 행위의 절정 혹은 전환점이다. CD는 갈등의 대단원 혹은 해결이다. 이 유형은 절대적이고 필연적인 것은 아니지만 이미 하나의 관습이 되었다고 볼 수 있다. 왜냐하면 오랫동안 많은 작가들이 그것이 효과적이었다는 것을 시행착오를 통해 배웠기 때문이다.

그러나 모든 소설이 이러한 플롯을 따르는 것은 아니다. 심리주의 소설이나 누브로망 소설들은 이러한 플롯을 도외시하는 경향을 지니고 있지만 그렇다고 해서 플롯이 완전히 해체되는 것은 아니다.

그렇다면 플롯을 위해 소재를 어떻게 배치할 것인가. 앞서 소재를 시간성을 부여해 분류해 놓은 바 있다. 즉, 분류해놓은 소재를 플롯의 어느 단계에 배치할 것인가를 고려해야 한다. 인과관계에 의한 서사 전개에 맞게 배치함은 말할 것도 없다. 소재 배치의 예를 들면 다음과 같다.

소재 배치의 예

	도입	전개와 발전	위기	결말
현재	④	①②⑥	⑤	③
소과거		⑦ ⑧	⑨	
대과거		⑩		

이렇게 인과관계에 의한 재배치가 이루어지면 재배치된 순서에 따라 서술해나가면 된다. 이때 유의해야 할 점은 현재진행 서사에서 소과거 또는 대과거의 소재를 끌어들일 때는 반드시 **매개항(연결 고리)**을 마련해서 끌어들여야 한다.

구성에서의 시간은 중층 구조로 되어 있다. E.H. 카Edward Hallett Carr(1892~1982)는 『역사란 무엇인가』에서 '역사란 과거와 현재와의 대화이다'라고 말할 때 현재를 중심축으로 과거를 되돌아봄으로써 현재의 위상을 파악하고 나아가서는 미래를 전망하는 것이라고 말한 바 있다. 이 말은 소설의 플롯에서도 그대로 적용된다고 할 수 있다.

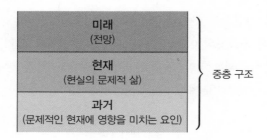

소설은 문제적인 현재의 삶에 과거가 어떤 영향을 미치고 있는지, 그리고 그것을 어떻게 극복할 것인지에 대한 물음(전망)이기도 하다.

『멀고 먼 해후』 김영현
『물 위에서』 김인숙
『세상의 다리 밑』 최인석
『다시 한 달을 가서 설산을 넘으면』 김연수
『나는 오래 살 것이다』 이승우
『사랑을 믿다』 권여선
『에바와 아그네스』 김성중
『플라톤의 동굴』 정찬
『구리 연』 한수영
『빛의 호위』 조해진

09

제목 짓기

소설의 내용을 직접적으로 드러내는 제목과 상징적으로 드러
내는 제목이 있다. 직접적인 제목은 독자에게 선입감을 심어줄
우려가 있기 때문에 되도록 **상징적인 제목**을 짓도록 한다. 제
목 짓기가 마땅치 않을 경우에는 가제로 한 후 작품을 탈고하
고 나서 결정지어도 늦지 않다.

10

시점

시점을 서술의 초점이라고 할 때, 그것은 작가가 소설을 어떤 각도에서 서술하느냐 하는 문제와 연결된다. 예컨대 자연물은 서술자의 특정 이해관계에 의해 좌우되지 않는데 반해 사회 현상은 서술자와의 이해관계에 밀접하게 맞물려 있어 객관적 파악이 그만큼 어려워진다. 동일한 사건일지라도 사회 현상을 바라보는 각도와 태도에 따라 각각 상이한 반응과 해석이 나온다. 즉 사회 현상이란 주관적으로 구성되는 것이며 나아가서는 주관적 왜곡까지도 서슴지 않는다.

소설이란 '나' 또는 '그'라는 화자의 의식을 통해 제시되어지는 것으로, 일단 시점이 정해지면 작중 인물이나 사건의 제시에 영향을 끼치게 된다. 흔히 시점을 화자의 위치에 따라 일인칭 주인공 시점, 일인칭 관찰자 시점, 작가 관찰자 시점, 전지적 작가 시점으로 구분한다.

일인칭 주인공 시점

주인공이 자기 자신의 이야기를 하는 경우로 주인공이 직접

내레이터가 되어 '나는 이러저러 했다'라는 식으로 이야기를 서술하기 때문에 독자와의 거리를 좁혀 친근감을 줄 뿐 아니라 독자로 하여금 그 이야기를 믿게 한다.

작품 속에 등장하여 이야기하는 '나'는 어디까지나 허구화된 '나'이지만 독자는 사실이라는 환상 속에서 '나'의 이야기를 그대로 받아들인다. 이것은 작가와 독자와의 묵계에 의한 것이기도 하다.

일인칭 관찰자 시점

소설 속에 등장하는 보조 인물이 주인공의 이야기를 서술하는 방식으로 주인공을 직접적으로 묘사하고 그의 행동에 대해 코멘트할 수 있다. 그러나 화자가 보고 들은 것밖에 서술할 수 없기 때문에 주인공에 대한 관찰이나 경험의 기회가 제한되고, 대상에 대한 주관적 해석을 가함으로써 작품을 설명하게 될 가능성이 크다.

일인칭 관찰자 시점에 속하는 것으로 **액자형 소설**도 있다. 이 명칭은 마치 사진을 넣은 액자처럼 작품의 앞뒤에 틀을 이

루고 있는 데서 붙여진 것으로, 작가의 의도를 직접 드러내
보여준다. 액자 소설의 전형적인 텍스트로는 최인석의 『세상
의 다리 밑』을 들 수 있다.

작가 관찰자 시점(삼인칭 관찰자 시점)

흔히 삼인칭 서술이라고 일컫는 시점이다. 삼인칭 대명사인
'그'나 '그녀'는 서술되는 작중 인물을 지칭하는 것이지 서술을
행하는 서술 주체로서의 서술자를 말하는 것은 아니다.

이 시점은 작가가 외적 관찰자의 입장에서 이야기를 서술
하는 방식으로 주관을 배제하고 시종일관 객관적 입장에서
외부적인 사실만을 관찰 묘사한다. 즉, 작가는 작품 속에 등
장하는 인물의 말과 동작과 표정 등을 있는 그대로 묘사하여
독자에게 제시할 뿐 일체의 해석이나 평가를 내리지 않는다.

이 시점은 작품 속에서 직접적인 액션에 관여하는 게 아니
라 그것을 제3자적인 입장에서 관찰하는 인물을 통해 소설의
주된 액션을 서술하는 비관여자 시점이라고도 할 수 있다.

전지적 작가 시점(삼인칭 전지적 시점)

작가가 전지전능한 관찰자로 등장하여 인물의 행동을 묘사하고 내면 심리를 해부하기도 한다. 이 서술은 화자가 작중 인물과의 거리를 좁히기도 하고 넓히기도 할 수 있으며, 화자의 위치 또한 자유자재로 이동할 수 있다. 이 서술 시점은 작품 안의 모든 사실과 인물의 내면 심리까지 폭넓게 다룰 수 있는 이점이 있기 때문에 작가들이 많이 사용한다.

작가는 시점 선택에 있어 주제와 소재에 걸맞는 화자를 누구로 할 것인지를 심사숙고해야 한다.

특이한 시점으로 구효서의『명두』는 죽은 '굴참나무'가, 전성태의『늑대』는 초점 화자의 이동을 통해 '늑대'가, 윤성희의『웃는 동안』은 '죽은 자'가, 윤성희의 또 다른 소설『하다 만 말』은 '유령'이 서술자가 되어 이야기를 풀어나가기도 한다.

텍스트 소설

『명두』 구효서(굴참나무)
『늑대』 전성태(초점화자 이동)
『하다 만 말』 윤성희(유령)
『어쩌면』 윤성희(죽은 자)
『웃는 동안』 윤성희(죽은 자)
『눈사람』 윤성희(죽은 노인)

11

시제

현대 소설의 중심 시제는 '완료형'이다. 소설의 이야기는 이미 일어난 일들이며 지금 막 이루어지고 있는 사건도 소설 속에서는 과거형 시제로 옮겨진다. 그런 점에서 서사체로서의 소설을 틀 짓는 시간 단위는 과거라고 할 수 있다.

물론 소설은 단순한 과거의 기록이 아니다. 소설 속의 과거는 언제나 현재화한 과거, 현재적인 관심에 따라 재구성되고 재배치된 과거이다. 과거는 현재적인 관심에 의해 비로소 살아 움직이는 의미를 얻는 셈이 된다. 그러면서도 그 현재적인 관심은 필경 미래에 대한 어떤 관점과 전망을 간직하고 있게 마련이다. 이렇듯 소설에서 과거, 현재, 미래의 시간 단위는 긴밀히 얽혀 있다. 하지만 소설 속의 이야기를 지배하는 시간 단위가 과거라는 점에는 변함이 없다.

우리의 현대 문학은 1990년대에 들어와 '현재형' 시제를 쓰는 작품들이 꾸준히 늘어나는 추세이다. 어떻든 시제의 선택은 작가가 작품과의 연관성 속에서 결정할 문제이다.

12

이미지 · 비유 · 상징(장치)

이미지

마음속에 떠오르는 영상, 즉 기억하고 있거나 상상적인 것 또는 감각기관을 통하여 받아들이는 어떤 사물의 모양, 빛깔, 소리, 맛, 촉감 등의 인상을 상상이나 기억으로 떠올린 것 등 외적 자극에 의하여 의식에 나타나는 직관적 표상을 일컫는다.

비유

표현하고자 하는 어떤 사물인 원관념을 다른 사물인 보조 관념에 빗대어 표현하는 방법으로 원관념이 가진 특정의 의미가 보조 관념의 다른 이질적인 의미와 어떤 유사성에 의하여 전이되는데, 이때 표현하고자 하는 의미가 전이된 다른 의미에 의해 대체되고 이들 사이에는 이질적이면서도 공통적인 면이 생긴다.

비유는 직유와 은유로 구분된다. 직유는 원관념과 보조 관념을 직접 드러내어 빗대는 표현 기법으로 '같이', '듯이', '처럼'과 같은 매개적 결합어를 사용하여 연결시킨다.

은유는 사물의 본뜻을 숨기고 겉으로 비유하여 형상만을 내어놓는 표현 기법으로 원관념이 보조 관념 속에 내포되는 경우를 말한다. 예컨대 '내 마음은 호수요'에서 마음은 원관념이고, 호수는 보조 관념인데, 이와 같이 보조 관념 속에 원관념이 내포되어 새로운 의미를 창출해내는 표현 기법이다.

직유가 A와 B 사이의 유사성에 기초하는 상상력이라면 은유는 A와 B 사이의 서로 다른 차이점에 호소하는 상상력이다. 즉 전혀 무관해 보이는 존재들 사이에서 기어코 같음을 발견해내는 것이야 말로 은유의 창조적 힘이다.

영화 〈일 포스티노〉는 이탈리아의 한 섬에 망명 중인 노벨문학상 수상 시인인 파브로 네르다와 그에게 답지하는 편지를 배달하는 우편집배원의 교류를 다룬 이탈리아 영화로 두 사람 사이에서 은유에 대한 대화를 나누는 장면이 매우 인상적이다. "은유란 말하고자 하는 것을 다른 것과 비교하는 거야. 예를 들어 하늘이 운다면 그게 무슨 뜻이지?" "비가 온다는 말 아닌가요?" "맞아, 바로 그런 게 은유지." 네르다 시인에게서 은유를 배운 우편집배원은 짝사랑하는 여자에게 "그대의 미소는 나비의 날갯짓"이라고 하고, "그대의 미소는 장미"라고 쓴 시를 보내기까지 한다.

상징

원관념과 보조 관념의 관계에서 원관념을 배제시키고 보조 관념만 드러냈을 때 상징이 성립된다.

상징은 은유와 혼동되기 쉬운 면이 있지만, 은유가 하나의 관념을 설명하기 위해 다른 한 대상을 환기해 비교하는 데 비해 상징은 그런 비교에 의존하지 않고 독립적이다. 상징에는 원형적 상징, 관습적 상징, 그리고 개인적(창조적) 상징 등이 있다. 예컨대 '용'이라는 **원형적 상징**은 영웅의 혹독한 통과의례의 마지막 관문을 지키는 존재이기도 하고, 한편으로는 외부의 적이 아니라 우리의 마음 속 깊이 숨어 있는 내 안의 어두운 분신이기도 하다.

관습적 상징으로 알레고리적 상징, 제도적 상징, 자연적 상징 등이 있다.

자연적 상징은 자연물이 인간에게 부여하는 보편적 의미를 띤 상징물을 일컫는다. 예를 들어 '해'는 '희망'으로 '어둠'은 '절망'으로 '백합'은 처녀의 '순결', '대나무'는 여인의 '정절', '비둘기'는 '평화'를 뜻한다.

알레고리적 상징은 이중의 의미를 지닌 상징으로 추상적인 개념을 직접 표현하지 않고 다른 구체적인 상징물을 이용하여 표현한다. 예를 들어 '벽'하면 '소통 불가' 또는 '유폐'를 뜻한다.

제도적 상징은 어떤 제도적 집단에 소속되어 있는 사람들에게 의미 있는 것으로, 예를 들면 국기, 십자가, 배지(badge) 등이 이에 해당된다.

개인적 상징은 개인에 의하여 독창적으로 만들어지는 것으로 참신한 문학적 효과를 나타내므로 **창조적 상징**이라고도 한

다. 또한 관습적 상징을 작가가 재문맥화를 통해 새롭게 드러
낼 때 이 또한 개인적 상징이라 할 수 있다.

문장과 문체

문장

소설이 아무리 의미 있는 주제와 잘 짜인 구성을 지니고 있다 하더라도 관습화된 상투적인 서술 방식일 때 주제와 구성이 오히려 퇴색하고 만다. 그래서 '문장의 깊이가 소설의 깊이다'라고 한다.

소설 문장은 이야기를 효과적으로 전달해야 하고(기능성), 문자로 만드는 예술임으로 미적이어야 한다, 예술성, 그러니까 소설 문장은 수단이면서 동시에 목적이기도 하다. 흔히 이야기에 능한 작가는 문장이 투박하고, 예술가 기질이 강한 작가의 소설은 이야기가 빈곤하다고 말하기도 한다.

소설 문장은 세 가지 요소, 즉 서술과 묘사와 대화로 이루어진다.

서술

어떤 상황을 말해주는 것으로 속도감이 있어야 한다. 주로 장면 전환에 이용된다. A 지점에서 B 지점을 거쳐 Z 지점까지 이르는 과정의 등장인물의 행위를 서술한다(시간의 흐름).

묘사

어떤 상황을 그려주는 것이다. 의미성을 부여하는 것으로 밀도감이 있어야 한다. 묘사는 비가시적인 것까지도 가시화할 수 있다. 소리와 냄새는 오로지 묘사를 통해 보여줄 수 있다. "신은 디테일 속에 있다"라는 명제는 "소설은 묘사 속에 있다"라고 바꿀 수 있다. 묘사란 일상성의 세계를 낯설게 보여주기 위한 것이다. 묘사는 관찰에서 시작하므로 대상에 다가가는 게 중요하다. 묘사에 충실해야 하는 이유는 대상의 현상을 생생하게 그리기 위해서만이 아니라 그 묘사의 생생함이 대상의 본질에 이르는 관문이기 때문이다. 묘사를 할 때는 되도록 접속 부사를 빼야 한다. 주어, 목적어와 서술어 사이의 거리는 가까울수록 좋다(공간의 양상).

대화

인물과 인물 사이에서 주고받는 말로 생명력을 불어넣는다. 대화는 변증법적 대화가 바람직하다. **변증법적 대화**란 명제, 반명제, 복합 명제의 단계를 밟아가면서 진행되는 것을 말한다. 예를 들어 아래와 같은 대화는 좋은 본보기이다.

"너, 우리 삼촌처럼 운전하면 멀리 못 가."(명제)
"너희 삼촌 돌아가셨잖아."(반명제)

"그러니까."(복합명제)

무라카미 하루키는 "훌륭한 타악기 주자percussionist는 가장 중요한 소리를 내지 않는다"라고 했다. 예를 들어 "내가 하는 말 들었어?"라는 물음에 "들었어"라고 답하기보다는 "난 귀머거리가 아니야"라고 답해야 한다. 가장 하고 싶은 말을 해버리면 대화는 거기서 멈춘다. 좋은 대화는 정보의 교환이 아니라 조짐의 형성이라는 것이다.

소설 문장은 단문이 지나치게 연속되다보면 하나의 구조 속에 구축된 소설을 토막 치기 쉽고, 전체적인 톤이나 분위기를 가볍게 만들기 때문에 주제의 표출이나 성격 창조를 피상적으로 내보일 위험이 따른다. 반대로 장문은 요설체로 흘러 서술이나 묘사의 인상이 혼란스러워지고 그 효과가 불분명해질 우려가 있다.

패러그래프paragraph, 즉 행을 바꿀 때는 시간의 흐름이 바뀌거나 아니면 상황 변화가 일어난 경우를 기준으로 한다. 각종 기호도 문장의 일종임으로 정확히 사용해야 한다.

좋은 문장은 정확한 인식을 담고 있는 문장으로 다음의 요건을 갖추어야 한다.

① 감정을 절제하고 간결하게 쓸 것.
② 과도한 형용사의 사용을 억제할 것. 수식어는 겉으로는 화려해보이지만 내용이 없고, 그 뜻은 쉽게 드러나지만 깊이가 없고 천박해진

다. 서정적이고 초월적인 문장은 얼마든지 역사적 진실에 맹목일 수 있다. 사회적 행위를 초월하는 존재론적 서정주의가 그러하다.

③ 동사의 역동성으로 문장을 살린 것. 수식어는 정지 상태 표현이고 동사는 사물의 움직임을 표현한다.

④ 미결적 종결 어미, 회피형 종결 어미를 쓰지 말 것.

⑤ 중복 표현을 피할 것.

⑥ 접속 부사 없이 문장의 꼬리 잇기가 되도록 할 것.

⑦ 관념적인 어휘를 억제할 것. 관념은 구체적인 실체를 개념화한 어휘이다.

⑧ 현학적이지 않을 것. 철학과 종교와 사상을 들먹이지 말아야 한다.

⑨ 퇴고를 거듭할 것. 퇴고는 계획과 노력의 산물이다. 좋은 소설은 퇴고에서 나온다.

문체

문장에 나타난 작가의 개성, 즉 작가만의 글투이다. 문체는 간결체와 만연체, 건조체와 화려체, 강건체와 우유체로 구분한다. 문체는 작가가 주제와 내용을 감안하여 선택한다. 따라서 문체는 작가의 몫이다.

4

소 설 의

유 형 과 형 식

소설은 주제와 구성에 따라 다양한 양상을 지닌다. 소설의 세계가 넓고 인식 방법이나 기법 및 형태가 다양하기 때문에 그 종류를 체계적으로 분류한다는 것은 여간 어려운 일이 아니다. 그래서 주제, 배경, 구성, 인물, 문예 사조 등에 따라 각양각색의 명칭이 붙여진다. 이에 작가 지망생이라면 누구나 반드시 짚고 넘어가야 할 소설의 유형과 형식에 대해 알아보기로 한다.

01

소설의 양적 분류–단편, 중편, 장편, 엽편 소설

단편 소설

단편 소설은 원고지 100매 내외의 분량으로 현실의 삶의 한 단면을 형상화하여 전체를 암시하고 파악할 수 있게 해야 한다. 따라서 단편이 궁극적으로 목표하는 것은 인상의 통일이며 작품 효과의 단일이다. 그러기 위해서는 단일한 서사 구조를 간결하게 묘사해 주제의 심화를 이루어내야 한다.

텍스트 소설

『관계』 유재용
『그는 화가 났던가?』 이동하
『프랭크와 나』 천명관
『명랑』 천운영

중편 소설

중편 소설은 원고지 300매 내외의 분량으로 삶의 한 현실을 입체적으로 형상화한다. 따라서 복합 서사 구조의 단편적 접근으로 나아가야 한다. 주제의 장편적 깊이와 심각성을 단편적 긴장감과 집중력과 통일성으로 형상화해야 한다. 따라서 중편 소설은 단편 소설의 길이 늘리기가 아니며 삶의 총체성에 대한 지향과 상황의 극적 인식이 미묘한 조화와 긴장을 수반한 경우에만 성공할 수 있다.

 텍스트 소설

『심해에서』 최인석
『나무남자의 아내』 구효서
『다시 한 달을 가서 설산을 넘으면』 김연수
『그들의 첫 번째와 두 번째 고양이』 윤이형

장편 소설

흔히 소설을 '노벨'이나 '로망'이라고 말할 때 그것들은 **장편 소설**을 의미한다. 장편 소설은 원고지 700매 이상으로 복합적이고 입체적인 서사 구조를 통해 인간의 복잡다단한 현실의 삶을 총체적으로 형상화한다. 이때 주제 아래 종속된 부주제까지도 담아내 당대의 시대정신을 보여줘야 한다. 또한 스토리 라인을 형성하는 중심 사건은 수많은 복선을 가지고 확대되며 중심인물 또한 사건의 진전에 따라 변모해가는 모습을 묘사해야 한다. 특히 주인공은 삶의 운명적인 비극성을 비켜가는 인물이 아니라 관통하는, 즉 저항하는 인물이어야 한다.

엽편 소설葉篇小說

인생에 대한 유머, 기지, 풍자가 들어 있는 아주 짧은 이야기
이다. 삶의 한 순간을 날카롭게 포착 묘사하여 촌철살인의 기
지와 삶을 한 줄에 꿰뚫는 깊은 성찰을 담아내야 한다. 200자
원고지 30매 내외로 간결성, 명료성, 신속성(속도감)을 지녀
야 한다.

쿠바 태생의 문학평론가 돌로레스 코흐Dolores Koch는 엽편 소
설의 열 가지 조건을 아래와 같이 제시한 바 있다(포스트모던
기법과 유사).

① 널리 알려진 등장인물을 사용

② 본문에 나오지 않은 이야기 요소를 제목으로 삼을 것

③ 외국어 제목 붙이기

④ 비속어와 예상치 못한 입말로 단숨에 결말짓기

⑤ 과감한 생략(과단순화)

⑥ 조탁된 언어, 정갈하고 정확한 언어 구사

⑦ 낯익은 요소에 뜻밖의 형식을 사용

⑧ 문학 외적인 형식의 사용

⑨ 낯익은 배경과 텍스트의 패러디

⑩ 상호 텍스트성

02

비극과 희극

시인 바이런은 "비극은 죽음으로 끝나고 희극은 결혼으로 끝난다"고 했다. 영화감독이자 배우인 찰리 채플린은 "삶은 가까이서 보면 비극이고 멀리서 보면 희극이다"라고 말했다.

비극의 주인공은 하위 모방적 인물을 내세우고 희극은 아이러니적 인물을 등장시킨다. 비극이 주로 개인적인 문제를 다룬다면 희극은 주로 사회적인 문제를 다룬다.

비극

아리스토텔레스는 『시학』에서 비극은 반드시 가까운 사이에서 일어나야 한다고 했다. 비극적 사건이 가까운 사람들 가운데서 일어난다면, 예컨대 살인이나 기타 이와 유사한 행위가 형제 사이에서 혹은 아비와 아들 사이에서 혹은 어미와 아들 사이에서 일어나거나 기도한다면 이와 같은 상황이야말로 작가가 추구해야 하는 상황이라는 것이다.

이야기를 꾸며 독자들에게 연민과 공포를 불러일으키기 위해서는 최대한 이입 가능한 것을 상상해내야만 한다. 사람이라면 대부분 가지고 있는 것으로 가족만큼 이입 가능한 것은 없다. 모두가 경험할 수 있는 고통과 연민의 지점이 되는 자리가 바로 가족이다.

인류가 자신의 삶을 기록하면서부터 근친 간의 살해 및 상해 행위는 지속되어 왔다. 부정한 남편을 벌하기 위해 친자식을 죽이는 메데이아, 형제를 죽인 카인, 아비를 죽이고 어미와 동침한 오이디푸스는 가족 간 비극을 보여주는 사례이다.

반대로 아주 먼 곳에서 일어난 비극적인 이야기는 쉽게 이입되지 않는다. 사람이란 생각보다 이기적이고 기대보다 상상력이 얕아 먼 곳의 비참함은 남의 것이라고 넘기기 일쑤이다. 허구에 힘이 있다면 먼 것을 마치 내 것처럼 가깝게 끌어오기 때문이다.

루카치Georg Lukacs(1885~1971)는 "모든 예술가(아들)들은 각자의 라이오스(아비)를 가져야 한다"고 말한 바 있다. 루카치의 말은 새가 알을 깨고 나오듯 아들은 아비를 죽여야 어른이 될 수 있음을 의미한다. 여기서 아비는 일종의 상징이다. 전범이 된 표현, 상식이 된 발상, 표본이 된 기존 질서를 따르기만 하는 순응적인 아들은 새로운 표본이 될 수 없다는 것이다. 무릇 자신의 세계를 구축하기 위해서는 기존의 엄격한 아비의 세계와 결별해야 하기 때문이다. 주인공이 여정에 올라 아비를 죽이는 과정을 블라디미르 프로프Vladmir Propp(1895~1970)의 『민담 형태론』에서도 볼 수 있다.

결국 비극은 가까운 사이에서 발생할 수밖에 없다. 길을 가다 넘어져 죽는 일은 우연이지만 가족 가운데서 발생한 참극은 필연이다. 비극은 인간의 한계를 보여준다는 데에 그 의미가 웅숭깊다.

주인공의 운명이 하강하는 구조로서의 비극은 크게 세 가지로 나뉜다.

① 운명 비극
   인간의 의지로 제어 불가능함(『오이디푸스 왕』)
② 성격 비극
   주인공의 개성적 성격으로 인한 행동이 파국으로 치달음(셰익스피어의 『햄릿』, 『리어왕』, 『맥베드』)
③ 환경(사회적) 비극
   환경과 사회 구조가 주인공을 파국으로 몰아붙임. 현대 소설의 많은 작품이 이에 해당함

아리스토텔레스는 그리스 비극의 주인공이 악덕과 악행 때문에 비극적인 결말을 맞이하는 게 아니라, 어떤 하마르티아 hamartia 때문에 불행에 빠진다고 했다(『시학』제13장). 하마르티아란 원래는 화살이 과녁을 비켜가는 것을 뜻하는 말로 일종의 메타포metaphor이다. 즉 권력을 쥔 주인공의 오만으로 인한 판단 착오나 실수로 인해 불행을 맞게 된다는 의미로 쓰인다.

희극

희극은 웃음을 주조로 인간의 결점과 사회의 병폐(문제점)를 경쾌하고 흥미 있게 다룬다.

아리스토텔레스는 파괴적이 아닌 결함 또는 추악함을 다루는 것이 희극이라고 했다.

노드롭 프라이Northrop Frye(1912~1991)는 『비평의 해부』에서 원형 비평이라는 틀로 희극을 분석한 바 있다.

희극은 부딪치는 인물과 갈등 과정을 통해 어떤 진실의 발견에 이르고. 이로 인해 모두가 화합을 이루는 구조를 지닌다고 했다. 희극의 인물들이 어떤 일을 하더라도 마지막에는 화해와 회복의 길로 들어선다.

희극의 주인공은 평균적인 인간(하위 모방적)보다 못한 아이러니적 인물로 '황당'할 뿐이고, 따라서 그는 응징감이기보다는 놀림감에 그치거나 공동체 안으로 받아들여진다. 그래서 희극의 한 원칙은 '배제'가 아니라 '포함(끌어안음)'이다.

궁극적으로 새로운 관계의 창출이 아니라 기존 관계 속에서 '신심'의 확인에 그치고 만다는 것이 희극의 한계이기도 하다. 따라서 주인공의 운명은 비극의 하강 구조와는 달리 상승 구조로 나아간다.

텍스트 소설

『쾌활냇가의 명랑한 곗날』 성석제
『내 고운 벗님』 성석제
『태풍이 오는 계절』 전성태
『이미테이션』 전성태
『맥도날드 사수 대작전』 김경욱

미메시스

재현 또는 **모방**이라는 뜻으로 예술의 본질을 설명하는 핵심적인 개념이다. **미메시스**mimesis라는 단어는 원래 고대 그리스 문화 여명기에 제사장이 행한 몸짓과 춤을 의미했다. 즉 미메시스는 몸으로 하는 '감정의 표출'이었다. 예술 작품을 감상하거나 말을 주고받을 때 공명하고 감염된다. 이러한 느낌은 경계를 무너뜨린다. 나와 너의 몸은 분리되어 있지만 서로 침투하기 때문이다. 언어의 기원에 음악이 있고 음악 이전에 몸이 있었다. 즉 몸, 음악, 언어는 외부와 나를 연결하는 통로이다.

플라톤이 『국가론』에서 목수가 만드는 집에 비하면 화가나 작가가 재현하는 집은 허구이며, 사물의 본질을 규명하려 하지 않고 헛되게 모방만 하는 것이라고 비판한 데 반해, 아리스토텔레스는 『시학』에서 예술은 가치 있는 것에 대한 모방 행위로 모방에 의한 예술을 적극적으로 평가하였다. 그는 "예술은 자연을 모방한다"라고 하면서 무엇보다 인간 행동의 모방이라고 하였다. "모방한다는 것은 어렸을 적부터 인간 본성에 내재한 것으로 인간이 다른 동물과 다른 점도 인간이 가장 모방을 잘하며 모방에 의하여 지식을 습득한다는 점에 있다. 또한 모든 인간이 날 때부터 모방된 것에 대하여 쾌감을 느낀다"라고 했다.

미메시스 이론은 중세의 관념(종교적)에서 르네상스를 거쳐 19세기에 와서 **리얼리즘 이론**으로 근대적 변용을 띄고 나타났다.

T.S. 엘리어트Thomas Stearns Eliot(1888~1965)는 "일류 시인은 훔치지만 들키지 않는다"라고 했고, 밀란 쿤데라Milan Kundera(1929~)는 "인류의 역사는 반복하는 악취미를 가진 반면 예술의 역사는 반복을 용인하지 않는다"라고 했다.

미메시스는 현실 또는 텍스트의 맹목적인 모사나 복사가 아니라 현실 또는 텍스트에 대한 자유로운 접근을 통해 새로운 독창성의 세계를 재현하는 것이다.

예컨대, 20세기 회화의 거장 피카소는 17세기 바로크 화가 벨라스케스의 회화 『시녀들』을 평생의 도전 상대로 삼았다. 1897년 16살 피카소는 프라도 미술관에서 『시녀들』을 처음 만난 이래 말년까지 수없이 이 걸작을 변주해 그렸다고 한다. "나는 16살에 벨라스케스처럼 그렸다. 덕분에 80년간 아이처럼 그릴 수 있었다."

주체에 대한 시선의 성찰을 던지는 『시녀』들의 신비스런 사실성은 피카소의 입체파 화풍의 노둣돌이 되었다. 『시녀들』은 피카소 말고도 고야, 마네, 달리 등 후대 화가들에 의해 각자의 시각으로 재해석 재현되었다.

아이들처럼 그림을 그렸던 화가 이중섭은 고려청자의 '포도동자무늬표주박문양'을 미메시스했다고 알려져 있다.

예컨대 이문열의 『금시조』는 일본 아쿠다가와 류노스케의 『지옥변』과 미시마 유키오의 『금각사』를, 김소진의 『자전거 도둑』은 빅토리오 데시카의 네오리얼리즘 영화인 『자전거 도둑』을, 심상대의 『미』는 타니자키 준이치로의 『춘금초春琴抄』를 미메시스했다고 할 수 있다.

텍스트 소설

『금시조』 이문열
『자전거 도둑』 김소진
『미』 심상대
『크리스마스 캐럴』 이장욱

리얼리즘과 주술적 리얼리즘

리얼리즘

사회 속에서 타자와의 관계를 문제 삼는 리얼리즘 소설은 현실 속에서 무엇이 본질적이고 의미 있는가를 선택하고, 그 선택된 사회적 현실을 구체적이고 개별적인 모습으로 형상화하는 것을 말한다. 다시 말해 당대 현실의 모순을 직시하고 이를 극복하려는 인간 행동을 구체적이고 개별적인 삶의 형태로 묘사하는 것이 리얼리즘이다.

현대 소설의 많은 작품들은 주로 리얼리즘 계열의 소설이다. 포스트모더니즘, 혼성 모방, 반소설 하이퍼텍스트 픽션 등 새로운 유형의 소설들이 유행하고 있으나, 소설의 주류는 뭐니 뭐니 해도 리얼리즘 계열의 소설들이다. 그림으로 빗대어 말하면 리얼리즘은 **구상화**이고 새로운 유형의 소설들은 **추상화**라고 할 수 있다. 하지만 그림에 있어서 구상에 튼튼한 바탕을 두었을 때 훌륭한 추상이 나올 수 있다. 예컨대 피카소의 추상화는 청년기의 치열한 구상의 데생이 있었기에 가능했다.

리얼리즘이란 전형적인 상황 속에서 전형적인 인물을 그려 내는 것이다. 즉, 당대 현실의 객관적인 묘사(재현)로 로망스(우연)적인 특성의 반개념이기도 하다. 여기서 말하는 '전형'이란 일반적, 본질적인 것을 가장 날카롭게 개별화하고 구체적으로 표현하고 있는 본보기이다.

리얼리즘 소설은 자본주의의 산물로 개인의 주관적 경험과 판단을 중시한다. 즉 **경험론**(베이컨, 홉즈, 로크, 흄)의 산물이라는 것이다. 따라서 지시어와 지시 내용이 일치되는 상황을 전제로 하는 소설이다. 예컨대 자본주의 사회에서 상품 포장과 내용물이 일치하지 않으면 시장 경제는 무너지고 만다. 따라서 리얼리즘 소설은 표현과 의미(뜻)가 일치되는 상황을 형상화한다. 리얼리즘 소설의 효시를 흔히 다니엘 데포의 『로빈손 크루소 표류기』에 둔다.

리얼리즘 소설은 모티프를 신화나 전설이나 역사에서 따오지 않고 사건의 유기적인 인과관계에 의한 배치를 구사하는 비전통적인 플롯을 채용한다. 고대 그리스 비극은 그리스 신화의 각색이거나 변주이며 셰익스피어의 희곡 또한 역사나 전대의 문학, 즉 오비디우스와 플루타르크 등에서 플롯을 따온다.

① 리얼리즘 소설의 인물은 통념의 가치에 따라 행동하고 사고하는 스테레오(붙박이)형 인물을 제시하는 것이 아니라 구체적인 환경 속에서 개별화된 작중 인물을 제시한다. 이런 인물은 사회 현실에 뿌리

를 박은 인물로 환상적이거나 우의적인 인물이 아니다. 다시 말해 역사에 나오는 영웅이나 왕처럼 어떤 직위적 특징을 드러내는 인물이 아니라 흔하디 흔한 당대의 인물을 내세운다.

② 작중 인물을 시간의 흐름 속에서 발전시키고 또 과거의 경험이 현재 행위의 원인이 되는 등 시간을 통한 인과관계를 중시한다. 예컨대 호메로스의 고대 서사시의 주인공은 성장하고 있는 모습 또는 성장해 온 모습이 거의 그려져 있지 않다.

③ 고대 서사시나 고전 비극의 공간 속에서는 움직이지 않는 정태적인 시간인 데 반해, 리얼리즘 소설에서는 역동적인 시간과 공간을 부여하여 현실 묘사에 기여한다.

④ 리얼리즘 소설은 기적과 초월의 배제를 특징으로 한다. 다시 말해 신의 섭리를 인정하지 않는다. 개인의 지각이나 감각이 보증하지 않는 그 어떠한 것도 인정하지 않으며 인간 상호 간의 관계에 관심을 집중한다. 따라서 자신의 의사에 따라 제 길을 걸어가는 작중 인물을 가능케 한다. 리얼리즘 소설은 흔히들 신에게 버림받은 세계의 서사라고 한다. 그러므로 작가 또한 신에게 버림받은 자이기도 하다.

결론적으로 말하면 리얼리즘 소설의 주인공은 자신이 지향하는 이상과 현실과의 간극을 메우고자 노력하는 인물을 형상화한다.

주술적 리얼리즘

19세기 말에서 20세기 중반까지 빈곤과 폭력이 난무했던 중남미 지역의 특성과 현실을 바탕으로 발현된 하나의 문학 형태이다. 그렇다면 중남미적 현실이란 어떠한가.

① 토속 신화와 전설, 설화가 난무하고, 미신의 횡행으로 사회 활동이 마비

② 끊임없이 일어나는 정치적 소용돌이로 인한 정치적 악순환의 연속

③ 현대 문명사회로부터의 소외와 단절로 인한 문화적 낙후

④ 결투에 의한 살생, 문란한 성풍속 등 인간 존엄성 결여

⑤ 정글과 산맥, 적도의 태양열과 같은 자연적, 지리적 악조건으로 인한 이성적, 사유적, 생산적 기능의 마비

등을 들 수 있다.

주술적 리얼리즘은 현실과 환상의 경계를 무너뜨리는 서술 기법으로 실제 사건과 환상, 역사와 설화, 객관과 주관을 뒤섞어 놓아 그 구분이 명확하지 않다. 즉 일상적인 생활에 환상적 요소를 혼합하여 사건의 상황이나 움직임만을 분석이나 설명 없이 서술해 새로운 세계를 열어 보인다. 어디까지나 '세계의 총체성에 대한 재현'이라는 소설 고유의 특성을 져버리지 않으면서도 변신 모티프의 환상적 서술 방식을 택함으로써 문학성 확보에 성공했다. 서구적 합리주의의 잣대로 본다면 비이성적이고 불합리한 것으로 폄하될 변신 모티프 방식을 소설이라는 고급 담론의 한 방법으로 끌어올렸다고 할 수 있다.

주술적 리얼리즘의 특징은 독자의 **무의식** 또는 **잠재의식** 속에 엄연한 현실로 받아들여지게 한다는 것이다. 그러기 위해서는 인간의 보편적 본성과 불가해한 운명 등 인간 삶의 총체성을 드러내 보여주어야 한다. 대표적인 소설가로 『백 년 동안의 고독』을 쓴 가브리엘 마르케스가 있다. 그의 소설에서 마술적인 것은 현실로 변하고 현실적인 것은 마술이 된다. 이런 마술과 현실, 초월과 내재적인 것을 구분하지 않으면서 상충적인 것이 한데 어우러져 조화를 이루는 총체적 현실을 보여준다.

텍스트 소설

『내 사랑 나의 귀신』 최인석
『염소 할매』 최인석
『명두』 구효서
『백 일 동안』 최은미
『아무도 없는 곳에』 김경숙
『눈으로 만든 사람』 최은미

05

세태 소설

소설의 사건과 전개를 세태적인 '사실'에서 구하는 소설을 일
컫는다. 1936년 최재서가 박태원의 소설『천변풍경』을 가리켜
'도시의 일각에서 움직이는 세태인정世態人情을 그린 소설'이라
고 평했다.

서구 문학사에서 세태 소설은 리얼리즘과 일정한 친연성을
지녀왔다.

세태 소설이란 작가가 세상의 돌아가는 상황에 대해 비판적
인 인식을 가지고 그것을 설정했다는 것을 의미하며, 더구나
그것을 소설적 양식으로 발언한다는 것을 의미한다. 즉 소설
과 글쓰기에 대한 선이해, 작가의 사회적 책임에 대한 이해,
소설에 대한 이해를 전제한다. 따라서 자신이 느끼고 있는 세
상의 인정세태, 무엇인가 잘못되었다는 비판을 소설 작품을
통해 사회적으로 발언한다는 데 많은 문학적 전제들이 작동
하고 있는 셈이다. 따라서 전제들이란 첫째, 세태를 구성하고
있는 한 개인으로서의 작가가 세태를 비판적으로 인식하게
되었을 때 자신이 이 세태를 비판적으로 만든, 세태 비판의

관점을 점검해야 한다. 자신은 왜 그것을 비판적으로 인식하게 되었는가를 질문하게 되면, 자신이 의존하고 있는 가치관, 비판자 자신이 바람직하게 생각하고 있는 세계관이 반드시 드러나기 마련이다(작가의 준엄한 자기 검열). 그러므로 시대적인 것과 어떤 관계를 맺는 것인지, 자신이 가진 사고방식과 대척점에 있는 사고 체계, 즉 자기가 의존하고 있는 세계관과 길항하는 사고 방식을 반드시 점검하지 않으면 안 된다.

둘째, 작가의 사회적 위치, 즉 작가가 현실과 어떤 관련을 맺을 수 있는 존재인지, 만약 작가가 현실과 교전해야 한다면 그것의 정당성은 무엇으로부터 기원하는 것인지 자기 철학을 수립해야 한다.

셋째, 작품이 사회의 문제점을 비판적으로 드러내는 수단이 되어도 무방한가에 대한 점검이 필요하다. 왜냐하면 문학이란 사회와 분리된 자기 폭력성을 가진 자족적인 체계라는 관점도 있기 때문이다. 다만 예술은 비정치적일 수 없다. 비정치적이라는 입장 자체가 이미 정치적인 것이다.

넷째, 독자의 소통만이 과연 작품의 존재론적 가치를 입증하는 것일까, 하는 것이다.

박완서의 많은 작품이 세태 소설 범주에 포함된다고 할 수 있겠다.

텍스트 소설

『거저나 마찬가지』박완서

『마흔 아홉 살』박완서

『빈집』김이설

『입동』김애란

『마켓』기준영

06

아날로지

아날로지는 주체와 텍스트와의 관계에서 서로 유사함을 가리키는 말이다. 유사성을 바탕으로 세계에 대한 특수성을 탐색하므로 유사성의 미학이라고도 한다,

아날로지 미학의 목적은 알려진 것을 통하여 알려지지 않은 것을 드러내고자 하는 것이다.

사례 텍스트로는 폭력의 생성 과정과 몰락 과정에 대해 탐구한 이문열의 『우리들의 일그러진 영웅』과 희생양 메커니즘을 형상화한 전상국의 『우상의 눈물』 사이에 유사성의 미학이 존재한다. 표절 시비에 휘말린 신경숙의 『전설』과 일본 작가 미시마 유키오의 『우국』 사이에도, 박은경의 『박쥐우산』과 이문열의 『익명의 섬』 사이에도 유사성의 미학이 자리하고 있다.

 텍스트 소설

『우리들의 일그러진 영웅』 이문열
『전설』 신경숙
『박쥐우산』 박은경

07

아이러니

이질성의 미학인 아이러니irony는 유사성을 부정하는 데서 출발하여 주체와 텍스트(대상) 사이의 거리 두기를 중시한다.

아이러니는 주체와 텍스트(대상) 사이가 단절되어 있어 상호 소통이 차단된 상태에서 발생한다. 따라서 당대와의 갈등을 주제로 하는 현대 문학은 대체로 아이러니 미학에 바탕하고 있다. 아이러니는 언어적, 낭만적, 극적, 상황적, 소크라테스적, 역사적 아이러니 등이 있다.

언어적 아이러니

말하는 사람이 의도한 숨겨진 의미가 겉으로 드러나는 의미와 다른 경우다. 예컨대 반대의 의미로서 실수한 사람에게 "참 잘했다"라고 표현하는 기법이다.

낭만적 아이러니

실패할 것을 예견하면서도 옳다고 믿는 방향으로 끝까지 밀어붙이는, 즉 그 방향이 패배의 길이라는 것을 예감하면서도 밀고 나가는 주인공의 비극적인 삶을 형상화하는 기법이다.

낭만적 아이러니는 현실과 이상, 영원과 유한, 신성과 세속, 이성과 감성 등의 극한 대립 속에서 발생하는 것으로, 이상적인 것에 대한 강렬한 동경과 그 필연적인 좌절을 통해 인간의 한계와 희망을 동시에 발견하게 한다.

극적 아이러니

'예상되는 일'과 '실제로 일어나는 사건'이 일치하지 않는 현상을 일컫는다. 자신이 체험하는 사건 또는 의도하는 일이 종국에는 자신이 의도했던 것과는 전혀 딴판이 될 수 있는데도 모르고(운명의 역전) 행동하는 것을 말한다.

소포클레스의 『오이디푸스 왕』에서 보듯 극중 인물이 알지 못하는 어떤 것을 독자가 이미 앎으로써 생기는 아이러니로 긴장이나 위기감을 고조하거나 독자의 동정과 이해를 강조하는 목적으로 이용한다.

상황적 아이러니

다른 사람의 불행한 상황을 보면서도 자신 또한 그와 똑같은 불행한 상황 속에 놓여 있는 것을 눈치 채지 못하고 다른 사람의 불행에 대해 가타부타하는 경우에 발생한다.

소크라테스적 아이러니

무지와 겸손을 가장하여 상대에게 질문을 함으로써 막연하고 불확실한 지식을 가진 사람으로 하여금 사실과 표현, 그들의 모순과 무지를 자각하게 하는 문답법을 말한다.

역사적(정치적) 아이러니

예견한 역사와 실현된 역사 사이의 모순이 발생하는 경우를 말한다. 예컨대 독재자를 무너뜨리고 이룩한 제도로 독재자의 딸을 합법적 대통령으로 만들어낸 것보다 아이러니한 일도 드물 것이다.

텍스트 소설

『운수좋은 날』 현진건
『부메랑』 윤성희
『코리언 솔저』 전성태
『성탄특선』 김애란
『해피 데이』 김정란
『단지 살인마』 최제훈
『너를 닮은 사람』 정소현

08

패러디

텍스트에 기생하는 기법으로서의 패러디는 본질적으로 문제적인 현상을 언어적이거나 구조적 혹은 주제적인 차이가 드러나는 타 작가의 작품이나 혹은 타 장르의 형식적인 특징을 교묘하게 모방하여 과장적·풍자적으로 형상화한 익살 문학을 일컫는다. 따라서 진정한 패러디가 이루어지려면 텍스트보다 깊고 풍요로운 의미 창출과 예각적인 현재성을 지니고 있어야 한다. 패러디는 모방이면서 창조이고, 동일화이면서 차별화이다. 즉 같지 않은 문제를 병치하고, 다른 것과 관련된 제재를 동시에 제시하는 장르적 기법을 사용하여 두 개의 코드에 하나의 메시지를 담아낸다.

　작품의 예로 박태원의 『소설가 구보씨의 일일』(일제 식민지하의 지식인의 고뇌)를 패러디한 소설로 최인훈의 동명 소설(분단 시대의 지식인의 하루)과 주인석의 동명소설(80년대 독재와 혼돈의 시대 대학생의 고뇌)이 있다. 그 외에도 김승옥의 『서울, 1964년 겨울』을 패러디한 전진우의 『서울, 1986년 여름』과 임영태의 『서울, 1994년 여름』 등도 있다. 타 장르의 기법을 패러디한 김소진의 『자전거 도둑』은 1950년대 네오리얼리즘 영화의 걸작 빅토리오 데시카 감독의 『자전거 도둑』의 패러디라고 할 수 있다.

 텍스트 소설

『자전거 도둑』 김소진
『말을 찾아서』 이순원
『고도를 기다리며』 김영현
『야행』 편혜영

09

알레고리

확장된 비유법으로 본래는 '다르게 말한다'는 그리스어 알레고리아allgoria에서 유래되었다. 즉, 표면적인 의미와 이면적인 의미의 이중 구조로, 말하고자 하는 것을 숨기고 다른 보조적인 소재로 말하고자 하는 것을 암시한다. 다시 말해 말할 수 있는 것을 통해 말할 수 없는 것(숨은 속뜻)을 전하는 기법이다. 따라서 알레고리는 내포하고 있는 현실적 문제를 불러내야 한다. 이솝 우화는 겉으로는 동물 세계의 이야기지만 이면적으로는 인간 세계를 빗대어 말하는 이중 구조다.

알레고리 소설을 쓸 때 유의해야 할 점은 초현실적인 상황을 설정한 다음 구체적인 서사로 의미를 형상화해야 한다. 또한 각 소재는 하나의 의미만을 지니도록 해야 하고, 소재들 사이의 연관관계를 의미들 사이의 연관관계로 대응하게 해야한다. 다시 말해 구체성을 띠지 못하면 설득력이 없다.

겉으로 드러난 것과 실제 사이의 괴리에서 보듯 알레고리는 닫힌 사회가 만들어낸 문학 양식으로 곧잘 정치·사회적 접근을 시도할 때 사용되곤 한다.

텍스트 소설

『잔인한 도시』 이청준

『맹점』 최수철

『숨은 사랑』 정종명

『해는 어떻게 뜨는 가』 이승우

『거인의 잠』 고원정

『쾌활 냇가의 명랑한 겟날』 성석제

『책을 먹는 남자』 윤형진

『쿠문』 김성중

『누구나 손쉽게 만들어 먹을 수 있는 가정식 야채볶음』 이기호

『수인』 이기호

『조공 원정대』 배상민

『큰 늑대 파랑』 윤이형

『오월을 체포합니다』 이선영

『개기일식』 박형서

『악어』 권행백

『부루마블에 평양이 있다면』 윤고은

10

피카레스크 소설

흔히 사회적 약자는 곧잘 위악을 연출하여 자신을 방어한다.

피카레스크 소설은 위악적인 인물을 주인공으로 한 소설로 16세기 스페인에서 발생한 소설 양식이다. '재미있는 무뢰한'을 뜻하는 스페인어 '피가로pigaro'에서 유래한다. 피카레스크 소설의 주인공은 모범적 유형의 인물이 아니라, 하층 계급에 속하는 건달로 잔재주가 있으며 매력을 지녀, 가는 곳마다 재미있는 모험의 에피소드가 전개된다. 세르반테스의 『돈키호테』, 디포의 『몰 프랜더즈의 인생』, 마크 트웨인의 『톰 소여의 모험』과 『허클베리핀의 모험』 등을 들 수 있다.

피카레스크 소설의 주인공은 비정하고 부도덕한 현실 사회에 맞서 재치 있는 임기응변과 심각하지 않은 탈선을 범하는 일종의 풍자적 사회적 모험담의 성격이 짙다. 이렇듯 피카레스크 소설은 위악적인 인물 설정과 그 인물의 사회적 모험담, 즉 방황의 이야기로써 기존 질서 및 가치 체계에 대한 모종의 부정 정신을 담아내 인물에 대한 공감대를 이끌어내야 한다.

반대로 사회적 강자는 위선을 내세워 자신을 포장한다. 대표적인 텍스트로는 최일남의 『말이 있었네』, 박완서의 『마흔 아홉 살』, 천운영의 『다른 얼굴』, 이기호의 『누구에게나 친절한 교회 오빠 강민호』, 임현의 『고두』 등을 들 수 있다.

텍스트 소설

『조동관 약전』 성석제
『내 인생의 마지막 4.5초』 성석제
『경찰서여, 안녕』 김종광
『오빠가 돌아왔다』 김영하
『실내화 한 켤레』 권여선

11

로망스와 탐색담

로망스

12세기 중엽부터 13세기에 걸쳐 유럽에서 유행했던 기사의 모험과 사랑 이야기로, 앵글로 색슨족의 『아더왕과 그 기사들』, 프랑크족의 『샤를르 마뉴왕과 그 기사들』이 로망스 이야기의 전형이다. 『롤랑의 노래』, 『트리스탄과 이졸데』, 독일의 중세 궁정 서사 시인 볼프람 폰 에셴바흐Wolfram von Eschenbach (1170~1220)가 쓴 『파르시팔』 등이 이 계열에 속한다.

주인공이 일생을 살면서 여러 고비를 겪으며 자신을 발견하고, 마지막에는 행복한 결말로 끝나는 소설의 형태를 로망스라고 한다. 로망스 소설에서는 허구와 상상이 우선 전제되어야 한다.

로망스의 패턴은 폭력과 그것에 대항하는 새로운 영웅의 출현을 기조로 한다. 즉 평화롭던 왕국에 괴물이 나타나 늙은 왕에게 처녀를 제물로 바칠 것을 요구하지만 늙은 왕은 병들어서 괴물의 요구에 응하지 않을 수 없다. 처녀들을 괴물에게 차례로 바치고 왕의 사랑스런 딸이 괴물의 희생양이 될 차례가 된다. 이때 힘세고 지혜로운 젊은이가 나타나 괴물을 퇴치할 것을 왕에게 약속한다. 이에 왕은 젊은이가 괴물을 퇴치하면 공주와의 결혼은 물론 왕위를 물려줄 것을 약속한다. 이윽고 젊은이와 괴물과의 싸움 끝에 젊은이가 승리하고 약속대로 공주와 결혼하여 새로운 왕위에 오른다는 것이다.

'영웅 신화'의 프로세스는 다음과 같다.

① 분리 또는 소명에 의한 모험의 세계로의 출발 단계
② **이니시에이션**initiation, 즉 시련과의 맞닥뜨림
③ 갈등, 시련, 대결의 극복 단계
④ 귀환 단계

나를 찾아 헤매는 여정으로서의 『파르시팔』은 성배 신화 가운데 가장 위대한 영웅이기도 하다. 본디 **성배 신화**는 이교 제식과 기독교 설화같이 서로 원천이 다른 이야기가 결합되면서 형성되었으므로 여러 갈래의 이야기가 존재한다. 로망스의 근원은 다름 아닌 제식에 빚지고 있다고 한다(『제식으로부터 로망스로』 J 웨스턴). 육체적 생명과 영적 비밀을 전수하려는 고대 제식이 먼저 있었고, 후대의 이야기꾼들이 그 제식을 토대로 살을 붙인 게 바로 아더왕류의 이야기가 되었다.

융Jung, Carl Gustav(1875~1961)이 개척한 원형 심리학을 바탕으로 신화를 탐구하는 로버트 A. 존슨은 성배 신화를 다음과 같이 해석한다.

"기사가 되기 위해 길을 떠나는 열여섯 살 파르시팔은 남성의 원형이다. 남성은 그 나이에 어머니와 집이라는 울타리를 떠나게 될 어떤 비전과 만난다. 하지만 그는 아직 어머니에 대한 의존에서 벗어나지 못했고 세상과 자신에게 중요한 질문을 던질 줄 모르기에 실패한다."

파르시팔이 그랬듯 사춘기 소년의 시행착오가 정정되는 데는 무려 20년이나 걸린다. 전통적인 입사 의식이나 스승이 부재한 현대의 청소년들은 '나'라는 성배를 찾는 긴 여정을 견디지 못한다. 청소년기에 빠져드는 공격적 성향이나 속도와 마약, 무분별한 성애 등은 모두 손에 잡히지 않는 나의 대체물이며 그런 목마름을 수많은 광고가 이용한다. 우리나라처럼 부모나 학교가 아예 '나'를 만들어 주는 것도 문제이다. 그런 공허 끝에 남성은 마흔 중반 넘어, 또 한 번의 사춘기를 맞이하며 추락한다.

텍스트 소설
『약속의 숲』 최인석
『나비를 위한 알리바이』 김경욱

탐색담

누군가가 '괴물에게 납치당했다'(타율) 또는 누군가가 '사라졌다'(자율)라고 했을 때 실종된 자들을 찾아 헤매는 여정이 탐색담이다. 호머의 『오디세이아』, 단테의 『신곡』, 번연의 『천로역정』, 세익스피어의 『리어왕』, 스티븐슨의 『보물선』 등은 전형적인 탐색담이라고 할 수 있다. 탐색담 또한 로망스와 유사한 구조를 지닌다.

① 출발(소멸): 소명에 의해 멀고 힘든 여행 떠남
② 여행: 동반자, 괴물과의 맞닥뜨림, 멘토와의 만남
③ 장애물과의 맞닥뜨림: 장애물(죽음과도 같은 마지막 시련)이 버팀
④ 극복(목적지 도착): 왕국의 새로운 주인공 등극

노드롭 프라이는 모험들의 연속이 탐색이고 탐색을 분명하게 끝마치는 형식을 '탐색담'이라고 했다.

아곤(Agon)	➡	파토스(Pathos)	➡	아나그노리시스(Anagnorisis)
인물 간의 갈등이나 언쟁을 의미. 위험한 여행을 위한 준비 단계로 갈등 국면임		주인공과 적과의 싸움에서 어느 한쪽이 죽지 않으면 안 되는 싸움. 필사의 투쟁 국면임		주인공이 영웅으로 판명됨과 동시에 그의 성공과 개선을 지지하는 개념. 하지만 현대문학에서는 운명의 발견, 운명의 뒤바뀜(페리페티어), 즉 미처 예견하지 못했던 일이 후에 알게 되어 사건이 역전되는 국면임

'성배 전설'이야말로 탐색담의 전형으로 중세 유럽 문학의

주요한 소재가 되었다. 성배 전설에서 성배는 ①켈트족의 종교적 제의에 쓰였던 잔(육체적 생명과 영적 비밀을 전수하려는 고대 제의가 먼저 있었고, 후대의 이야기꾼들이 그 제의를 토대로 살을 붙여 아더왕 류의 이야기가 되었다), ②그리스도가 최후의 만찬에 사용한 잔, ③십자가에 매달린 그리스도가 흘린 피를 받았다는 요셉의 잔인데, 요셉이 후에 이 성배를 들고 영국으로 들어갔지만 그 후 행방이 묘연해진다. 댄 브라운의 『다빈치 코드』의 성배 찾기가 이 부류에 속한다.

현대 소설에서의 탐색담은 '사건 발발−탐색−진상−변모'의 구조로 이루어진다.

텍스트 소설

『역마』 김동리
『어두운 기억의 저편』 이균형
『하나코는 없다』 최윤
『플라나리아』 전상국
『아내의 행방불명에 관하여』 정윤우
『타블로 비방 혹은 비너스 내부−작품번호 1』 박정규
『다시 한 달을 가서 설산을 넘으면』 김연수
『달로 간 코미디언』 김연수
『밤의 마침』 편혜영
『델러웨이의 창』 박성원
『여자의 계단』 이준희
『골든 에이지』 김희선
『선릉 산책』 정용준
『골든 에이지』 김희선
『호수−다른 사람』 강화길

12

판타지

'**환상**'이란 사실성의 세계를 잠재의식의 요구에 따라 자유롭게 변형시키는 정신 작용을 말한다. 환상이 성립되려면 두 가지 전제 조건 ①여러 세계가 공존하고 있음을 믿는 상상력, ②그러기에 나와 다른 세계가 있을 수 있다는 믿음이 갖추어져야 한다.

츠베탕 토도로프Tzvetan Todorov(1939~2017, 불가리아 태생의 프랑스 문예 이론가)는 독자로 하여금 판타지 소설의 인물들을 살아 있는 사람들의 세계로 여기도록 하고, 기술된 사건에 대해 자연적 설명과 초자연적 설명 사이에서 머뭇거리도록 하게 해야 한다고 강조한 바 있다.

환상은 자아의 정체성을 위협하면서 현실, 비현실의 경계를 침범한다. 이렇듯 환상은 비밀스럽고도 내적인 상상과 그것의 왜곡된 재현이라는 측면에서 문학의 지대한 관심을 받아왔다.

환상은 맨 정신으로는 견디기 버거운 현실을 그나마 버티게 해주는 힘으로 작용한다. 판타지의 기능은 위안, 회복, 탈출이다. 그래서 **대중 영상 문화**는 곧잘 판타지를 추구한다.

　대중문화는 판타지를 동원해 현실과 다른 것을 만들어내어 그것으로 도피하고픈 욕망과 그런 욕망을 파고들어 돈을 벌려는 상업주의, 그리고 이 두 존재의 만남을 가능케 하는 테크노놀로지의 뒷받침에 의해 이루어진다. 대중문화는 이렇듯 자유분방한 환상적 수법이 갖는 **유희성**에 착목한다. 따라서 영상 미디어가 만들어내는 판타지의 세계를 순수문학은 따라갈 수 없다. 현실 도피로서의 판타지가 아닌 순수문학으로서의 판타지 문학은 판타지라는 프리즘을 통해 현실의 문제를 꿰뚫어보자는 것으로 현실이라는 구심력의 자장 안에서 벗어나서는 안 된다.

　『호빗』, 『마법의 반지 이야기』의 존 로널드 톨킨J. R. Tolkien (1892~1973)은 이질적이고 일탈적이고 돌발적인 것들을 합리적으로 조직해서 이야기를 만들어내는 것이 판타지 서사의 핵심이라고 하면서, 이질적인 다양성은 판타지를 보장하고, 서사적인 합리성은 현실감을 부여해준다고 했다.

　판타지 문학은 두 갈래, 즉 도입과 전개와 발전 과정에서는 비현실적으로 보였던 사건이 위기와 결말에 가서는 합리적인 설명으로 해명되는 경우와 비현실적인 이야기 끝에 초자연적인 설명을 통해서만 해결되는 경우이다.

　판타지 소설도 현실의 일부이기 때문에 사실주의적 모든 관습에 의존한다는 것을 잊어서는 안 된다.

텍스트 소설

『내 얼굴에 어린 꽃』 복거일
『아이반』 윤이형
『유리 눈물을 흘리는 소녀』 김숨
『국경시장』 김성중
『내 여자의 열매』 한강
『작별』 한강

13

고딕 소설

기괴함, 어둠, 야성으로 상징되는 고딕gothic은 르네상스 사람들이 중세 건축을 야만적인 북유럽의 고트Goth족이 가져온 양식이라 비난했던 데서 시작된 표현이다. 고트족은 서구에서 가장 찬란한 문명을 이룩한 로마문명을 멸망시킨 유목민이었다. 하지만 근대인에게 고딕이란 **이성의 전복**이었다. 말끔한 고전주의 양식 대신 뾰족한 아치, 기괴한 각도의 조형, 괴물 모양의 장식물 등으로 꾸며진 사르트르 대성당은 이성 대신 야성과 환상을 고취했다.

고딕 소설은 18세기 중엽부터 19세기 초반 성행했던 소설의 한 유형으로 불가사의, 잔혹성 및 갖가지 무시무시한 사건들을 이용함으로써 소름끼치는 공포감을 불러일으키게 하는 공포, 괴기 소설을 일컫는다. 예컨대 유령의 출몰 등 초자연적인 사건이 곧잘 끼어들기도 한다. 이런 소설의 배경으로 중세의 음산한 성이나 지하 감옥 또는 지하 통로 등을 곧잘 이용한다. E.A 포의『어셔 가의 몰락』,『검은 고양이』, 포그너의『이밀리를 위한 장미 한 송이』등이 이에 속한다.

텍스트 소설

『그렇게 정원 딸린 저택』 백민석
『머리에 꽃을』 김성중
『자정의 픽션』 박형서
『미노타우로스』 김주욱
『라라네』 최은미

14

실존주의로서의 부조리 문학

존재는 본질에 선행한다. 실제로 존재하는 체험적 개인의 상황
그 자체가 가장 중요하다. 즉 개인의 구체적 실존은 합리적 이
론으로 설명할 수 없는 비합리적인 것이므로 합리 이외의 다
른 방식에 의한 질문과 해답이 요청된다. 사람은 자기가 성취
하는 바 그대로이다. 그러므로 사람은 그만큼 자유롭다. 이 자
유에 의하여 사람은 남이 자기를 규정하려드는 것을 완강히 뿌
리치고 자기 스스로 정립할 책임이 있다. 그러므로 사람은 자기
의 **자유의지**를 발휘해서 행동해야 한다. 이처럼 자유롭게 자기
의 실존을 성취하기 위한 행동을 '**앙가쥬망**engagement'(현실 참여)
이라고 한다.

　인생은 한시도 쉴 수 없는 행동의 연속이어야 한다. 인간은
부조리한 세계 속에 실존한다고 본다. 실존의 무의미함에서
오는 '불안', '고뇌'야말로 모든 **실존주의적 문학**의 공통 요소이
다. 타락한 세상에 자기를 내던져 포기하는 허무주의와는 다
르다. 절대적으로 무의미하다는 것을 알고 있으면서도 자기
의 실존을 주장한다는 자신감과 성실성에서 그 무의미에 반

항하여 계속 행동하는 신화적 거인 시지프스는 그러한 실존
주의 모습 그 자체다. 세계는 부조리하며 그렇기 때문에 세계
에 대하여 반항해야 한다.

텍스트 소설

『내 마음의 옥탑 방』 박상우
『아무도 돌아오지 않는 밤』 김숨
『움직이는 도서관』 박무진

15

누보로망

누보로망은 뚜렷한 줄거리나 주인공도 없는, 진리라고 일컬을 만한 것이 아무 것도 없는, 즉 전통 소설에 대한 반기로서의 소설 양식이다. 단절을 의미하는 **누보로망**nouveau roman은 발자크에서 졸라에 이르는 소설적 모델에 대한 부정과 거부의 성격을 띠고 있다. 하나의 형식, 전통이 아무런 개혁을 거치지 않고 반복되어 낡아빠지게 되면 결국에는 죽음에 이르고 만다. 단순한 문학의 재생산이 아니라 문학 그 자체에 질문을 제기하는 문학, 스스로를 반성하고 반사하는 문학이어야 한다는 데서 출발한다. 따라서 형태적 실험(몽타쥬 수법), 실험적 문체(낯설게 하기), 각주 붙이기에 문헌, 벽보, 다른 사람의 글, 시, 연설문, 기타 정치적 유인물 등 이른바 삶의 담화의 조각조각들이 허구의 글과 병치되기도 하고 허구 속으로 끼어들어 오기도 한다.

지식인으로서의 작가는 자기 시대의 정치적, 사회적, 윤리적 문제에 대한 역사적인 책임을 져야 하는데도 누보로망은 지나치게 **형식 미학**에 집착하여 지식인으로서의 작가가 마땅히 짚어야 할 책임을 지지 않는다는 인상을 준다. 그럼에도 불구하고 세계와 인간관계를 파악하는 하나의 잣대로 유효한 면이 있다. 알랭 로브그리에의 『지우개』, 『엿보는 사람』, 『질투』, 르 클레지오의 『조서』 같은 작품들이 누보로망의 특징을 잘 드러내고 있다.

미니멀리즘

제2차 세계대전 전후 시각 분야에서 시작돼 모든 분야로 확산된 예술 사조로 모더니즘처럼 장식과 기교를 최소화하고 본질만 표현했을 때 진정한 리얼리티가 이루어진다는 주의다. 건축에서는 단순한 구조와 소재로 효율성을 추구하는 방향으로 나타났는데, 대표적인 건축가로 루드비히 미스 반 데어 로에Mies van der Rohe(1886~1969)가 있다. 미술 분야는 최소한의 색상과 형태로써 기하학적인 뼈대만을 표현하는 단순한 형태의 작품이 주종을 이룬다. 대표적인 화가로 도널드 저드Donald Judd(1928~1994)가 있다. 패션 역시 단순한 디자인, 직선적인 실루엣으로 멋을 내는 것을 강조한다. 미니멀리즘의 조각가로는 조엘 사피로Joel Elias Shapiro(1941~)가 있다.

텍스트 소설

『곰팡이 꽃』 하성란
『아주 보통의 연애』 백영옥

17

페티시즘

페티시즘Fetishism은 목석같은 것에도 영혼이 있다고 생각하는 신앙이다. 미개인들이 영험한 것이 깃들어 있다고 믿는 자연물이나 무기물에 생명이 깃들어 있다고 보고(정령설) 숭배의 대상으로 삼아 자신이나 종족의 안녕을 기원하는 행위를 말한다. 일종의 **애니미즘**animism으로 **주물 숭배** 또는 **물신 숭배**라고도 한다.

　김동리의 단편소설『바위』에서 바위가 복을 주는 복바위로 환치되어 영험한 힘이 있다고 믿는 것이 이에 해당한다. 문둥병에 걸려 극한 상황에 처한 어머니가 하나 밖에 없는 아들을 만나기 위해 복바위를 향해 소원을 비는 데서 페티시즘의 형상화를 엿볼 수 있다.

　한편 심리학에서는 연모하는 이성의 몸의 일부나 옷, 장신구, 소지품 등에서 성적 만족을 얻는 **성적 도착**을 일컫기도 한다.

텍스트 소설

『바위』 김동리
『작은 인간』 조성기
『몽고반점』 한강

의식의 흐름

의식의 흐름stream of consciousness이란 용어는 1890년 미국의 심리학자 윌리엄 제임스William James(1842~1910)가 『심리학 원리』에서 인간의 정신 속에서 생각 또는 의식이 끊어지지 않고 연속된다는 견해를 발표하면서 처음 사용되었다. 즉 인간의 마음에는 무수한 심상들이 서로 복잡하게 얽혀 물결치듯 흐른다는 것이다.

사람의 내적 실존은 외부에 나타나는 것처럼 조직적이고 논리적이지 못하며 비논리적인 생각들이 뒤섞여 연속되어 있다. 다만 이러한 생각들이 연속될 수 있는 것은 잡다한 일상 체험의 연속성과 자유로운 연상 작용 때문이다. 이러한 의식의 흐름 기법은 어떠한 인위적인 장치 없이 인간 정신에서 나오는 그대로 기술하는 것을 목표로 삼는다. '자동 기술법'이라고도 한다. 소설 속 인물의 의식이 중단되지 않은 채로 외부로부터의 자극을 계속 받아들이고 그에 반응하면서 떠오르는 그대로 서술하는 것을 말한다. 1910~1920년대에 걸쳐 영국 소설에서 일어난 실험적인 기법이다. 따라서 '의식의 흐름' 소설은 서사의 논리와 작법, 즉 관습화된 소설 작법을 희생시키면서라도 무질서한 잡다한 흐름을 그대로 서술하고자 한다. 과거, 현재, 미래로 이어지는 순차적 시간으로 사건이 진행되지 않고 마구 뒤섞여 서술된다.

마르셀 프루스트의『잃어버린 시간을 찾아서』, 제임스 조이스의『젊은 예술가의 초상』과『율리시스』, 버지니아 울프의『델러웨이 부인』과『등대로』, 캐서린 맨스필드의『가든 파티』, 윌리엄 포그너의『소리와 분노』등은 의식의 흐름 기법을 보여주는 텍스트들이다.

텍스트 소설

『날개』이상
『소설가 구보씨의 일일』박태원
『소설가 구보씨의 일일』최인훈
『소설가 구보씨의 하루』주인석
『겨울의 환』김채원
『사랑의 예감』김지원
『풀』하성란
『빈집』백정승
『울어본다』장은진

19

포스트모더니즘과 패스티시(혼성모방)

포스트모더니즘

형이상학에 대한 해체의 개념으로 이성 중심의 합리주의에 대한 비판에서 출발하였다. 이성 중심인 모더니즘에 반해 기성도덕이나 전통적 권위에 반항하여 그것으로부터 벗어나려는 탈중심주의(다원주의)가 바로 포스트모더니즘이다.

  포스트모더니즘의 이론적 틀은 쟈크 데리다, 롤랑 바르트, 찰스 랭크스, 미셸 푸코, 쟈크 라캉, 쟝 보드리야르 등에 의해 구축되었다. 그중에서도 쟈크 데리다Jacques Derrida(1930~2004)의 『해체론』은 결정적인 영향을 미쳤다. 그는 형이상학에 대한 해체론에서 첫째 형이상학은 모든 것을 이분법으로 나누어 한편에는 진리, 선, 미를 놓고 다른 한편에는 그에 대립되는 허위, 악, 추를 두어, 이런 이항 대립 구조에서 불평등한 억압과 차별이 발생한다고 보았으며, 둘째 다양성과 차이를 인식하자는 뜻에서 예컨대, 역사학에서 유럽, 백인, 남성 중심의 역사 서술의 극복을 지향하고, 셋째 비주류와 소수의 소리 없는 아우성에 주목하였다.

포스트모더니즘의 특징은 다음과 같다.

① 문학 작품을 독창적인 것으로 보는 모더니즘과는 달리 '한 작품은 다른 작품과 끊임없이 서로 연관성을 지닌다'는 상호 텍스트성을 강조한다. 태양 아래 새로운 것은 없고 모자이크와 같다. 상호 텍스트성에 남다른 관심을 가진 T.S. 엘리어트는 "삼류 시인은 남의 작품을 빌려오지만 일류 시인은 훔쳐온다"라고 말한 바 있다.

② 이성 중심 사고에 회의를 품고 탈중심주의에 대한 강조를 통해 상대적이고 다원적인 것에 주목(즉 이렇다 할 주목을 받지 못하는 주변적인 것들, 소수의 목소리에 귀를 기울임)한다.

③ 이념으로부터 자유롭다

④ 결론을 유보하는 열린 결말로 나아간다.

포스트모더니즘은 특히 **상호 텍스트성**을 강조함으로써 미메시스, 패스티시 그리고 표절 논쟁이 일어나기도 한다.

결론적으로 포스트모더니즘은 반엘리트주의적이고, 대중문화적이며, 과거에 대한 향수가 없다는 점에서 모더니즘에 비해 진일보한 사조라 할 수 있다. 그러나 모더니즘이 문화의 상품화에 대한 최후의 저항이었던 것에 반해 포스트모더니즘은 문화 그 자체까지 상품화시킴으로써 문화와 상품의 차이를 모호하게 한다. 따라서 지배 문화와 총체성의 권위를 부정하는 포스트모더니즘에서 다양성, 복합성 그리고 대중성을 유효적절하게 이끌어 갈 수 있는 새로운 틀을 마련하는 대안

이 시급하다.

패스티시

혼성 모방으로 **인용의 복수성**을 의미한다. 따라서 창조성과 무관한 기법이라 할 수 있다. 창조성이 없기 때문에 타 텍스트의 수사학이나 스타일을 무차별적으로 차용하고 그것을 짜 맞추게 되는 것이다. 패러디와는 달리 대상(텍스트)에 대한 비판이나 풍자가 없다. 그래서 비창조성, 비윤리성 그리고 아우라 없음으로 비판받기도 한다.

포스트모던 예술가들은 이미 존재하는 텍스트를 패러디하고, 이미 존재하는 이미지를 몽타주하고, 이미 존재하는 사운드를 리믹스한다. 그들은 이미 존재하는 다른 작품들을 이리저리 **혼성으로 모방(패스티시)**해 또 다른 작품으로 조직해낸다.

정보의 홍수 속에서 필요한 능력은 정보 하나하나를 해독하는 능력보다는 그렇게 범람하는 정보 속에서 자기가 필요로 하는 정보에 성공적으로 접근access하는 능력이다. 포스트모던 예술가들은 일찍이 새로움은 요소가 아니라 배치에 있다고 말한 바 있다. 당신이 써내고 싶은 글, 그리고 싶은 그림, 찍고 싶은 사진은 이미 누군가가 해놓고 있다. 중요한 것은 새로운 정보를 생산하는 것이 아니라 이미 존재하는 정보들을 새로운 방식으로 조직하는 것이다. 외국 소설로는 움베르트 에코의 『장미의 이름』, 밀란 쿤데라의 『참을 수 없는 존재의 가벼움』, 토머스 핀천의 『제49호 품목의 경매』와 『중년의 무지개』 등이 대표적인 텍스트이다.

참고로 부르주아 주류에 반격했던 시대정신으로서의 모더니즘은 19세기 후반과 20세기 초반에 유행했던 **사실주의**와 **자연주의**에 대한 반발에서 비롯된 사조로, 기성도덕과 전통적 권위를 반대하고 자유와 평등, 그리고 도시의 시민 생활과 기계 문명을 쫓는 경향을 지닌다. **이미지즘**과 **주지주의**에서 **표현주의, 다다이즘, 초현실주의, 신즉물주의**로 전개되었다.

텍스트 소설

『아주 사소한, 류씨 이야기』 유성식
『뱀장어 수튜』 권지예
『위험한 독서』 김경욱
『버니』 이기호
『퀴르발 남작의 성』 최제훈
『그들에게 린디함을』 손보미
『아르판』 박형서
『펑크록 스타일 빨대 디자인에 관한 연구』 송지현
『폴이라 불리는 명준』 명학수

하이퍼텍스트 픽션

하이퍼텍스트 픽션hypertext fiction이란 저자의 지배로부터 독자를 해방시키는 유형의 소설을 일컫는다.

인간의 의식을 깨우치는 세 가지 역사적 사건으로 문자의 발명, 인쇄 활자의 발명, 하이퍼텍스트(디지털 매체)의 발명을 든다.

현대 소설은 산업화 사회와 민주주의가 발흥했을 때 그 중심부에 위치해 있었다(헤겔은 소설을 **중산층** 세계의 서사시라고 불렀다). 21세기에 접어들어 소설은 디지털 매체에 의해 그 중심부에서 밀려났다고 해도 과언이 아니다.

소설은 가부장적, 식민주의적, 정치 중심적, 위계질서적, 권위주의적 가치들을 배반해 왔다고 비판받는 자리에 서게 됐다.

디지털 매체의 발달은 하이퍼텍스트 픽션의 세계를 열어젖혔다. 하이퍼텍스트 픽션은 저자의 지배로부터 독자를 해방시켜준다. 소설의 시작은 작가로부터 시작하지만 결말은 누구에 의해 끝날지 모르는 집단 창작의 세계가 열리고 있다(웹

툰, 웹 드라마, 웹 다큐멘터리 등). 소설은 결국 독자의 적극적 참여로 진화할 것이라는 예측이다.

본격적인 하이퍼텍스트 픽션의 최초 작품은 1987년 플로피 디스크로 발표한 마이클 조이스의 『오후After, A story』가 효시이다. 소설의 화자가 하는 질문에 대해 독자가 응답하며 서사가 이어져 나가게 한 작품이다.

 텍스트 소설

『표정 관리 주식회사』 이만교

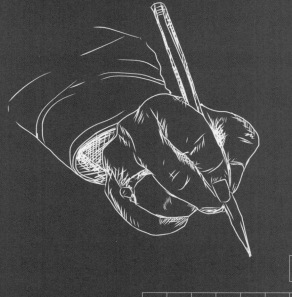

주요 모티프의
소설적 형상화

한국 현대 문학이 다루어 왔던 모티프들을 추려내어 일반적인 설명과 함께 작가들은
이러한 모티프들을 어떻게 한 편의 소설로 형성화했는지 구체적인 텍스트를 예로 들
어 살펴보기로 한다.

01

기억의 재구성 – 기억의 아카이브

흔히 소설가는 **상상력**에 의해 소설을 쓴다고 하지만 『잃어버린 시간을 찾아서』의 작가 마르셀 프루스트는 "작가는 상상력으로 글을 쓰지 않고 단지 기억으로만 글을 쓴다"고 하였다. 괴테는 "소설가란 경험하지 못한 것을 쓰지 않으며 경험한 대로도 쓰지 않는다"라고 말하기도 했다.

기억이란 간직했던 과거의 경험을 돌이켜 되살리는 정신 작용으로 인간 존재의 특성이자 능력이다. 이런 면에서 역사와 문학은 기억을 바탕으로 이루어진다. 하지만 역사적 기억과 문학적 기억은 엄연히 다르다.

역사적 기억은 과거에 일어났던 사실을 불러내는 것으로 공적인 집단의 기억이다. 이에 반해 **문학적 기억**은 내면적인 개인의 기억이다. 개인적인 기억은 들출수록 아리송해진다. 이러한 기억에는 인간 존재의 비밀 같은 것이 도사리고 있기 때문에 고통스럽다. 그래서 사람들은 되도록 과거를 봉인하려고 한다. 그 기저에 에고이즘이 작동하기 때문이다. 하지만 어쩔 수 없이 과거를 떠올릴 수밖에 없을 때에도 사실과의 괴리가 생긴다.

기억은 서술하는 사람의 마음에서 재구성, 재창조된 현재의 산물이므로 시간의 연속성이 무너지면서 사실과 조작의 뒤섞기로 나아간다. 따라서 문학적 기억은 역사적 기억과는 달리 공적인 보호를 받지 못한 기억들이 변형과 치환, 왜곡을 수반하는 과정을 거쳐 문학이라는 이름으로 복권되는 과정을 뜻한다.

21세기를 일찍이 내다본 철학자이자 문예 비평가인 발터 벤야민은 〈일방통행로〉라는 논문에서 기억을 자발적 기억과 비자발적 기억으로 나누어 설명한다. **자발적 기억**은 자신의 의지에 의해 이루어지는 기억으로, 현재 자신의 생각과 정서로 과거를 되살리는 것으로 자칫 왜곡하기 쉽다. **비자발적 기억**은 『잃어버린 시간을 찾아서』의 주인공이 홍차에 적신 마드렌이라는 과자를 입에 넣는 순간, 과거 유년시절을 보냈던 콩브레라는 마을의 모든 풍경이 생생하게 되살아나는 경험을 하게 되는 데서 보듯 매개 항에 의해 촉발된다는 것이다. 이렇듯 비자발적 기억이야말로 우리가 애써 은폐하려고 했던 과거의 사실을 있는 그대로 전달해주는 힘을 지닌다는 것이다.

영화 〈마지막 황제〉의 감독 베르나르도 베르톨루치는 "역사가는 사실에서 시작하여 거짓으로 끝을 맺고, 작가는 거짓에서 출발하여 진실로 다가간다"고 했다. 역사적 기억과 문학적 기억에 대해 시사하는 바가 크다.

'**기억의 재구성**'을 모티프로 한 하성란의 『자전소설』은 소설가가 된 화자가 청소년기의 자신의 체험을 내용으로 한 〈자전소설〉을 발표한다. 얼마 안 있어 같은 모임의 멤버였던, 지금은 고향에서 도서 대여점을 하는 윤미가 화자의 〈자전소설〉을 읽고 고향에 한번 다녀가라는 전화를 해온다. 고향을 떠난 지 20여 년 만에 귀향한 화자는 모임의 멤버들과 함께 공유했던 한 사건의 실체와 맞닥뜨린다.

그 시절, 폭력적인 남편에게 시달리는 이웃집 아내를 동정하고 그 남편을 증오했던 화자는 모임의 멤버들과 함께 당면 공장에 들어가 금고의 돈을 훔치려다 들켜 경비견에 쫓겼지만 그 개를 붙잡아 펌프장 배수탑에 매달아 몽둥이질한 것으로만 기억하고 있었다. 그런데 화자는 〈자전소설〉 속에서 모임의 멤버들이 그 남편을 죽음에 이르게 한 것으로 묘사한다. 하지만 20여 년 전 그 당시 남편에게 폭행당하는 철물점 여자를 연민하게 된 같은 멤버였던 수정의 사주로 모임의 멤버들이 소설에서처럼 그 남편을 폭행해 치사케 했다 사실이 드러난다.

텍스트 소설

『자전소설』 하성란
『삼풍백화점』 정이현
『아버지의 부엌』 김경욱
『카레 온 더 보더』 하성란
『부메랑』 윤성희
『밤의 마침』 편혜영
『사물과의 작별』 조해진

02

후일담 소설

소설 속 이야기는 이미 일어난 일들이며 지금 막 이루어지고 있는 일도 서술되는 시점에서는 과거형이 된다는 점에서 모든 소설은 **후일담**이라고 할 수 있다.

후일담 소설은 어떤 사실과 관련하여, 그 후에 벌어진 결과를 덧붙이는 이야기다. 하지만 현대 한국 문학에서 후일담 소설 하면 1980년대를 지나온 세대들의 회한에 찬 회고를 담아낸 소설들을 지칭하는 것으로 매우 제한적이다.

현실이 괴롭고 앞길이 트여 있지 않을 때 우리는 흔히 지나온 시간을 되돌아본다. '되돌아 봄'이란 바로 반성적 행위의 일환이기도 하다. 소설은 다른 예술보다도 인간의 모든 문제를 되돌아보게 하는 힘을 지니고 있다.

후일담 소설이야말로 전형적인 **상실과 환멸**의 서사라 할 수 있다. 빛나는 청춘의 한때를 고귀한 대의에 아낌없이 바쳤으나 시간의 흐름과 함께 청춘은 스러지고 대의는 빛이 바래버렸다는 이야기다. 즉, 상실과 환멸이지만 그럼에도 불구하고 역사의 긴 흐름으로 보아서는 역시 성취와 보람이 함께한, 결국 잃은 것 못지않게 얻은 것 또한 쟁쟁한 세대, 그들의 모색과 좌절, 투쟁과 패배와 부활만큼 소설적인 글감도 많지 않다.

그래서 후일담 소설은 감상성과 상투성에 치우친 경우도 많았지만, 유신시대를 배경으로 이념과 인간성의 배리 현상을 섬세한 심리 묘사와 암시적 서술로 풀어낸 최윤의 『회색 눈사람』, 5.18 광주항쟁으로 청춘을 빼앗기고 인생을 저당 잡힌 두 남녀, 계엄군에 맞서 끝까지 도청을 지키다가 붙들려 심문 과정에서 극심한 고문을 받고는 정신 이상자가 된 남자와 그의 연인이었으나 항쟁을 계기로 삶이 어그러지기 시작해 지금은 강릉의 한 분식점 주인으로 살아가는 여자의 통한의 삶을 형상화한 홍희담의 『그대에게 보내는 편지』와 같은 완성도 높은 후일담 소설은 우리에게 깊은 울림을 준다.

 텍스트 소설

『회색 눈사람』 최윤
『그대에게 보내는 편지』 홍희담
『세상 끝의 골목들』 이남희
『인간에 대한 예의』 공지영
『꿈』 공지영
『샤갈의 마을에 내리는 눈』 박상우
『숨은 샘』 김인숙
『다시 한 달을 가서 설산을 넘으면』 김연수
『망월』 심상대
『유리 가가린의 푸른 별』 은희경
『추풍령』 이현수

03

시각 편차-사실의 모호성

어떠한 상황을 객관적으로 바라본다는 것이 얼마나 힘든 일인지, 상황에 대응하는 시각 편차가 얼마나 큰지를 우리는 일상생활에서 종종 경험한다.

시각 편차에 의한 사실의 모호성을 다룬 일본의 쿠로자와 아키라 감독이 만든 〈라쇼몽〉은 이를 극명하게 보여준다. 이 영화는 일본의 최고 문학상인 '아쿠타가와상'으로 유명한 아쿠타가와의 단편 소설 「라쇼몽」(1915)과 「덤불 속」(1922)을 한데 묶어 시나리오화한 것으로 도입에서 나무꾼과 스님이 '라쇼몽'에서 비를 피하는 사이 나무꾼이 사흘 전에 '덤불 속'에서 목격했던 끔찍한 사건을 낯모르는 제3자인 평민에게 들려주는 것으로 시작된다.

무사 내외가 숲 속을 지나다 아내가 도둑에게 성폭행을 당하고 뒤이어 남편이 죽는다. 아내는 도망갔고 도둑은 붙잡힌다. 도둑이 붙잡힌 계기는 지나던 나무꾼이 시체를 발견하고 나졸에게 제보하였기 때문이다. 여기에 무사 부부를 목격했던 스님의 증언이 뒤따르면서 사건의 윤곽이 드러난다. 이어서 작품의 중심인물들인 도둑, 아내, 남편(혼령)은 각기 어긋나는 진술을 한다.

　도둑은 부부를 폭행 후 자신은 도망치려 했으나 여인이 매달리며 두 남자에게 수치를 보이는 것은 죽기보다 괴로운 일이라며 "둘이 결투하여 살아남은 남정네를 따르겠다"라는 말에 묶여 있는 남편을 풀어준 뒤 결투를 해서 이겼으나 그 사이 여인이 도망쳐 버렸다는 것이다. 절간으로 도망간 아내가 참회하는 자초지종은 사뭇 딴판이다. 도둑이 자신을 폭행 후 묶여 있는 남편을 비웃으며 걷어찼다. 그때 남편의 시선에서 자기를 비웃는 차가운 눈빛을 발견했다. 그 순간 그녀는 정신을 잃었다. 정신을 차리고 보니 도둑은 보이지 않고, 남편과 함께 살기는 틀렸다고 생각하고 죽을 작정으로 같이 죽자고 했다. 남편의 입에 낙엽이 잔뜩 물려 있어 소리를 내지 못했지만 "죽여라"고 말했음을 알고 단도로 남편의 가슴을 찔렀다. 그리고 자신도 죽으려고 발버둥 쳤지만 죽지 못했다며 흐느껴 운다. 죽은 남편의 혼령도 무당의 입을 통해 자초지종을 말한다. 도둑이 아내에게 남편과는 원만할 수 없으니 자기 아내가 되어 달라고 유혹했다. 아내가 도둑에게 데려가 달라고 하며 남편을 죽일 것을 애원하는 모습에 기가 찬 도둑이 아내를 걷어차면서 이 여자를 죽일까 살릴까를 자신에게 물었다고 했다. 그 사이 아내는 도망치고 도둑은 묶인 자신을 풀어주고 그곳을 떴고, 자신은 아내가 버리고 간 단도로 스스로 자신의 가슴을 찔렀다고 말한다.

　이와 같이 이 작품의 초점은 사건 당사자 세 사람의 엇갈린 진술에 있다. 두 사람의 증언과 세 사람의 진술로 사건의 전말을 보여주지만 진상은 매우 모호해진다. 나무꾼은 혼령의 말을 정면으로 부인한다. 나무꾼은 사건에 깊이 관여되어 성가시게 될까봐 나졸에게 숨겼지만 남편이 살해되었다고 말한다. 도둑이 여인에게 무엇인가를 호소하고 아내가 남편에게 달려가 남편을 묶은 새끼줄을 끊고 두 남정네를 싸우도록 부추겼다. 원하지 않은 싸움 끝에 남편이 죽고, 도둑이 여인에게 다가가자 여인은 도망쳤다. 도둑은 일본도 두 개를 집어들고 그곳을 떠났다고 했다.

결말에서 라쇼몽에서 비를 피하던 스님, 나무꾼, 그리고 평민은 구석에 버려져 울고 있는 갓난아기를 발견한다. 평민이 갓난아기를 싼 포대기를 뺏는다. 스님이 놀라 아기를 안고 나무꾼이 평민을 꾸짖으며 멱살을 잡는다. 평민은 자기가 뺏어가지 않아도 누군가가 집어가게 마련이라며 나무꾼에게 마지막 얘기를 순검에게 왜 안 했는지 그 이유를 안다고 들이댄다. 손잡이에 보석이 박힌 단도를 채어가지 않았느냐고 면박하곤 빗속으로 사라진다. 스님과 나무꾼은 말없이 서 있다. 이윽고 나무꾼이 자식이 여섯이니 하나 더 보탠다고 크게 어려워질 것 없다며 갓난아기를 받아든다. 이에 스님은 사람에 대한 믿음을 돌려주어 고맙다고 말한다. 그 사이 하늘은 개고 집으로 향하는 나무꾼을 스님은 지켜본다.

이 영화의 도입과 결말은 '악의 평범성'을, 이야기의 내용에서는 '거짓의 상대성'을 인상 깊게 보여준다. 관찰 대상이 이해

관계가 밀접하게 연관되어 있는 사회 현상인 경우, 객관적 파악이란 그만큼 어려워진다. 이해관계가 침투되어 있는 시각은 관찰 대상 혹은 이해 대상의 파악을 자신에게 유리하게 바꿔 놓기 십상이다.

현상이란 무릇 주관적으로 구성되는 것이며, 나아가서는 주관적 왜곡까지 서슴지 않는다. 사실 확인은 그만큼 어렵고, 그 전모는 늘 유동적이기도 하다. 사실 파악의 어려움, 아니 불가능성을 이 영화가 보여준다.

김영하의 『사진관 살인 사건』은 사진관 주인의 피살 사건을 두고 벌어지는 탐색담으로 사실의 모호성을 모티프로 삼고 있다. 수사를 맡은 형사는 살인 사건의 인과관계를 밝히기 위해 주변 인물들, 죽은 자의 아내, 그 아내와 은밀하게 교류했던 사내의 뜻하지 않았던 삶의 비밀과 욕망까지도 수사 과정에서 알아낸다. 형사는 사진관 주인 아내를 조사하면서 다른 남자를 사귀다 아이를 임신하고 지웠던 전력이 있는 자신의 아내를 연상하기까지 한다. 결과는 예상치 못한 인물이 범인으로 붙잡히지만 그가 진범일까 하는 의문은 여전히 남는다.

텍스트 소설

『수선화를 꺾다』 하창수
『울프강의 세월』 김소진
『심인광고』 이승우
『산장카페 설국 1㎞』 권지혜
『사진관 살인사건』 김영하
『페르시아 양탄자 흥망사』 김희선
『몬순』 편혜영
『기린이 아닌 모든 것에 대한 이야기』 이장욱
『밤의 마침』 편혜영
『남편』 최진영
『나를 혐오하게 될 박창수에게』 이기호
『오래전 김숙희는』 이기호
『참』 이현석
『손』 강화길

데자뷰

데자뷰deja vu란 기시감旣視感 현상을 일컫는 말로 한 번도 경험한 적이 없는 상황을 마치 이전에 그런 일을 겪은 것처럼 기억하는 일종의 기억 착오증을 말한다. 1900년 프랑스 의학자 플로랑스 아르노Florance Arnaud(1851~1917)에 의해 처음 규정된 이 현상은 이후 에밀 보이락에 의해 데자뷰라고 명명되었다.

데자뷰 현상의 원인으로는 측두엽과 관련된 해마(기억 담당 뇌 부위)의 작용, 즉 경험한 정보들을 저장하고 새로 경험하는 정보들과 비교할 때 과거 정보가 떠오르지 않아서 발생한다는 것이다. 또 다른 원인으로는 정보를 받아들이는 시간차에 의해 발생한다고도 한다. 이 외에도 잊고 지낸 기억을 처음인 것처럼 느끼는 데서 오는 것이라는 견해도 있다. 각종 자료를 종합해보면 거의 모든 사람들이 살아가면서 한 번 또는 그 이상 데자뷰 현상을 경험한다고 한다.

김경욱의 『99%』는 기시감을 모티프로 한 텍스트이다. 광고 회사에 다니는 최 대리는 새로 스카우트된 미국 유학파 스티브 김 때문에 열등감과 경쟁의식에 시달린다. 순식간에 모든 회의를 주도하며 중요인물로 떠오른 그를 보면서 고등학교 동창인 김태만이 아닌가 의심까지 한다. 그의 실체에 대한 의혹이 강박적인 덫이 되어 최 대리를 사로잡는다. 예컨대 베일에 싸인 그의 과거와 이력, 거듭되는 우연의 일치 등이 그의 전설을 살찌우는 자양분인 동시에 의혹을 증폭시키는 단서로 변한다.

자신이 늘 일등일 때 만년 이등이었던 그가 과거를 지우고 성형수술까지 한 뒤 스티브 김이 되어 나타났다는 식이다. 이런 최 대리의 의심은 현실의 열등감을 화려했던 과거로 만회하려는 것이기도 하다. '네가 아니라 내가 그 자리에 있어야 한다'는 식의 경쟁의식, 1%를 질시하는 99%의 욕망이야말로 지배 피라미드를 인정하고 마는 꼴이기도 하다.

지난날의 낡은 앨범 속에서 그의 실체를 찾으려는 최 대리는 99%의 양파껍질을 벗기면 1%의 실체가 나타나리라 기대한다. 1%를 비판하고 질시하면서도 그 1%가 되고 싶어 안달하는 99%의 이율배반적 욕망을 성찰하게 만든다.

텍스트 소설

『아비의 잠』 이순원
『99%』 김경욱

익명성과 소외

익명성

현대 사회를 익명성의 시대라고 말한다. 익명성이란 사회 속에서 행위자의 실명이 드러나지 않는 현상을 말한다.

익명성이란 개념은 근대 시민사회 속 개인의 정체성에 바탕을 둔다. 전통적 사회에서는 익명성이 존재할 수 없었으나 산업화와 도시화가 진행되면서 개인의 사생활이라는 공간이 발생하고, 이를 보호하기 위해 익명성이라는 개념이 등장했다. 즉 혈연과 지연으로 맺어진 공동체가 붕괴된 근대 시민사회의 개인화 현상이기도 하다.

익명의 세계는 타율적인 익명의 세계와 자율적인 익명의 세계가 공존한다. 예컨대 무기명 투표와 같은 자율적 익명의 세계와 달리 소통 불가와 같은 타율적 익명의 세계가 대세를 이루고 있다는 데에 문제가 심각하다. 이로 인해 소통 불가, 즉 타자와의 소통의 어려움에 직면하게 된다. 시민정신이 성숙하지 못한 사회에서는 익명성이 우리 앞에 폭력으로 다가온다는 데에 문제의 심각성이 있다.

소통은 막힌 것을 터버린다는 '소疏'와 타자와 연결한다는 '통通'의 합 개념으로 차이를 가로질러 타자에 도달하는 것을 의미한다. 차이와 낯섦으로 만나는 타자와의 소통의 어려움이란 나와 내 공동체의 규칙을 당연시하고 유일한 것으로 주장하면서 타자를 인정하지 않는 태도와 연결된다.

서로 소통하는 사이가 되는 것은 자신만을 위한 생각으로 꽉 차있는 자신의 의식의 한 편을 비우고 상대방을 받아들이는 과정, 다시 말해 자신을 덜어내고 상대방으로 채우는 과정이다. 따라서 고통을 감수해야 하며 시행착오를 겪어내야 하고 서로가 청자와 화자의 역할을 번갈아 수행해야 한다. 그러기 위해서는 상대방이 처한 현실을 알고 그것에 대한 공감과 그러한 상황에서 이루어진 상대방의 선택에 대해 이해하려는 반응이 선행되어야 한다.

이문열의 『익명의 섬』은 익명의 세계를 우화적 기법, 즉 닫힌 사회인, 익명성이 존재할 수 없는 시골을 배경으로 익명성이 어떻게 군림하는지를 관습화된 시각과 다르게 보여줌으로써 낯설게 하는 데 성공한 텍스트가 된다.

현대인의 소외

포스트모던한 현대 사회는 소외와 불안과 공포까지도 상품화한다. 소외는 현대 사회가 안고 있는 병적 현상이기도 하다.

현대 사회는 과학 기술과 그 결실인 테크놀로지의 지배가 두드러지게 나타난다. 마치 인간이 기계에 예속된 시대라도

된 듯하다. 영화 역사상 천재라고 일컬어지는 찰리 채플린이 일찍이 스스로 감독 주연한 〈모던 타임즈〉라는 영화는 이런 현상을 은유적으로 잘 보여준다.

그러나 기계는 어디까지나 가치중립적이다. 인간이 어떻게 사용하느냐에 따라 달라진다. 그러므로 현대 사회의 인간 소외의 원인을 기계로 돌릴 수만은 없다.

현대 사회의 진정한 소외의 원인은 자본주의 생산 구조, 즉 상품 생산이라는 경제 사회 구조와 개인의 간접화된 욕망이 **인간의 상품화**를 만들어낸다는 데에 있다.

인간 소외는 노동의 상품화 → 교환 가치화 → 욕망의 극대화 → 인간의 상품화라는 과정을 통해 만들어진다. 이 과정에서 자본주의는 그 어떤 질적 차별성도 인정하지 않는, 무차별적 계량화의 논리를 밀어붙인다.

물신주의의 필연적 결과로서의 소외는 물질이 인간으로부터 독립해 거꾸로 인간을 지배함으로써 인간을 소외시킨다.

마르크스는 자본주의 체제에서 노동자는 자기가 생산한 물건에 대해 주인의 지위를 갖지 못하고 소외된다고 했다. 이를 **노동 생산물로부터의 소외**라고 불렀다. 그는 소외의 근본 원인을 사적 소유에서 찾았다. 이런 것이 궁극적으로 인간으로부터의 인간의 소외를 초래한다고 보았다.

사회로부터 소외당한 자들의 비참한 현실을 환상이라는 프리즘으로 바라본 이경의 『파이프』는 쇼핑센터가 상징하는 자본의 환상성, 그로 인한 어머니의 자살과 동생의 죽음, 그 죽

음에 대한 복수로 광고 담당자를 유인해 죽이려는 9살 사내
아이의 욕망을 강렬하면서도 핍진하게 형상화한 텍스트이다.
작가는 자본주의적 상업 광고가 야기하는 욕망의 무저갱을
들춤으로써 자기 증식을 멈추지 않는 탐욕과 실제와 가상이
전도된 세계를 날카롭게 비판하고 있다.

편혜영의『토끼의 묘』는 익숙한 일상을 낯설게 보여주는 데
성공한 텍스트이다. 핏발 선 것 같은 빨간 눈동자로 물끄러미
상대방을 응시하는 토끼의 이미지와 느닷없이 낯선 곳으로
옮겨진 파견 근무자의 일상을 겹쳐놓으며 모더니티에 유린되
는 인간 소외의 한 극단을 섬뜩하게 보여준다.

텍스트 소설

『물 위에서』 김인숙
『하나코는 없다』 최윤
『곰팡이 꽃』 하성란
『서울, 밀레니엄버그』 차현숙
『라벤더 향기』 서하진
『거절 컨설팅』 은승완
『파이프』 이경
『토끼의 묘』 편혜영
『목 놓아 우네』 정미경
『거리의 마술사』 김종옥
『모호함에 대하여』 김채린
『일인용 식탁』 윤고은
『해마, 날다』 윤고은
『한 아이에게 온 마을이』 구병모
『일 년』 최은영

06

하이퍼 리얼리티

현실을 대체하는 모사된 이미지, 즉 존재하지 않는 대상을 존재하는 것처럼 만들어 놓은 복제물을 가리키는 용어로 이를 **시뮬라크르**simulacre라고 일컫는다. 허구이면서 동시에 실제보다 더 실제적이라는 점에서 하이퍼 리얼리티이다.

시뮬라크르는 들뢰즈Gilles Deleuze(1925~1995)가 확립한 개념으로 가상, 거짓, 시늉, 흉내, 모의 등의 뜻을 지닌 라틴어 **시뮬라크룸**에서 유래한 말이다. 시뮬라크르는 플라톤의 이데아부터 시작, 들뢰즈를 거쳐 보드리야르에 이르기까지 많은 철학자들이 다룬 개념이다.

플라톤은 현실에서 발견할 수 없는 영원불변의 참된 존재로서의 이데아의 모방물로서의 현실을 시뮬라크르로 보았다. 따라서 현실은 이데아의 복제이며 시뮬라크르는 복제의 복제로 가장 가치 없는 것으로 보았다. 반대로 들뢰즈는 이데아 자체를 인정하지 않고 시뮬라크르 그 자체가 가치 있다고 하였다.

보드리야르Jean Baudrillard(1929~2007)는 모사된 이미지가 현

실을 대체한다는 **시뮬라시옹 이론**을 주장했다. 포스트모던 한 오늘날의 세계에서 현실의 거의 모든 이미지를 일컬어 하이퍼 리얼리티라고 한다. 따라서 현대인은 어디를 가든지 **하이퍼 리얼리티**로 이루어진 세계를 벗어날 수 없다.

예컨대 미국의 이라크 침공은 일어나지 않았다. 우리에게는 그저 CNN 뉴스가 보내오는 스펙터클한 영상만 존재할 뿐, 그것의 진상을 밝히는 대신 희생자들을 허울뿐인 영웅으로 만들고 그 후광을 이용하고자 하는 욕망만 활개 친다. 보드리야르는 원본이 없는 복제품, 즉 시뮬라크르를 반복하여 생산하는 행위를 시뮬라시옹이라고 하였다.

시뮬라시옹의 생성 과정은 4단계를 거친다. 첫 단계에서 이미지는 현실을 반영한다(현실과 비현실의 차이를 말할 수 없다). 2단계에서 이미지는 현실을 감춘다(현실을 위조하고 변질시킨다). 3단계에서 이미지는 현실의 부재를 감춘다(가짜 현실이 진짜 현실보다 더 나을 수 있다). 4단계에서 이미지는 그것이 무엇이건 간에 현실과 아무런 관계가 없다(위조된 현실은 현실만큼 형이상학적으로 실제적이다). 바로 4단계가 시뮬라시옹이다(원본도 없고 현실성도 없는 현실을 모형에 의거해 만들어내는 것, 즉 과도 현실을 **매트릭스**matrix라고 한다).

현대인은 온라인과 사이버 공간에 의존해 살아간다고 해도 지나친 말이 아니다. 현대 사회에서는 생산물이 소비되는 것이 아니라 그 상품의 **기호(브랜드)**가 소비된다. 기호란 상품 그 자체가 아니라 상품을 재현하는 이미지를 말한다. 예컨대 당신이 소유한 BMW는 기능(사용 가치)이 아니라 사회적 지위를 구입한 것이며, 스타벅스에서 마시는 건 커피가 아니라 뉴요커의 세련됨이고 몽블랑 만년필은 지성적 느낌을 구입하는 것이다. 따라서 우리 시대의 소비란 이미지를 흡수하고 이미지에 흡수되는 과정이기도 하다.

현대인의 욕망은 특정한 상품에 대한 욕망이 아니라 차이에 대한 욕망, 즉 사회적 의미에 대한 욕망이다. 그래서 명품 '로고'를 선호하고 욕망하게 되는 것이다. 욕망의 세계를 관장하는 것이 미디어이다. 미디어가 쏟아내는 온갖 정보는 현실을 가상 공간으로 구축해버린다. 시뮬라크르에 사로잡히면 진실을 찾아가는 과정으로서의 사유는 정지되고, 소비자 자신이 이미지와 실제를 구분 못 하는 '허깨비'가 된다. 결과적으로 이를 이용해 자본은 돈을 벌고, 정치는 권력을 강화한다.

참고로 마르크스가 '생산'에 중점을 두었다면 보드리야르는 '소비'에 중점을 두었다.

김지숙의 『스미스』는 명동을 배경으로 일곱 군데나 되는 스타벅스와 그곳을 드나드는 흰 와이셔츠 차림의 무테안경을 쓴 회사원(마치 헐리우드 영화 〈매트릭스〉의 요원처럼)들을 내세워 범람하는 기술 복제 시대의 소비 문화 속에서 길 잃은 현대인의 초상을 형상화한 텍스트이다.

상표를 선택하는 취향에 따라 자신의 존재가 증명되는 시대임을 풍자하고 있는 정지아의 『존재의 증명』은 기억상실자가 자신이 누구인지를 CCTV라는 장치에 의해 탐색하는, 즉

자신이 어떤 아파트의 몇 층에 사는지, 어떤 브랜드의 커피를
마시는지, 사용하는 물품의 라벨은 어떤 것인지를 통해 자신
의 정체성을 증명해야 하는 상황적 아이러니를 보여준다.

텍스트 소설

『스미스』 김지숙
『결투』 윤이형
『존재의 증명』 정지아
『개기일식』 박형서

07

폭력의 유형과 일상적 세계의 폭력

인류의 역사는 폭력을 휘두르는 주체와 그것에 희생당하는 객체와의 싸움으로 점철되어 왔다. 어떠한 개인도 집단의 힘, 특히 지배 권력의 이데올로기로부터 자유로울 수 없다. 현대 사회 폭력은 권력을 동반한 다양한 외피에 둘러싸여 있어 그 실체를 파악하기가 쉽지 않다. 다시 말해 현대 사회는 눈에 보이지 않는 폭력의 구조가 더욱 심화되어 일상성의 세계를 옥죄고 있다.

폭력의 유형

폭력은 그 주체와 대상에 따라 다음과 같이 분류할 수 있다.

첫째, 자연이 인간에게 가하는 폭력. 즉 태풍, 지진, 홍수 따위로 불가항력적임

둘째, 인간이 자연에게 가하는 폭력. 즉 환경 오염, 환경 파괴 따위로 인간의 의지 여하에 따라 제어 가능함

셋째, 개인이 개인에게 가하는 폭력. 인간의 의지 여하에 따라 제어 가능함

넷째, 조직이 개인에게 가하는 폭력. 인간의 의지 여하에 따라 제어 가능함

소설이 주로 다루는 폭력은 인간의 존엄성을 파괴하는 폭력으로서 셋째와 넷째 유형이다.

폭력은 그 얼굴을 감추고 있을 때 우리에게 가장 두려운 존재로 다가온다. 그런데 우리의 현실을 위압하는 갖가지 폭력이야말로 민담, 로맨스 등에 나타나는 **괴물의 사회적 은유** metaphor이다. 예컨대 폭력의 메타포로서의 로맨스는 폭력과 그것에 대항하는 새로운 영웅의 출현을 기조로 한다.

평화로운 왕국에 괴물이 나타난다. 괴물은 왕에게 제물로 처녀를 바칠 것을 요구한다. 그런데 왕은 늙고 병들어서 괴물의 요구에 응하지 않을 수 없다. 괴물의 계속되는 요구에 왕의 사랑스런 딸이 희생양이 될 차례가 된다. 이때 힘세고 지혜로운 젊은이가 왕 앞에 나타나 괴물을 퇴치할 것을 약속한다. 왕은 젊은이에게 괴물을 퇴치하면 공주와의 결혼과 왕위를 물려줄 것을 약속한다. 이윽고 괴물과의 대결 끝에 젊은이가 승리하여 공주와 결혼하고 왕위에 오른다는 것이다.

우리나라 민담에도 비슷한 예가 있다. '도깨비와 실'이 그한 예이다. 매일 밤 도깨비가 나타나 마을 사람들에게 처녀를 바치라고 강요한다. 마을 사람들은 도깨비가 힘을 쓸 수 없는 낮에 찾아내 퇴치하면 되겠는데, 문제는 낮에 도깨비가 숨어 있는 장소를 알아낼 수 없다는 것이다. 이때 한 젊은이가 나타나 꾀를 낸다. 도깨비에게 끌려가게 될 처녀의 뒤꽁무니에

실 꾸러미를 매다는 것이다. 이윽고 낮에 젊은이는 그 실을 따라 천신만고 끝에 도깨비를 찾아내 퇴치한다.

성배 전설에서는 괴물의 존재를 가뭄이나 질병으로, 스핑크스의 수수께끼는 괴물과의 싸움을 수수께끼 풀이 형식으로 바꿔놓은 것이다. 바위에 꽂힌 칼을 뽑을 수 있는 자가 왕이 된다는 '아더 왕의 전설'도 그 한 예이다. 병든 문명을 무너뜨리고 새로운 문명이 도래해야 함을 예언하는 T.S 엘리어트의 장시 『황무지』에서도 로망스의 모티프를 차용하고 있다. 이렇듯 로망스에 나타나는 괴물이야말로 폭력의 메타포이다.

이러한 모티프에 잠재된 '젊은이의 승리'는 우리 모두의 꿈이기도 하다. 우리의 정치, 경제, 사회, 문화에 만연하는 모든 형태의 폭력 앞에서 무력감에 빠진 소시민은 우리의 현실을 억압하는 것들을 물리쳐줄 새로운 인물의 출현을 고대한다.

이렇듯 폭력에 대응하는 소설의 출발은 바로 새로운 영웅, 즉 인물 창조에 있다. 그렇다면 한국 현대 소설이 폭력에 어떻게 대응해왔는지 살펴볼 필요가 있다.

첫째, 폭력에 직면한 개인이 무기력하게 공포에 떨며 희생당하는 경우이다. 억압적이고 폭력적인 상황 속에서 고립된 개인이 겪는 고통을 묘사하는 소설로 한정되고 밀폐된 공간에서 벗어나지 못해 현실 대응 방식도 닫혀 있다. 한국 소설에 나타나는 가장 낯익은 유형으로 4.19세대 문학에 잘 드러나 있다. 이청준의 『소문의 벽』은 죽은 자의 넋을 기리고 살아남은 자의 부끄러움을 송두리째 드러내 보이는 것으로 끝나 한계를 노정한다. 시대의 상황이 강요한 것으로 상황 논리를 전개하는 것이다. 이러한 대응은 80년대 소설에도 이어져 임철우의『곡두 운동회』, 『그들의 새벽』에도 잘 드러나 있다. 이 유형의 소설들은 괴물, 즉 폭력의 실체를 밝혀내는 데까지 나아가지는 못한다.

둘째, 새로운 장사의 출현으로 폭력에 맞서 싸우는 경우이다. 현실의 부당함을 폭로하고, 그에 맞서 싸우는 자들의 정정당당함이 사회 일반의 참여를 얻게 되는 소설로 바람직한 유형이면서도 새로운 힘에 대한 예찬이 독선과 자칫하면 근거가 희박한 낙관론에 빠지기 쉬운 유형이다. 과도한 영웅 대망론은 사회적 위기가 급증하고 그 위기를 폭력적인 힘의 논리에 의해 제압하려는 사회적 합의가 이루어진 상황(4.19와 6.10 항쟁)에서는 언제나 일어나기 마련이다. 이 유형의 소설로 김승옥의『역사』, 『야행』, 『염소는 힘이 세다』와 조해일의『뿔』, 황석영의『장사의 꿈』, 김홍신의『인간시장』을 들 수 있다.

셋째, 상대주의적인 **가치중립**적 대응의 경우이다. 이 유형은 어떤 일방적인 관점을 제시하는 대신에 두 개의 가치 사이에서 갈등하는 인간의 내면을 묘사한다. 따라서 상대적 세계를 제어하는 보다 강력한 힘, 즉 법이 존재해야 하며 그 힘에 의해서만 상대주의적 세계가 지탱된다고 주장한다. 이 유형의 소설은 법질서라는 이름으로 우리에게 주어진 어떤 보편적인 약속이기도 하다. 즉 이 세상에는 온갖 폭력이 만연해 있으며 이를 물리치기 위해서는 보다 강력한 힘이 불가피하다는 관점으로 보다 강력한 힘에 내포된 또 다른 폭력에의 예속을 낳을 우려가 있다. 이문열의『필론의 돼지』는 이 유형의 대표적 작품으로 양비양시론을 극명하게 보여주는 텍스트이다.

군용열차 안의 폭력을 모티프로 삼고 있는 이 소설은 폭력의 원인 제공자와 그에 맞서 싸우는 자들 사이에서 이러지도 저러지도 못하는 화자의 심리적 갈등의 추이를 다루고 있다. 화자는 군용열차 속에서 제대군인들의 돈을 갈취하는 공수부대 군인들에게 분노를 느끼면서 그에 대항하지 못하는 자신에 대해서도 모멸감을 느낀다. 그러나 상황은 이내 역전되어 제대군인들이 일어나 역으로 그들을 집단 폭행한다. 화자는 이들의 폭력조차 견딜 수 없어 밖으로 뛰쳐나온 뒤 저 유명한 필론의 돼지를 떠올리고 그 흉내를 내는 수밖에 없었다고 자위한다. 가치 판단을 유보하는 이와 같은 결말은 양비론에 휘말릴 뿐 폭력에 대응하는 진지한 방식이 될 수 없음 또한 자명하다.

넷째, 이문열의『우리들의 일그러진 영웅』에서처럼 폭력의 생성 과정과 그 몰락 과정을 묘사하는 경우이다. 알레고리 기법으로 서술되는 이 유형의 소설에서는 몰락 과정의 당위성 부여에 많은 논란이 야기된다. 왜냐하면 '악의 몰락'은 현실 세계에서는 그리 쉽게 이루어지지 않기 때문이다.

다섯째, 폭력의 후유증에 대한 내면 묘사이다. 인간의 나약함을 인정하고 그 존엄성 찾기의 방법으로 피해자의 내면에 미치는 폭력의 후유증을 묘사한다. 이 유형의 소설로 한동훈의 『변태시대』를 들 수 있다.

그렇다면 폭력에 대응하는 소설이 나아가야 할 유형은 폭력의 정체를 밝혀내고 그것과의 싸움의 시작이다. 우리는 곧잘 폭력의 정체를 몰라 당황하는 경우에 직면한다. 현실을 변혁하겠다는 운동의 저변에서 사회 구성체에 관한 논쟁이나, 현 우리사회의 정체를 신자유주의에 빗대어 포스트모더니즘의 용어를 빌려 설명하려는 것도 다 이러한 혼돈에서 벗어나려는 노력의 일환이기도 하다. 따라서 이야기의 모티프에 부합되는 사건의 단서와 그 길을 따라나서는 모험의 세계, 즉 폭력의 정체를 알아내고 그것과의 싸움을 시도하는 방향으로 나아가야 한다. 이 유형의 텍스트로는 최인석의 『세상의 다리 밑』이 있다.

폭력에 맞서 싸우기 위해서는 첫째, 폭력을 개인의 도덕성에 기초해서 막아보려는 시도는 결국 폭력에 스스로 자멸하는 결과를 낳는다.

둘째, 보다 적극적으로 연대하거나 조직화해서 막아보려는 노력은 권력에 기생하고 있는 폭력에 진압되고 만다.

우리가 오래전부터 들어온 "폭력에 폭력으로 맞서면 악순환의 고리를 끊을 수 없다"라는 식의 명제는 그 어떤 행동도 할 수 없도록 발목을 잡는다. 그러다 보면 결국 개인이 선택할 방법은 체념과 망각밖에 없다는 결과를 낳게 된다. 그러나 체념하고 망각한다고 해서 폭력이 근절되는 것은 아니다.

알제리 식민지 해방 투쟁의 뛰어난 이론가이자 투사인 프랑스 파농Frantz Fanon(1925~1961)은 '폭력은 대화에 의한 설득이 아니라 큰 폭력에 의해서만 종식될 뿐'이라고 했다. 하지만 국가 공권력이라는 큰 폭력에 맞설 수 있는 유일한 방법은 간디의 '비폭력 저항' 밖에 없다.

텍스트 소설

『소문의 벽』 이청준
『곡두 운동회』 임철우
『그들의 새벽』 임철우
『역사』 김승옥
『야행』 김승옥
『염소는 힘이 세다』 김승옥
『뿔』 조해일
『장사의 꿈』 황석영
『필론의 돼지』 이문열
『우리들의 일그러진 영웅』 이문열
『세상의 다리 밑』 최인석
『변태시대』 한동훈
『오란씨』 배지영
『심야의 소리.mp3』 표명희
『코드 번호 1021』 한지수

일상적 세계의 폭력

우리의 일상성의 세계는 진부한 반복과 특별한 차이가 중첩되어 있으며, 인간의 욕망과 권력이 형성되어 발전하고 그것들이 구체적으로 실현되는 공간이기도 하다. **일상성의 세계**는 주체와 객체가 의식적인 실천을 매개로 삼아 물질적 세계와 상호 작용하여 인간화하는 곳이자 주체가 타자와 대면하는 곳이기 때문에 차별화된 해석을 필요로 하는 **사회적 텍스트**이다.

이렇듯 진실한 삶을 지향하든 체제에 의해 관리되는 삶에 수동적으로 적응하든 우리는 일상성의 세계를 떠나 삶을 영위할 수 없다. 따라서 인간의 삶을 모방하고 인간의 바람직한 삶을 창조하고자 하는 소설에서는 이 일상성의 세계의 모습을 그려내고 이에 대한 분석과 해석이 있을 수밖에 없다.

일상성의 세계는 단순하게 거기 있는 것만을 보지 않고, 존재하는 것과 존재 가능한 것의 변용 가능성까지도 포함하는 것으로 경험과 정신 사이의 성찰적 상호 관계가 가능한 곳이다. 이렇듯 일상성의 세계는 모든 것을 융합해 자기화하는 힘을 지니고 있다.

삶의 지속을 위해 인간이 스스로 구성한 일상성의 세계는 가장 변화하기 힘든 영역이고 가장 나중에 변화하는 생활 체계로 **보수적 성격**을 지닌다. 우리는 자신이 스스로 변했다고 생각하기 쉽지만 타인과의 관계를 변화시키지 않고는 변한 것이 아니다. 소설가는 이러한 일상성의 보수적 성격에 도전하기 위해 일상성의 세계에 대한 집요한 서사화를 통해 지속적으로 비판해야 한다.

현재 우리가 살고 있는 **자본주의적 일상성**의 세계는 생산, 노동, 소비 등 사회관계가 유기적으로 구성되어 있는 세계이다.

또한 사람들과의 직접적인 대면에서부터 매스미디어를 통한 간접적 대면에 이르기까지 무수하게 많은 사회적 상호 작용이 거미줄처럼 얽혀 있는 세계이다.

일상성의 세계는 국가, 자본으로 대변되는 수직 권력과 일상생활에서 다양하게 전개되는 수평 권력의 교차 공간으로 이루어진다. 수직 권력은 일상성의 세계에서 거시적 또는 암묵적으로 나타난다. 특히 우리 시대를 지배하는 자본은 야누스의 얼굴을 하고 있어서 표면적으로는 정보 매체와 각종 상품을 통해 물질적 풍요로움과 삶의 편리함을 우리에게 제공해주는 한편으로, 그 이면에서는 자신의 탐욕스런 욕망을 확대 재생산하기 위해 우리의 삶의 세목까지 억압한다. 즉 자본의 지배력 확대와 간접화된 소비 욕망의 증대로 야기되는 문제로 나타난다.

수평 권력은 개인들 간의 상호 교류 속에서 미시적, 직접적으로 나타난다. 미시 권력은 위계적 사회관계의 산물이다.

1980년대의 한국 소설은 수직 권력과의 싸움에 치중한 데 반해 1990년대는 수평 권력(미시 권력)과의 갈등에 치중하는 바람에 배후에 도사리고 있는 수직 권력의 폭력을 놓치고 마는 경향이 강했다. 수평 권력은 예컨대 남녀 간의 성별 관계, 어른과 아이의 관계, 조직의 상사와 부하와의 관계 등 광범위하게 존재한다.

따라서 수직 권력은 매스미디어를 동원해 수평 권력에서 야기되는 갈등을 집중적으로 공격한다. 국가 자본에 의해 자행되는 폭력에서부터 개인에 의해 자행되는 폭력에 이르기까지 우리 시대의 모든 폭력은 자기 증식을 멈추지 않는 자본이 휘두르는 폭력의 변화된 형태이기도 하다. 그런데도 일상성 하면 대중이란 범주와 연결해 이를 무규정의 실체로 파악하고, 부정형·비활동·비논리적인 것으로 치부해버리기 일쑤이다. 따라서 일상성의 세계를 순환적인 반복이기에 보잘 것 없으면서도 견고하게 여겨 균등화 과정으로 파악하는 경우가 많다. 그러나 자본주의적 일상성의 세계는 차별화를 더욱 심화시키는 과정이라는 것을 인식해야 한다.

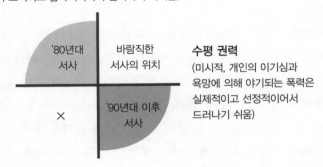

수직 권력
(거시적. 국가 및 자본 등에 의해 야기되는 폭력은
구조적이고 암묵적이어서 인식하기 어려움)

'80년대
서사

바람직한
서사의 위치

수평 권력
(미시적, 개인의 이기심과
욕망에 의해 야기되는 폭력은
실제적이고 선정적이어서
드러나기 쉬움)

×

'90년대 이후
서사

한국 소설은 일상성의 세계에 대해 미시적 관점에서 밀도감 있는 문장으로 형상화하는 경향이 두드러졌다. 이제는 이성과 역사의 거시적 관점의 담론을 기본 축 위에 놓고 미시적 담론이 전개되어야 한다.

수직 권력과 수평 권력이 빚어내는 **상황적** 아이러니를 정미경의 『나리빛 사진의 추억』이 극명하게 보여준다. 화자는 '나리빛 추억'으로 기억되는 젊은 시절, 사진작가를 꿈꿨지만 현실에 굴복하여 병원의 엑스레이 기사로 일상을 살아가는데, '나리빛 추억'을 현상 인화하자 떠나간 여자의 야한 사진이 들어 있었다. 그 사실을 떠나간 여자에게 알리고 사진과 필름을 절단해서 버리지만 여자가 권력자와의 결혼을 앞두고 사진을 돌려달라고 하수인까지 동원해 압박한다. 하수인은 권력자인 약혼남이 원하는 것은 사진이 아니라 자신의 힘의 과시라고 귀띔해준다. 화자는 그 압박에서 벗어나기 위해 하수인의 도움까지 받아가며 그 여자의 사진을 다시 찍기로 한다.

이 텍스트는 수평 권력 사이에서 벌어지는 갈등의 배후에 도사리고 있는 수직 권력의 형태를 형상화하여 보여준다.

텍스트 소설

『이인실』 성석제
『나리빛 사진의 추억』 정미경
『우유』 전윤희
『사육장 쪽으로』 편혜영
『루디』 박민규
『신에게는 손자가 없다』 김경욱
『수림』 백민석
『그 밤의 경숙』 김숨
『세실리아』 김금희
『현수동 빵집 삼국지』 장강명

08

강박 관념에 의한 환각

무슨 까닭에 작중 주인공이 강박 관념이 만들어낸 환각에 쫓기며 시달리는가. 그 행위의 원인을 탐색하는 텍스트들을 자주 맞닥뜨린다.

강박 관념이란 우리의 머릿속에 틀어박혀 떠나지 않는 생각으로 당사자를 끊임없이 괴롭히는 정신 작용을 말한다. 강박 관념은 공포, 절망, 상처의 대상, 즉 회피의 대상과 다르지 않다. 그런데 강박 관념은 우리에게 종종 '환각'으로 다가온다. 이 환각이야말로 우리의 삶을 옥죄는 부조리한 현실 속에서 절망에 빠진 자의 탈출구 찾기나 다름없다.

환각은 강박 관념에 대한 도전이며 또한 **극복 의지**이기도 하다. 환각은 환시, 환청, 환후, 환미, 환촉으로 발현되며 당사자에게만 감지된다.

한국 현대 소설에는 강박 관념을 극복하기 위한 기법으로서 환각을 모티프로 한 소설들이 많다. 예를 들면 조중의의 『새 사냥』은 환시를, 현기영의 『순이 삼촌』과 유재용의 『어제 울린 총소리』는 환청을, 임철우의 『직선과 독가스』와 전성태의 『퇴역 레슬러』는 환후를, 정찬의 『슬픔의 노래』는 환촉을, 이해인의 『소인국』은 환미를 모티프로 삼고 있다.

이렇듯 강박 관념이 환각으로 다가올 때 강박 관념이 극복되는 것이 아니라 훨씬 견디기 쉬운 것으로 바꿔놓는 데에 의미가 있다. 아무리 애써도 현실에서 해결할 수 없는 문제에 부닥칠 때가 오면 환각은 긍정적이든 부정적이든 치유의 기능을 지니게 된다. 절망스러운 현실에 맞서 아주 작은 숨구멍이라도 뚫는 행위의 일환으로 환각의 기법이 빛난다.

결론적으로 말하면 환각은 어디까지나 현실에서 비롯된다는 것을 놓쳐서는 안 된다.

현기영의 『마지막 테우리』는 관광 자원 개발이라는 미명 아래 골프장이 건설되면서 자연이 파괴되는 오늘의 제주 현실과 그 제주도가 겪었던 4·3 사건이라는 과거의 비극을 소를 돌보는 노인의 눈을 통해 형상화한 텍스트이다. 테우리인 일흔 여덟의 노인은 4·3 난리통에 자신이 겪었던 고통을 회상하는 가운데 유일하게 살아남았던 동년배가 아랫마을에서 죽어가며 자신을 부르는 환청과 함께 골프장 건설 현장에서 들려오는 포크레인 소리를 듣는다. 작가는 아직도 이어지고 있는 4·3의 비극이 단순히 지나가버린 과거사가 아니라 아직도 현재적 현안이라는 인식 속에 제주의 비극적 역사와 현재의 위상을 아름다운 풍광 속에 적확하면서도 시적인 문체로 묘사한다.

텍스트 소설

『순이 삼촌』현기영
『마지막 테우리』현기영
『어제 울린 총소리』유재용
『새 사냥』조중의
『직선과 독가스』임철우
『슬픔의 노래』정찬
『퇴역 레슬러』전성태
『소인국』이혜인
『피 묻은 알사탕』이영임

09

희생양–희생 제의라는 상징적 살해

모든 문화와 종교에는 희생양 메커니즘이 존재한다. 그리스 신화나 호머의 『일리아드』에도 희생양 메커니즘이 작동하는 사례가 나온다.

트로이 전쟁 중 그리스 총사령관 아가멤논이 강풍을 가라앉히고 동요하는 병사들의 마음을 다잡기 위해 자신의 딸인 이피게네이어를 희생시킨다. 이렇듯 한 집단의 위기가 닥쳤을 때 하나의 희생물로 모든 희생물들을 대신함으로써 위기를 극복한다. 이를테면 최소 희생으로 최대 효과를 내는 구조이다.

테러나 음모적 사건들이 단독 범행으로 종결되는 것은 한 집단 내 희생양 숫자가 적을수록 은폐하기 쉽기 때문이다. 이 과정에서 누가 희생양인지는 중요하지 않다. 희생양을 만들어내는 메커니즘이 불가피할 때, 일단 누군가 희생양이 되면 단죄되어야 할 이유는 얼마든지 나오게 마련이다. 일례로 희생양이 평소에 행했던 남다른 행동들이 거론되게 마련이다.

'흠 없는 어린양'이라는 종교적 표현에서 감지하듯 어떤 이가 희생양이 되는 건 죄 때문이 아니다. 오히려 순결한 자가 제단에 오르는 경우가 많다. 다수는 언제나 평균에서 멀리 벗어나 있는 대상에 분노를 터뜨리는 법이다.

순수한 사람이 자주 희생되는 건 어쩌면 평균적 사람들이 전혀 순수하지 않기 때문이라고도 할 수 있다. 희생양을 옭아매는 소수 음모자들은 어느 사회에서나 있다. 그들은 일군의 불순분자일 수 있고, 서둘러 갈등을 해소해야 할 권력기관일 수도 있다. 결국 희생양을 만드는 건 언제나 **군중**이다. 군중은 언제나 잠재적인 박해자들이다.

희생양 만들기는 진짜 원인은 흐리게 만들고 사람들을 엉뚱한 원인에 매달리게 만들기 때문에 발전적인 대책을 생산해 내지 못한다. 희생양은 오히려 사건의 피해자인 경우가 허다하다. 따라서 피해자를 비난하는 희생양 만들기는 한 사회를 갈등과 불신의 늪에 빠지게 만들 뿐이다.

『도덕적 인간과 비도덕적 사회』의 저자 라인홀트 니버Karl Paul Reinhold Niebuhr(1892~1971)는 개인들이 설사 도덕적이라 할지라도 집단은 이기적이라고 했다. 그 이유는 집단은 개인과 비교할 때 충동을 올바르게 인도하고 때에 따라 억제할 수 있는 이성과 자기 극복의 능력, 그리고 다른 사람들의 욕구를 수용하는 능력이 훨씬 결여되어 있기 때문이다. 또한 **이기적 충동**은 개별적으로 나타날 때보다는 집단적으로 나타날 때 더욱 당당하게 그리고 더욱 누적적으로 나타나기 때문이다. 따라서 개인을 도덕적이고 합리적인 조정과 설득으로 바로잡는

일이 가능하지만 집단을 그렇게 하기는 불가능하며, 여기에
는 오직 '정치적 해결'만이 있을 뿐이다.

문제는 입센Henrik Ibsen(1828~1906)의 『민중의 적』에서 보듯
주민들을 선동하는 정치가와 언론인들처럼 자신들의 특정한
목적에 집단의 이러한 이기적 속성을 이용하려는 무리가 있
을 때에 심각해진다.

전상국의 『우상의 눈물』은 기표라는 폭력적인 한 학생에게
담임과 급우들이 선심을 씀으로써 그로 하여금 견딜 수 없게
만들어 버린다. 눈에 보이는 개인의 폭력에 맞서 다수의 힘이
은밀하게 가하는 폭력이 어떻게 희생양을 만들어내는지 실감
나게 형상화한 텍스트이다.

 텍스트 소설

『우상의 눈물』 전상국
『사제와 제물』 현길언
『거짓말』 김우남
『1교시 언어 이해』 이은희

10

삼각형의 욕망, 간접화에 의한 모방 욕망

프랑스의 철학자이자 문학 비평가인 르네 지라르Rene Girard (1923~2015)는 『낭만적 거짓과 소설적 진실』에서 매개 항이 없는 소설은 낭만적 거짓에 지나지 않으며 소설적 진실은 매개 항의 설정에서 비로소 가능하다고 했다.

욕망의 삼각형 이론은 르네 지라르가 많은 문학 텍스트를 분석해 도출해낸 것으로 한 개인이 뭔가를 욕망한다는 것은 지금의 자기 자신으로 만족하지 못해 그것으로부터 초월하고자 하는 것인데, 이때 초월은 자기가 욕망하게 되는 대상을 소유함으로써 가능하다는 것이다.

식욕, 성욕 같은 생리적 욕구는 한계가 있게 마련이지만 정신적 욕망은 끝 간 데 없어서 결국 파국을 맞이할 수밖에 없다. 문학 작품에는 이러한 욕망을 다룬 작품이 많다. 예컨대 돈키호테는 이상적인 방랑의 기사가 되기 위해 아미다스라는 전설 속의 기사를 모방한다. 따라서 이상적인 기사가 되고자 하는 돈키호테의 욕망은 아미다스라는 중개자에 의해 간접화되고 있으며 따라서 주체와 대상 사이에 **간접화 현상**이 일어난다.

플로베르의 『마담 보봐리』의 엠마는 파리 사교계를 욕망한 나머지 연애 소설에 등장하는 여주인공들의 삶을 욕망하며 모방한다. 이러한 **욕망의 간접화 현상**은 기독교에서도 발견할 수 있는 구조이다. 즉 기독교인이 참다운 기독교인이 되어 구원받기를 원한다면 '예수'라는 중개자를 모방하면 된다. 명필가 한석봉이 중국의 왕휘지를 중개자로 삼는 것 또한 한 예이다.

결론적으로 욕망하는 **주체**와 욕망의 **대상**과 그 욕망의 **중개자**가 삼각형의 구조를 이루고 있다.

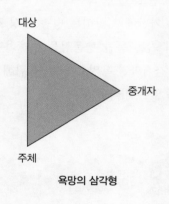

욕망의 삼각형

르네 지라르는 현대인의 욕망은 시장 경제 사회 속에서 그 욕망마저 자연 발생적(자발적)인 것이 아니라 중개자에 의해 촉발된 욕망(비자발적)이라는 것이다. 현대인은 타인의 욕망을 자신의 것으로 삼을 때 비로소 시장 경제에 적합한 소비자로 거듭날 수 있다고 했다. 이 과정이야말로 필요 없는 상품을 필요한 것으로 받아들이는 과정이기도 하다.

롤랑 바르트Roland Barthes(1915~1980)는 자본주의 시대 우리의 삶은 둘로 분열된다고 했다. 하나는 **존재의 삶**이고 또 하나는 소유의 삶이다. 현대인들은 누구나 소유의 삶을 살아가고 더 많은 소비를 위해 심지어 자기 자신마저 외면하고 내버린다. 이렇듯 현대인의 자아실현은 소비를 통해서만 달성될 수밖에 없다.

정미경의『호텔 유로, 1203』은 남자의 전화를 받는 것으로 시작해 약속 장소인 호텔 룸의 초인종을 누르는 것으로 끝난다. 이 텍스트는 가난에 시달리는 방송 구성 작가인 여자 주인공이 호텔까지 가는 동안 명품점을 순례하면서 한 여배우에 의해 촉발된 간접화된 욕망을 이루기 위해 자신의 성마저 상품화할 수밖에 없는 비극을 보여준다.

 텍스트 소설

『슈퍼마켓에서 길을 잃다』 이남희
『호텔유로 1203』 정미경
『마술사』 이문환
『청색 모래』 강영숙
『파이프』 이경

11

원형 상징으로서의 우주수

원형Archetype이란 근원적인 형식으로 그것으로부터 많은 실제적 개체들이 만들어질 수 있는 것을 말한다.

원형은 오랜 세월 동안 모든 문화권에서 시간과 공간을 초월하여 무의식 속에 내재되어 면면히 이어져 내려오는 보편성을 띤 요소이다. 예컨대 모든 영웅담에 등장하는 공통적인 영웅상(서자, 버려진 아이), 악인으로서의 의붓어미, 비련의 공주 등이 그러하다.

문학에서 원형이라는 용어가 사용된 것은 영국의 인류학자 J. G. 프레이저James George Frazer(1854~1941)의 『황금 가지』에서 소개한 인류학과 더불어 융의 정신 분석에서의 '집합 무의식'이 문학 비평에 영향을 끼친 후부터이다.

프레이저는 세계 여러 민족의 신화와 종교 의례를 비교 연구하여 근본적 양식이 공통된 것을 발견한다. 융은 우리 조상들이 수 만년 동안 살아오면서 반복하여 겪은 원천적인 경험들이 인간 정신의 구조적 요소로 고착되어 무의식을 통해 유전된다고 하면서 그것이 신화와 종교, 꿈과 환상 또는 문학에 상징적인 형태로 나타난다고 했다.

문학 작품에서 흔히 볼 수 있는 부자간의 갈등, 형제간의 갈등, 남녀 간의 사랑 등은 인간 본성의 원형의 조건 요소이다. 이런 것들은 인류의 내면세계에 깊이 뿌리박고 있기 때문에 논리를 초월하여 우리들에게 강한 정서적 공감을 일으킨다. 예컨대 원형 상징으로서 물은 탄생을, 바람은 영혼을, 태양은 남성을, 달은 여성을 불은 원시적 욕망을 의미한다.

클림트Gustav Klimt(1862~1918) 하면 관능적인 그림인 〈키스〉나 〈유디트〉를 떠올리지만 〈기대〉, 〈생명의 나무〉, 〈이행〉이라는 세 개의 그림으로 구성된 〈생명의 나무〉가 있다. 진화론의 토대인 다윈의 '생명의 나무' 역시 멸종했거나 지금까지 지구에 살고 있는 모든 생물의 진화 계통을 보여주는 것이다.

지구의 대지를 다스리는 것은 나무와 풀이라고 한다. 나무는 땅에서 물을 빨아올리고 하늘에서 빛을 받아 광합성을 삶의 원동력으로 삼고, 동물이 살아가는 데 필수적인 산소까지 배출한다. 인간은 하늘과 땅의 매개 역할을 해온 나무를 하늘의 소리와 땅의 소리를 듣고 전하는 신령스런 존재로 여겼다. 그래서 하늘과 땅과 교감하는 나무를 신화학에서는 '**우주수宇宙樹**'라고 한다.

나무를 숭배하는 행위는 시공간의 제약으로 서로 영향을 줄 수 없던 옛 문명권 안에서도 공통적으로 존재했다. 이때 우주수는 자연과의 **범신론적 교감**을 상징한다.

그리스 신화에서 생명의 수액을 주는 대지의 신인 포세이

돈에게 주어진 물푸레나무가 우주수 역할을 했다. 게르만족, 스칸디나비아(바이킹)족, 슬라브족은 공통적으로 세계의 중심에 성스런 나무가 있다고 믿었다. 그런 우주수 역할을 전나무와 자작나무가 대신했다. 중국인들은 우주의 상징으로 속빈 뽕나무를 내세웠는데, 태양이 그곳에 머무르다가 아침에 떠오른다고 했다. 그런데 중세 유럽에서 독단적이고 비관용적인 유일신인 기독교가 승리한 후, 자연과의 범신론적 교감을 상징하던 우주수를 예수가 못 박혀 죽은 십자가가 독점하게 되었다.

대체로 추운 지방은 전나무와 자작나무가, 아열대 지방(호주의 경우)은 유칼립투스가, 아프리카의 경우 보링가가 우주수를 대신한다.

신화적 상상력으로 서사 세계를 해석하는 미르치아 엘리아데Mircea Eliade(1907~1986『영원 회귀의 신화』, 『우주수』, 『종교 형태론』)와 노드롭 프라이(『비평의 해부』)는 서사의 중심축에 항상 우주수가 자리해 등장인물의 삶에 지대한 영향을 미친다는 것이다.

우리 선조들은 산과 물과 들녘이 잘 조화된 곳에 터전을 잡고 마을을 이루며 살아왔다. 마을 이름도 주변 산세의 형태에 따라 작명했다. 풍수지리학적 사상을 바탕으로 마을 터가 정해지면 땅의 기가 허하거나 과한 곳에 보완책으로 당산나무를 심어 마을 사람들이 대동단결할 수 있는 **공동체** 정신을 담는 우주수로 섬겼다.

우리 문학에서 소설의 상관물로서의 우주수가 서사의 한 가운데 자리한 사례를 보면 황순원의 '은행나무', 이청준, 서영은의 '고목나무', 조정래의 '당산나무', 문순태의 '느티나무', 구효서, 정지아의 '고욤나무', 이승우의 '감나무', 권여선, 이은조의 '비자림', 김영하의 '판야나무' 등이 있다. 이처럼 '우주수'는 우리의 삶과 역사가 간직된 몸이자 텍스트이다.

문순태의 『느티나무 타기』는 어렸을 때 시골에서 함께 자란 세 친구 지수, 봉구, 기호가 장년이 되어 다시 만나는 이야기로 되어 있다. 봉구는 계속 고향에서 살았고 지수는 신학대학을 졸업하고 목회자가 되었으나 세상의 무상함을 이기지 못하고 가족과 헤어져 고향에 돌아와 있다. 문제는 홀어머니 밑에서 지체장애로 불우한 유년 시절을 보낸 기호이다. 기호는 미국으로 건너가 정보 통신 기기 사업을 통해 어느 정도 성공했으나 미국인 아내와 이혼 위기에 처하고 아들과도 멀어지게 되면서 잠시 귀향한다. 어린 시절 그에게 세상의 험한 파고를 헤치고 나갈 힘을 준 느티나무, 아이들에게 놀림을 받으면서도 밤마다 남몰래 기도하는 마음으로 나무 타는 연습을 한 끝에 마침내 스스로의 콤플렉스를 해소할 수 있게 했던 그 느티나무를 다시 찾아온 것이다.

그는 다시금 느티나무 타기를 시도하고 어떤 주술적인 자기 암시로 나무 타기가 잘 되면 자신의 삶의 위기가 해소될 수 있을 것으로 믿기로 한다. 작가는 느티나무가 서사의 상관물로서 소설의 중심축으로 자리하고 있음을 정확하게 묘사하고 있다.

텍스트 소설

『느티나무 타기』 문순태
『나무남자의 아내』 구효서
『명두』 구효서
『고욤나무』 정지아
『생의 이면』 이승우
『검은 나무』 이승우
『당신의 나무』 김영하
『뿌리 이야기』 김숨

12

수집벽(마니아 신드롬)

수집벽이란 몇몇의 호사가들에 의해서만 실현될 수 있는 예외적인 행위라고 할 수 있다. 쉽게 사고 쉽게 버려지는 물건들이 수집가의 손에 들어가면 새 생명을 얻는다. 도대체 쓸모라고는 찾아볼 수 없는 오래된 골동품이나 예술 작품을 두고 벌어지는 수집 경쟁을 보면 자본주의적 등가 교환 방식으로는 도저히 설명할 길이 없어 보인다. 독일의 철학자이자 문예비평가인 발터 벤야민의 『컬렉션과 인생』에 의하면 자본주의 사회에서 수집가는 수집 대상과의 관계에서 그것의 **사용 가치와 교환 가치**를 전면에 내세우지 않는다고 했다. 즉 수집 대상의 쓸모와 가격을 문제 삼지 않고 시간 속에서 그 자체를 사랑한다고 했다. 그러면 수집 대상은 시장에서 벗어나 어떤 한정된 영역으로 편입되고 그 속에서 보호받게 된다는 것이다.

이렇듯 수집 대상이 가치를 벗어던짐으로써 오히려 환산할 수 없는 가치를 획득하는 이 과정이야말로 자본주의의 등가 교환으로부터 해방되는 과정이기도 하다.

이러한 수집 행위에 의해 수집 대상은 시간이 지나면서 상식적인 가치 너머의 **환상적 가치**를 획득하게 된다. 이로부터 마니아 신드롬이 일어난다.

마니아 신드롬은 자기가 좋아하는 대상에 몰두하고 삶의 다른 부분을 부차화한다. 수집은 맥락을 캐는 활동이기도 하다. 다시 말해 대부분의 마니아들은 자기가 좋아하는 대상에 조건 없이 집착함으로써 나날이 반복되는 일상에서 놓여나는 해방감을 느끼게 된다.

이러한 마니아 행위가 일상성과 시간성의 굴레를 벗어나게 하여 영원한 것과 해후하게 하는 초월적 힘을 광기라고도 할 수 있다.

마니아 신드롬은 소외가 인간의 조건이 된 시대에 대한 현대인의 **잠재적 저항**으로의 의미를 가진다. 하지만 이런 경지에 이르려면 무엇보다 돈이 많이 든다는 데에 **마니아의 이율배반**이 자리한다. 따라서 돈 없이는 집착할 수 없다.

상품 물신이 지배하는 세계를 벗어나고자 하는 몸부림은 다시 상품 물신 숭배와 화폐 물신 숭배를 낳는 역설이 성립된다.

김중혁의 『악기들의 도서관』은 화자가 횡단보도에서 교통사고를 당하는 순간 '아무것도 아닌 채로 죽는다는 건 억울하다'는 생각 끝에 3개월간 입원 후 퇴원하자마자 회사에 사표를 내고 포도주 세 박스를 사서 마셔대며 하릴없이 시간을 축낸다. 그런 어느 날 간병까지 해줬던, 바이올리니스트인 여자친구를 따라 그녀의 단골 악기점인 '뮤지카'에 들렀다가 악기 분류법에 의문을 품고 관악기를 공기 울림 악기, 타악기를 몸

울림 악기, 현악기를 줄 울림 악기로 분류하는 게 어떠냐는 의견에 콧수염 사장과 의기투합한다. 콧수염 사장으로부터 악기점을 임시로 맡아달라는 제의를 받곤, 콧수염 사장의 악기 진열 방식과는 다르게 소리의 색깔에 따라 비슷한 악기들을 한군데 모으는 방식으로 진열을 바꾼다. 나아가 악기들의 소리를 녹음하고 컴퓨터 프로그램을 이용해 폴더에 차곡차곡 정리까지 한다. 여자 친구는 그런 화자를 향해 "치료 불가능한 편집증 환자"라는 말을 남기고 떠나버린다. 화자는 꾸준히 온갖 소리들을 아무런 목적 없이 녹음한다. 사업차 회의에 나갔던 사장은 귀국길에 가게에 들러 악기점을 처분할 때까지 운영을 맡든지 아니면 계속 운영하라는 제의를 한다. 콧수염 사장으로부터 "장사꾼은 싼값에 사서 비싼 값에 팔아먹는다. 자넨 장사꾼이 아니라 마음에 들어. 하지만 너무 무리하지 말게. 금세 지치고 말테니까"라는 조언을 듣기까지 한다. 화자는 악기점을 악기 소리 도서관으로 탈바꿈시키고 많은 사람들에게 악기 소리를 대여해주는 사업으로 발전시켜 나간다.

텍스트 소설

『악기들의 도서관』김중혁
『무용지물 박물관』김중혁
『회랑을 배회하는 양떼와 그 포식자들』임성순
『내 마지막 공랭식 포르쉐』방현희

13

변신과 빙의

변신

인간은 지금의 삶에 회의를 느끼거나 절망할 때 다른 삶을 열망하게 된다. 이러한 열망은 인간의 근원적인 욕망이기도 하다.

고대 로마의 시인 오비디우스의 변형담인 『변신 이야기』는 모든 변신에 대한 찬가로 우주만물의 원리를 변신으로 해석했다. 그리스 신화에서 제우스는 좀처럼 마음을 열어주지 않는 여인의 사랑을 얻기 위해 백조로 황소로 변신한다. 다프네는 아폴론의 구애를 뿌리치기 위해 월계수로 변신하여 다른 삶을 찾는다. 그들은 변신으로 새로운 삶, 새로운 자신을 얻는다. 반대로 변신을 멈추고 현 상태를 고수하려는 자들은 그대로 고인 채 소멸해간다.

이렇듯 변신이란 현실에서 자기 부정을 형상화한 알레고리적 세계이다. 현실에 대한 저항적 상상력인 것이다. 이러한 상상은 현실의 막다른 지점에서 만나는 탈출구이기도 하다.

변신 모티프의 세 갈래

주술적 변신(원형적 변신)

신화, 전설, 설화 등에서 접하는 변신으로, 예컨대 우리나라의 설화에 나오는 마늘과 쑥, 지네, 뱀, 까치, 여우, 곰 등이 이에 해당한다. 이러한 변신은 인간의 내면세계에 깊이 뿌리박고 있으므로 논리를 초월하여 우리들에게 정서적 공감을 일으킨다.

알레고리적 변신(초자연적 상황 설정으로서의 변신)

카프카의 『변신』은 실존주의 소설로 평소 가족을 위해 성실하게 살아오던 그레고르 잠자가 하루아침에 벌레로 변하여 사람들과 소통하지 못하고, 고독과 불안의 생활이 시작되어 신경증에 시달리다 몸이 쇠약해 죽게 된다. 인간 사회 및 조직으로부터 소외된 현대인의 고립감을 형상화했다.

존재론적 변신(환각, 환상 기법으로서의 변신)

강박 관념이 만들어낸 변신으로 자기 자신을 타자화해 한계 상황에서 벗어나기이다. 의미로서의 변신, 즉 몸이 바뀌지 않는 변신이다. 하지만 이러한 변신을 위해서는 그에 상응한 시련과 고통이 수반되며, 그것들을 감내해내야 한다.

서사적 상상력이 이룬 변신으로는 상승 전진형과 하강 퇴행형으로 구별된다. 상승 전진형은 보다 높은 상태로 탈바꿈하는 것이다. 변신의 완결로, 예컨대 설화에서 이무기가 용이되는 변신이다. 이문열의 『금시조』는 예술가 소설로 철저한 자기 부정의 엄격함을 통해서 비로소 완성이 가능해진다. 일종의 초월, 탈출이다.

하강 퇴행형은 변화가 잠정적이거나 변화의 과정에서 성취되지 못하고 본래의 낮은 상태로 되돌아간다. 이상의 『날개』는 새가 되고 싶은 주인공이 현실에서의 탈출과 초월을 갈망하지만 이루지 못한다. 퇴행적 변신의 현대적 성격으로서의 가면의 처세술을 형상화한 전광용의 『꺼삐딴리』는 카멜레온 같은 변신의 명수인 주인공이 시대의 변화에 맞춰 처신함으로써 자신에게 몰아닥치는 위기를 넘길 뿐만 아니라 오히려 영달을 꾀하기까지 한다.

존재와 소멸에 대한 탐색을 주제로 한 한강의 『작별』은 주인공 여자가 공원 벤치에서 잠깐 조는 사이 눈사람이 되어버린다. 여자는 이혼한 후 고등학생인 아들과 살고 있고, 또한 일곱 살 연하의 가난한 남자와 연애를 하고 있으며, 얼마 전에 다니던 회사로부터 권고사직을 당했다. 여자의 삶이 사람이 아니라 사물의 위치로 그녀를 끊임없이 몰아붙인다.

여자 스스로도 자신을 주변의 사물이라고 상상한다. 그래서인지 눈사람이 된 것에 그다지 놀라지 않는다. 마취 주사를 맞은 듯 둔감해진 감각과 심장 부근에서부터 녹아내리는 자신의 육체를 느낀다. 여자는 아들과 끝말잇기를, 부모에게 안부 전화를, 연인과 가벼운 키스를, 그리고 남동생에겐 아들 문제를 부탁까지 한다. 그 과정에서 그녀는 눈사람의 운명처럼 조금씩 부스러지고 녹아내린다. 여자가 소멸의 운명 앞에서도 인간의 품격을 유지할 수 있었던 것은 아마도 소멸이라는 운명을 운명에 대한 사랑으로 받아들였기 때문이다.

작가는 인간과 인간 아닌 것의 경계를 한 꺼풀씩 벗겨나가며 인간과 사물(눈사람)의 경계, 삶과 죽음의 경계, 존재와 소멸의 경계를 슬프고 아름답게 형상화한다.

텍스트 소설

『꺼삐딴리』 전광용
『곰 이야기』 양귀자
『내 여자의 열매』 한강
『여자의 계단』 이준희
『모자』 황정은
『오뚝이와 지빠귀』 황정은
『작별』 한강

빙의憑依

사람의 몸에 타인의 영혼 또는 악령이 들어가는 현상을 말한다. 빙의되면 평소와 다른 인격으로 표변하여 기이한 행동을 한다. 정신의학에서는 다중 성격의 또 다른 자아가 표출되는 것이라고도 한다. 기독교에서는 어린 아이의 영혼이 빙의됨을 악령의 농간으로 간주한다.

빙의 현상은 고대 그리스의 '엑소우시아exousia'에서 유래한다. 엑소우시아는 사람을 못살게 구는 악령에게 다시는 사람을 못 살게 굴지 않겠다는 다짐을 받아낸다는 뜻이다. 성경에서도 그 사례를 찾을 수 있다. 빙의 현상을 찾아내는 의식이 바로 엑소시즘exorcism이다. 우리나라에서는 무속이 이에 해당된다. 무속(샤머니즘)에서는 빙의 자체를 그렇게 부정적으로 보지 않는다.

갑작스런 인격의 변화, 말투, 감정의 기복, 싫어했던 음식 먹기 등이 빙의되었다는 판단의 기준이다. 빙의에는 죽은 인물이 생존하는 인물에 빙의하는 경우, 즉 영혼과 육체의 상호적 교감과 잡귀를 물리치는 처방으로서의 엑소시즘이 있다.

배우들의 메소드 연기를 일종의 빙의 현상에 빗대기도 한다. 극중 인물에의 동일시를 통한 극사실주의적 연기 스타일을 이르는 말이다. 모스크바 예술극장의 스타니슬랍스키Konstantin Stanislavsky가 창안한 것으로 미국의 유명한 영화감독 일리아 카잔 등이 1947년에 설립한 엑터 스튜디오가 배출한 배우들이 명성을 얻으면서 더욱 유명해졌다. 마론 브랜드, 몽고메리 클리프트, 제임스 딘 등이 대표적인 배우이다. 폴 뉴먼, 로버트 레드포드, 더스틴 호프만, 로버트 드니로, 알파치노 등이 그 뒤를 잇는다.

'빙의'를 모티프로 한 정찬의 『플라톤의 동굴』은 자신을 희곡 작가라고 소개하는 '나'가 등장하고 자신의 연극에 출현했던 친구인 배우 K의 소개로 이어진다. 화자는 K가 자신의 첫 번째 연극에 출현했다가 등장인물에게 빙의되어 결국 자살에 이르렀다고 고백한 후, 그의 행적을 기리기 위해 쓴 또 다른 연극을 소개한다. 자신의 첫 번째 연극의 모델이 되었던 졸라의 작품, 화가 세잔과 얽힌 졸라의 생애, 자신의 첫 번째 연극의 내용, 그리고 K의 삶, K를 주인공으로 등장시킨 세 번째 연극의 줄거리, 그리고 이 모든 것을 회상하는 '나'의 행적들로 구성되어 있는 중층 구조의 소설은 결국 '나' 역시 연극이 끝난 후 K에 빙의된 채 그와 관계된 추억의 장소를 방문하는 모습으로 끝난다.

정찬의 '빙의'의 모티프는 재현의 불가능성을 극복하기 위해 투쟁을 벌이는 글쓰기 행위가 소설 내부의 소재로 전환된 것으로 볼 수 있다.

텍스트 소설

『가면의 영혼』정찬
『플라톤의 동굴』정찬

14

기아 의식과 오이디푸스 콤플렉스

인류 유년기 이야기는 신화에 담겨 있다. 그리스 로마 신화, 켈트 신화뿐만 아니라 성경 속 영웅의 탄생과 결혼, 죽음에 이르는 과정에는 유사성이 있다고 한다(오트랑크 『영웅 탄생 신화』).

신화의 주인공은 우선 왕가나 귀족의 혈통을 이어받는다. 하지만 태어나기 전에 오래 지속된 불임, 불길한 신탁, 저주 등에 의해 어려움이 예고되고, 탄생 직후 목숨의 위협을 받기 때문에 버려진다. 버려진 아이는 나무꾼, 목동과 같은 낮은 신분의 사람이나 늑대, 곰 같은 짐승에 의해 목숨을 건진 후 다른 집안에 입양된다. 그가 성인이 된 뒤 위험에 처한 나라를 구하면 공주와 맺어주겠다는 왕의 부름을 받고 일련의 시련을 통과하여 공주와 결혼하고 왕위에 오른다. 버려진 아이의 성장 이야기가 바로 근대 소설의 기원이 된다(마트르 로베르 『기원의 소설, 소설의 기원』).

인간이 끊임없이 서사를 생산하고 소비할 수밖에 없는가에 대한 설명을 정신분석학자는 오이디푸스 콤플렉스에서 찾는다.

오토 랑크, 부르노 베틀하임, 마르트 로베르의 입장에 동의한다면 인류가 줄기차게 꾸며낸 모든 이야기, 즉 신화, 소설, 동화의 바탕에 깔린 서사의 원본은 오로지 하나이며 그 주인공은 오이디푸스이다. 그렇다면 오이디푸스가 모든 신화의 대표적 주인공일까? 오이디푸스 콤플렉스의 전형적 인물일까? 탄생과 입양 과정까지는 도식과 일치하지만 성장한 뒤부터 오이디푸스가 걸었던 길은 다른 영웅들의 행적과는 어긋나는 부분이 많다. 오이디푸스 자신은 가장 덜 오이디푸스적이다. 그것은 스핑크스와의 대결 장면에서 확인된다. 영웅이 결혼 전에 겪는 모험은 일련의 통과의례인데, 첫째는 용기와 담력이 동반된 체력 싸움에 이겨야 하며, 둘째는 지력, 셋째는 인내(참을성)할 수 있어야 한다. 인내심의 시험은 성적 유혹을 어떻게 뿌리칠 것인가 하는 데 있다. 일례로 신화 속의 괴물들은 한결같이 여성성을 띠고 있다. 아무튼 통과의례를 완수하는 데는 조력자(신, 스승)의 도움이 있게 마련이다. 그렇지만 오이디푸스는 신성한 통과의례를 제대로 치르지 않음으로써 신의 재앙을 초래한다. 모든 모험은 청탁자의 요구에서 시작되는 데도 불구하고 오이디푸스에겐 청탁자가 없다. 그는 제 발로 찾아가 일을 저지른다.

모든 시험을 단계적으로 치르는 것이 서사의 기본 원리이다. 오이디푸스가 처음 겪는 고통은 아버지를 죽이고 어머니와 결혼할 것이라는 운명을 잔치 석상에서 우연히 듣게 된다. 때문에 코린토스에서 탈출하여 아폴론의 신탁을 구했지만 신은 저주를 재확인시켜줄 뿐이다. 오이디푸스는 스스로 생각하고 행동하여 해결하는 인간이었다. 따라서 그는 조력자 없이 영웅의 자리에 오른 자이다.

오이디푸스 콤플렉스는 프로이트의 정신분석학에 의해 일반화된 용어로, 아들을 아비의 목을 비틀고 어미와 동침하고자 하는 존재로 보았다(잠재의식의 동력화). 그에 의하면 살부 충동과 근친상간 충동은 인간의 근원적 심리 충동의 한 가지 양상이라는 것이다. 이 두 가지 모티프는 텍스트 속에서 엄밀하게 분리되지 않은 채 드러난다. 어머니와 아들, 오빠와 누이 사이의 성적인 욕구는 금기를 넘어서고자 하는 심리를 반영한다. 이러한 모티프의 텍스트 속에서 대체로 등장인물들이 서로 신원을 확인하지 못한 상태에서 일이 벌어지고, 후에 자신들의 관계가 밝혀짐으로서 회한스러운 비극적 운명에 빠지고 마는데, 이것이 아리스토텔레스가 '시학'에서 사용한 개념인 아나그노리시스anagnorisis 또는 페리페피티어peripetiea로 운명의 발견이다.

대표적인 작품으로는 소포클레스의 『오이디푸스 왕』, 토마스 만의 『선택된 사람』, 라신느의 희곡 『페드라』, 포그너의 『소리와 분노』, 마르케스의 『백 년 동안의 고독』 등을 들 수 있다.

텍스트 소설

『우리는 누구이며 어디서 와서 어디로 가는가』 공지영
『나비, 봄을 만나다』 차현숙
『여수의 사랑』 한강
『누이의 방』 원재길
『소년, 소녀를 만나다』 김도언
『새들이 서 있다』 박혜상

15

누이 콤플렉스

소설 속의 내 누이는 가부장제의 희생양이 되어 국화 옆에 앉아 있지 못하고 신산한 삶의 현장에 발을 딛고 서 있을 수밖에 없었다. 해방과 분단 상황 속에서 외국 병사의 정부가 되어 가족을 부양하는 누이, 이데올로기의 이편저편에서 치마를 드리우고 있는 누이, 산업 현장의 노동자로 기울어져가는 집안의 가장 노릇하는 누이들의 희생, 즉 그 누이의 수모와 부끄러움과 아픔 때문에 오늘 우리의 삶이 이만큼이나마 가능했던 것이다.

송하춘의 『호박꽃 초롱 속의 여름』은 미국에 있는 고모가 젊은 날 흑인 병사와 결혼함으로써 집안의 가난을 해결했고, 그 돈으로 아버지는 대학을 진학할 수 있었다. 아버지는 중도에 대학을 중퇴했지만 고모에 대한 아버지의 마음의 빚은 갚아지지 않는다. 그나마 아버지가 부농으로 집안이 넉넉해진 것은 고모의 도움이 있었기 때문이다. 그 고모가 이제 병들어 미국서 귀국하지만 가족들은 그녀를 어떻게 받아들일지 갈등하지만 고모를 본적도 없는 조카가 아버지와 고모 사이에서 무게 중심을 잡아 갈등을 봉합한다.

 텍스트 소설

『호박꽃 초롱속의 여름』 송하춘
『제망매』 고종석
『1976년 겨울, 슬픈 직녀』 이순원
『이모』 권여선

16

아비 부재와 장자 의식

동물의 세계에서는 암컷이 새끼를 낳아 키우고 수컷은 부재한다고 한다. 따라서 생물학적 족보는 암컷만의 족보를 인정한다. 다음 세대에 아비는 성으로 자신의 흔적을 전하는 데반해, 어미는 몸속 미토콘드리아 DNA라는 물질에 자신의 흔적을 남긴다. 미토콘드리아 DNA는 온전히 어미 것만 다음 세대로 유전된다. 이것이 몸에 새겨진 모계의 이름이다.

한국 문학은 오랫동안 아비가 차지하는 지분이 컸다. 모든 것 위에 군림하는 아비는 무소불위의 신과 같은 존재였다.

서사 문학에서 인간 존재의 비극성은 '아비 부재'라는 말로 요약된다. 인간이 자신을 이 지상에 있게 한 자, 즉 아비를 갖고 있지 않다는 상황은 서사 문학의 오랜 명제이기도 하다. 소설이야말로 아비 부재에 대한 인간의 대표적 대응 양식이자 대결 방식이다.

이에 대한 반응은 두 갈래로 나타난다. 우선 아비 부재의 '믿지 않기'이다. 이 '믿지 않기'로부터 나오는 이야기가 '아비는 어딘가에 있을 것이다'이고, 이야기의 속편은 어딘가에 있는 그 아비를 찾아나서는 이야기가 된다. 이야기에서 **아비 찾기**가 중요한 것은 그를 찾지 않고서는 인간이 자기 존재의 이유와 의미를 확인할 수 없기 때문이다(**실존론**). 다음은 '아비는 없다. 그러나 그는 있어야 한다'이다. 아비는 없지만 마치 그가 있는 것인 양 가정한다는 것이 이야기의 서사적 동기이다. 이로부터 아비는 존재하지 않지만 존재한다고 가정할 때에 '나는 의미가 있다'라는 내용으로 하는 이야기들이 만들어진다(**당위론**).

어느 쪽이든 이 대응들이 모두 이야기의 형태로 존재하는 것은 그 아비가 이야기 속에만 있는 존재, 더 정확히 말하면 접근 불가의 존재이기 때문이다. 실종된 아비를 찾아나서는 첫 번째 대응의 경우는 그 '찾기'에도 불구하고 찾을 수 없었고, 따라서 찾아 헤맨 이야기만 남는다. 두 번째 대응의 경우는 없는 것을 있는 듯이 가정하고 찾아 나서므로 그 결과 역시 이야기뿐이다. 애당초 없었고, 없었기 때문에 잃어버린 적도 없는 아비를 마치 있는 듯이 찾아 나선다는 것은 접근 불가의 이야기들만을 남긴다.

그렇게 해서 아비의 존재로부터 풀려났으면서도 인간은 여전히 시간과 대면하고 있는 존재라는 조건은 해소되지 않고, 또한 풀려난 순간부터 그는 자기 존재와 행동에 의미를 주는 작업이 자기 자신의 것이라는 새로운 책임하에 놓인다.

시간과 대면하고 있는 존재로서의 인간은 질병에 시달려야 하고 늙어야 하고 마침내 죽어야 한다. **역사적 존재로서의 인**

간은 역사 세계의 폭력과 횡포로부터, 그리고 역사의 폭력이 안기는 고통으로부터 한 순간도 헤어나지 못한다. 또한 자신의 모든 선택과 행동을 정당화해야 할 윤리적 요청 앞에 서야만 한다. 정의와 자유의 문제, 고통과 행복의 문제, 의미와 목적의 문제는 그에게서 떠난 것이 아님을 깨닫는다. 그는 인간 존재의 비극적 성질을 해소하지도 그로부터 헤어나지도 못하는, 여전히 비극성 속에 갇혀 있을 수밖에 없다.

한국 현대 문학에서 '아비 부재'는 국권 상실기인 일제 때는 모멸의 대상으로서의 아비는 모리배와 종으로 그려졌다. 해방 공간과 분단 상황에서는 이데올로기로서의 아비가 부재하지만 강력한 힘의 소유자로 다루어졌다. 70~80년대의 '아비'는 파시스트였다. 권력을 쥔 아비는 이데올로기인 아들을 짓밟아 없애는 모습으로 그려졌다. 그런가 하면 90년대 신자유주의 시대에 홀로 남겨진 아비는 '명퇴자' 아니면 '노숙자'로, 있으면서도 없는 '기러기 아빠'로 형상화된다.

아비가 살아 있다면 어머니는 가출했을지도, 장자인 아들은 부랑아가 됐을지도 모른다. 그러나 아비 부재는 그런 가능성을 애초에 막아버린다. 부재하는 아비는 비현실적이며 곁에 있는 어미는 현실적이다. 따라서 부재하는 아비는 가족들의 결속(이는 어미의 헌신적 노력의 결과이지만)을 다져주는 역설적인 역할을 한다.

이창동의 『소지』는 보도연맹 사건 때 좌익이었던 아버지가 처형된 것으로 추측되는데, 부재하는 그 아버지를 둘러싸고 말단 공무원인 형과 운동권 대학생인 동생이 갈등하고, 그 사이에서 형제의 화해를 이끌어내려는 어머니의 눈물겨운 시도를 형상화한 텍스트이다.

김애란의 『달려라 아비』는 내겐 아버지가 없다, 하지만 어딘가에서 계속 뛰고 있다, 라는 당위론에서 출발한다. 택시 기사인 싱글 맘과 사는 화자는 부재하는 아비 찾기로 나아가지 않고 오직 의식 속에서만 존재하는 아버지로 자신을 위로한다.

텍스트 소설

『미망』 김원일
『소지』 이창동
『아름다운 얼굴』 송기원
『금색 크레용』 김병언
『투명인간』 손홍규
『달려라 아비』 김애란
『클리타임네스트라』 이지안
『초록이 지쳐 단풍 드는데』 최인석

17

폭력적이고 추레한 아비 극복하기

폭력적인 아비

한 개인의 정신 발달에 아비의 존재는 핵심 역할을 한다. 이때의 아비는 실제적이고 생물학적인 아비일 뿐만 아니라 아이의 내면에 만들어진 아비에 대한 환상도 포함된다. 또한 성장하면서 만나게 되는 **가부장제**가 만들어 유포하는 거대한 아비 이미지도 중요한 역할을 한다. 힘과 권력, 법과 질서를 상징하는 아비와 좋은 관계를 맺고 아비를 넘어서서 아비와 대등하고 존중받을 수 있는 개인으로 성장하는 것이 발달의 핵심이다. 그러나 가부장제가 지배하는 현실에서는 누구나, 얼마간 '**아비 콤플렉스**'를 지니는 것이 보통이다. 아비 콤플렉스의 한쪽 극단에는 지배하고 통제하는 거대한 아비의 이미지 앞에서 위축되고 소심해진 아들이 있다. 그들은 권위에 복종하고 권력의 인정을 받는 것으로 생의 가치를 삼는다.

아비 콤플렉스의 또 다른 극단에는 거대한 아비 이미지를 내면화시킨 아들이 있다. 그들은 사회에 통용되는 법과 질서를 무시한 채 자기만의 법칙에 따라 자기만의 세계를 만든다.

그렇게 해서 과장된 자아를 가진 나르시시스트가 되어 타인과 사회에 잠재적 위험 인물이 된다.

억압적 가부장제는 남녀 모두에게 좋지 않지만 특히 남성의 인격 발달에 치명적이다. 힘과 권력 앞에 위축된 아들과 자신이 곧 법인 양 행동하는 확장된 아들은 동일한 심리의 서로 다른 측면일 뿐이다. 한 개인의 성격 속에 두 요소가 모두 존재한다고 보는 게 옳다. 이렇듯 아비 콤플렉스는 사회적 제도와 정치적 영역까지 상호 영향을 주고받으며 침투해 있다. 감시, 통제, 억압하는 '거대한 아비'는 환상을 생산해내며 바른 세계관을 갖지 못하게 만들기 때문에 가부장제를 해체해야만 한다.

추레한 아비

권력의 상징으로서의 아비가 추락하면 추레한 아비가 될 수밖에 없다. 아들은 추레한 아비를 통해 세상의 어둡고 무서운 비밀을 알게 된다. 그런 아들은 아비의 삶을 어떻게 이해할 수 있을까라는 회의와 겹쳐진다. 하지만 삶의 그 완강한 배반 구조 앞에서 무너져 내리는 아비를 목격한 아들에게 아비는 단지 증오와 부끄러움의 대상이 아니라, 한 생애를 끌어안고 살아야 할 상처이거나 차라리 벗어날 길 없는 삶의 모순을 눈뜨게 해준 반면교사이기도 하다. 이렇듯 아비를 바라보는 아들의 시선은 3단계를 거치면서 아비를 끌어안게 된다. 1단계는 무능한 아비 때문에 남들 앞에 얼굴을 들고 나갈 수 없는 부끄러움의 대상이다. 2단계는 자신이 성장하면서 삶의 모순을 눈 뜨게 해준 이가 역설적이게도 무능한 아비였다는, 즉 자신과의 동일시이다. 3단계는 아비를 추레하고 비굴하게 만든 자들을 향한 분노이다.

"나는 결국 아버지의 연산이었다"라고 회고하는 박민규의 『그렇습니까, 기린입니다』는 유년기 부끄러움의 대상이었던 아버지가 자신이 성장하는 과정에서 역설적이게도 삶의 모순을 눈 뜨게 해주었다는 인식을 하게 되고 그럼으로써 자신의 아비를 추레하고 비굴하게 만든 자들을 향한 분노를 신세대의 어법과 문체, 행 바꾸기와 단락 주기 등 낯설게 하기 기법으로 형상화한 텍스트이다.

텍스트 소설

『썩지 아니할 씨』 전상국
『악부전』 안정효
『자전거 도둑』 김소진
『그렇습니까, 기린입니다』 박민규
『칼』 이승우
『당신의 피』 정용준

18

가족사(개인사) 소설

"조국은 남자가 발견했고 가족은 여자가 발견했다"라는 말이 있다. 달리 말하면 조국은 남자의 세계이고 가족은 여자의 세계라는 것이다.

가족은 예부터 우리가 속한 공동체의 근간으로 또 인간관계를 형성하는 기본 틀로 간주되어 왔다. 다시 말해 우리는 가족 집단의 영속과 번성을 중시하며 가족 질서를 바탕으로 사회 질서를 구축해나가는 태도를 강하게 보여주었다. 이런 가부장제가 가족 이기주의를 낳은 결과를 초래했다고 해도 과언이 아니다. 하지만 가부장제적 윤리관이 붕괴되면서 우리 사회는 대가족에서 핵가족으로, 다시 1~2인 가구로 급변하고 있다. 2017년 현재 1인 가구 비율은 28.6%, 2인 가구는 26.8%로 전체 가구의 55.4%가 1~2인 가구인 셈이다. 개인주의의 증가 경향을 고려할 때 앞으로 1인 가구의 증가는 비가역적 흐름이 될 것이다.

문학 속의 가족사 소설

가족사 소설하면 마르텐 뒤가르의 대하소설 『티보가의 사람들』이 대표적이다.

문학 속의 가족은 시대의 모순과 그 속의 갈등을 딛고 서로를 보듬는 모습으로 나타난다. 그래서 가족은 지난한 역사의 삶 속에서 살아내기 위한 처절한 몸부림의 산물이기도 하다.

이야기의 중심에 서 있는 가족은 민족이나 국가라는 틀 속에서 사회 문제로 확산되는 원심력을 지닌 것으로 다루어진다. 따라서 가족사 소설은 지나온 삶 속에서 가족 구성원 간의 상호 갈등과 화합과 이산을 다루고, 나아가서는 역사와 사회 속에서 가족의 변모 또는 그 운명을 형상화한다.

가족 소설의 구조

잠재적 운명인 현대사를 씨줄로, 시간과 공간과 궤를 같이한 현시적 운명으로서의 이름 없는 가족의 삶의 행로를 날줄로, 그 가족이 어떻게 시대와 사회와 교류했고 어떻게 변모했는가를 형상화한다. 따라서 개별화된 가족사의 흥미진진함을 어떻게 보여줄지가 가족사 소설의 성패를 가늠한다.

개인사 소설 또한 가족사 소설의 구조와 궤를 같이 함은 말할 것도 없다.

가족사(개인)를 모티프로 한 한승원의 『해변의 길손』은 우리의 현대사를 씨줄로,

일제 하	좌우 대립	분단 고착	민주화의 봄	군사 독재	민주 항쟁	민주화	촛불 집회
(8.15) 1945	(6.25) 1950	(4.19) 1960	(5.16) 1961	(5.18) 1980	(6.10) 1987		(4.16) 2014

　　주인공 일가의 삶의 행로를 날줄로 해서 자신의 현재의 위상과 함께 자신이 선택한 지나온 삶을 재구성해 보여준 뒤, 대처에서 돌아온 막내아들 내외에게 한 가닥 희망을 걸어보는 것으로 끝난다.

텍스트 소설

『해변의 길손』한승원

『유자소전』이문구

『손목시계에 관한 명상』박양호

『개다리 영감의 죽음』김영현

『세상 끝의 골목들』이남희

『달의 물』신경숙

『한 여자 이야기』김인숙

『마음, 안나푸르나』김승희

『착한 사람 문성현』윤영수

『나는 봉천동에 산다』조경란

『소금 가마니』구효서

『명두』구효서

『흔적』구효서

『국수』김숨

『세상의 모든 저녁』임철우

『앵두의 시간』김탁환

『쇼코의 미소』최은영

19

성장기 소설

성장기 소설은 한 인간이 태어나 성년이 되기까지 겪게 되는 설렘과 두려움에 가득 찬 모험의 과정을 형상화한 것으로 '여로'라는 은유에 기댄다.

어린 시절에 대한 추억은 누구에게나 아름다움 또는 슬픔으로 채색되어 아련한 정감을 불러일으킨다. 어린 날의 꿈은 빨리 어른이 되어 억압받고 제한된 상황에서 벗어나고자 한다. 그렇기 때문에 아이들을 위한 어른들의 간섭은 아이들에게 당연히 독선과 체벌, 무관심과 몰이해라는 오해를 받기 십상이다. 물론 그것이 사랑과 관심, 그리고 헌신이었다는 것을 자라고 나서 비로소 깨닫게 된다. 어쨌거나 '어른들은 알아주지 않는다'라는 **불평**과 **반항**은 누구나 겪었던 성장기의 체험으로 일종의 통과의례였다고 할 수 있다.

위대한 작가들 작품 중에는 유년 시절에 대한 회상을 다룬 작품들이 눈에 띈다. 작가는 유년기 자신의 삶, 감정, 그리고 생각을 자신만의 스타일로 의미를 부여하려고 부단히 노력하는 자들이다.

통과의례

통과의례란 프랑스의 인류학자 방 즈네프van Gennep(1873~1957)가 처음 사용한 용어로 사람이 일생 동안 겪는 '탄생, 유년기, 청소년기, 성년기, 장년기, 노년기, 사망'에 이르는 7단계를 통틀어 이르는 말이다.

성장기 소설이란 세상 읽기, 즉 유년기의 성장 과정을 그려내는 '길 찾기'로 자아의 본질은 무엇이며(나는 무엇인가라는 물음) 자아를 둘러싸고 있는 외부 세계의 실체는 무엇인가를 끊임없이 물으며 그 해답을 나름대로 모색해가는 과정을 형상화한다.

자아의 정체성이란 자신을 타인과 구별되는 존재로 파악하고 자기 자신을 자신이 속한 가정, 사회, 국가의 한 구성원으로 인식하는 것이다. 그리고 더 나아가 그 구성원에 부여되는 사회적, 도덕적 책임을 수용하여 자신의 존재 가치와 삶의 의미를 발견하는 것을 뜻한다.

자기 자신이 어떤 조건에 처해 있고 어떤 가능성과 이상을 가지고 있으며 다른 사람들과는 어떤 관계를 맺고 있는가에 대해 올바로 아는 것이다. 또 자신의 삶을 의미 있고, 보람 있다고 생각하며 살아가는 것이다. 즉 타인이 나를 어떻게 평가하는지도 중요하지만, 나 자신이 스스로를 어떻게 평가하는지가 더욱 중요하다.

신자유주의 시대에 들어와서는 '외부 세계'에 집착해 우리의 욕망을 좀 더 많이 쌓아올리려고 하다 보니 물질 만능주의가 우리 삶의 터전을 흔들고 급기야 우리의 인간성마저 무너뜨리고 있다. 이런 때일수록 진정한 자아를 정립하는 것의 중요함은 말할 것도 없다.

성장기 소설의 구조

성장기 소설의 구조는 '의문의 싹틈, 갈등의 분출, 현실로부터의 탈출(또는 찾아 나섬)'이라는 구조를 띤다. 현실로부터의 탈출에는 자기가 가장 소중하게 여겼던 것을 버리는 대가를 치러야 한다. 따라서 성장기 소설은 어린아이가 겪어야 했던 시련들의 내용을 담아내야 한다. 다시 말해 벌거숭이 어린아이가 사회라는 옷을 입어가는 과정에 대한 성찰 기록이어야 한다.

성장기 소설은 두 갈래, 즉 현재진행형과 회고형으로 나뉜다. 현재진행형 성장기 소설은 미성숙한 자아를 주인공으로 현재적 시점에서 서사를 전개한다. 회고형 성장기 소설은 어른인 현재의 '나'가 청소년 시절의 '나'를 회상 성찰하여 현재적 의미를 획득하려는 서사 전략을 구사한다. 다만 회고형 성장기 소설은 과거를 일종의 낭만적 대상으로 삼음으로써 현실의 고통에서 도피하려는 심리가 깔려 있다는 점에서 마냥 긍정적으로 바라볼 수만은 없다.

성장기라는 통과의례를 거친 다음 이윽고 성년으로 나아가지만 성년이란 첫 경험으로서의 가치를 상실하고 일상의 되풀이로 변하는 날이 왔음을 의미한다. 즉 설렘과 두려움 대신

권태와 안일이 자리 잡는다.

흔히 성장기 소설은 개별화의 전형으로 쓰기 쉽다고 한다. 멋대로 써도 아무도 시비하지 않기 때문이다. 그도 그럴 것이 검증이 불가하기 때문이다.

조민희의 『우리들의 작문 교실』은 미성숙한 자아인 초등학생 시점의 현재진행형 성장기 소설이다. '비행접시'라는 별명을 지닌 주인공은 카페를 운영하는 미혼모인 엄마와의 갈등을 서사의 축으로 삼아 자신의 출생의 비밀, 친구와의 우정, 이성에 대한 사랑, 그리고 친구와의 이별을 겪으면서 자아의 본질은 무엇이고, 자아를 둘러싸고 있는 외부 세계의 실체는 무엇인가에 대한 답을 모색해가는 과정을 눈높이에 걸 맞는, 리듬감 있는 문장으로 형상화한 텍스트이다. 마지막에 어른이 되기 위해서는 대가 치르기의 한 방법으로 자신이 아끼던 롤러브레이드를 버리는 행위는 의미심장하다.

회고형 성장기 소설로는 전경린의 『강변 마을』을 들 수 있다. 시골 외할머니 댁에서 외할머니의 사랑을 듬뿍 받으며 여름방학 한 철을 즐겁게 보낸 열한 살 때의 체험을 들려준다. 중학교 앞 문방구집 딸인 주인공에게 외할머니는 없다. 친할머니는 아이를 예뻐하지 않고, 어머니는 한결같이 피로와 짜증에 찌들어 있고, 아버지는 집을 비우기 일쑤이며 동생들은 사고만 친다. 그런데 주인공이 외할머니 댁에 갈 수 있었던 것은 아버지의 젊은 여자가 아이를 낳기 위해 집으로 들어와 있는 동안, 아이들을 시골에 있는 그 여자의 어머니 집으로 보냈기 때문이다. 그해 여름 주인공의 외가는 집안의 우환을 담보로 주어진 잠시의 아이러니였던 것이다. 성장의 혼돈과 상실감, 불안과 고통, 고독과 공포 등 생의 모든 감각들이 혼재되어 있는 시간과 공간을 뛰어나게 형상화한 텍스트이기도 하다.

텍스트 소설

현재진행형

『경찰서여 안녕』 김종광
『우리들의 작문교실』 조민희
『무지개 빛 비누거품』 김설아
『새들이 서 있다』 박혜상
『무릎』 윤성희
『영영, 여름』 정이현
『소년 이로』 편혜영
『낚시하는 소녀』 전성태
『선긋기』 이은희

회고형

『아름다운 얼굴』 송기원
『생의 이면』 이승우
『보리밭에 부는 바람』 공선옥
『강변 마을』 전경린
『그 순간 너와 나는』 조현
『춤추는 코끼리』 김경순
『고요한 사건』 백수린

20

여로형 소설

소설은 바로 길 가는 이야기다. **여로형 소설**은 현실의 우리가 가지 못하는 곳으로의 데려감이다. 여행은 '여기' 아닌 곳으로 떠나 '나' 아닌 사람을 만나는 일이지만 결국은 자신이 누구인지 되돌아보는 일이기도 하다.

사람은 누구나 매일 밤 설렘과 희망을 끌어안고 잠들고 아침마다 길 떠나는 자들이라고 한다. "별이 빛나는 창공을 보고 갈 수가 있고 또 가야만 하는 길의 좌표일 수 있던 시대, 별빛이 그 길을 환히 밝혀주던 시대는 얼마나 행복했던가"라고 했던 루카치는 "나 자신을 증명하기 위해 길을 떠난다"라고 했고, 아탈리는 "인간이란 여행을 존재의 본질로 한다Homo Viator"라고 말한 바 있다. 인간은 누구나 **노마드적 삶**의 욕망에 사로잡혀 있다고 할 수 있다. 흔히 '길이 시작되자 여행은 끝났다'라고 한다. 인간 본질을 찾으려는 문제적 개인이 길을 나서지만 훼손된 세계에서 본질은 찾아지지 않는다(여행도 끝났다).

길 가는 이야기에는 홀로 가는 길도 있고 함께 가는 길도 있다. 길 가는 이유는 무엇인가? 길은 그 끝이 있고 또 목적이 있다. 문제적 주인공이 길 가는 소설을 보면 늘 느끼는 게 **가슴 설렘**인데, 그 설렘의 정체는 어떤 **낯선 만남**에 대한 기대감 때문이다. 또한 그 길이 끝나는 지점에서 절망과의 마주침이 있기 때문이다. 주인공이 절망과 마주칠 때 짓는 표정은 어쩌면 우리 자신의 운명의 모습이기도 하다. 왜냐하면 그것은 어느새 나의 문제로 그 절망과 마주치지 않으면 안 되게 되어 있기 때문이다. 그러니까 '길이 시작되면 여행은 끝난 셈'이다. 남는 것은 절망과 마주하는 주인공의 표정이다.

여로형 소설의 한 전형이라 할 수 있는 황석영의 『삼포 가는 길』은 노가다 판을 전전한 한 사내가 새로운 삶을 일구기 위해 삼포를 향하면서 시작된다. 그 길을 감옥에서 풀려난 또 한 사내가 가세한다. 날은 어둡고 춥다. 이때 또 한 명의 작부 출신의 여자가 끼어든다. 그들은 한 간이역에서 삼포가 완전히 다른 공간으로 탈바꿈했다는 소식을 전해 듣곤 그들은 한결같은 절망과 마주한다.

이렇듯 여로형 소설의 정석 자체는 한 작가가 멋대로 만들어낸 것도 아니고 우리 소설만의 것도 아니지만, 이 정석을 확충시키고 빛나게 함으로써 정석을 한층 정석답게 하는 일이야 말로 작가의 재능이라 할 수 있다. 다만 문제가 되는 것은 이 정석 자체에 있지 않고 이 정석에 작가가 온 몸으로 부딪치고 나간 곳에 있다. 그것을 우리는 **사회적 이슈** 또는 **시대정신**이라고 부른다. 『삼포 가는 길』은 정석을 정석답게 한 소설이다. 그 이유는 주인공의 여로가 사회적 이슈와 맞닿아 있기 때문이다.

'사회적 맞닿아 있음'이란 '당대 사회의 모순과 치열하게 대결했는가' 하는 것이다. 『삼포 가는 길』의 인물들은 60년대에서 70년대로 넘어가는 우리 사회의 특징, 즉 산업화로 인해 생긴 부랑 노동자 문제의 원점에 닿아 있기 때문이다.

여로형 소설의 구조

여로형 소설은 '출발, 어떤 만남. 만남에 따른 결과'라는 구조로 이루어진다.

출발에서는 왜 떠나는가, 어디로 가는가, 어떻게 가는가가 전제되어야 한다. 어떤 만남에서는 다양한 인물들과의 만남과 그 배경을 보여주고, 그러한 만남 중의 한 만남에 초점을 맞추어야 한다. 만남에 따른 결과에서는 인물의 초상이 출발지와 도착지 사이에서 어떻게 변모했는지를 보여주어야 한다.

여로형 소설은 귀환 형식의 차이에 의해 두 갈래, 즉 직선적 여로(I자형)형과 회귀적 여로(U자형)형으로 나뉜다.

직선적 여로는 주인공이 출발지로 되돌아가지 않으며 다시 돌아갈 희망을 접은 채 철저히 낯선 곳으로 나아간다. 이런 형의 인물은 아브라함 또는 체 게바라 형이라고 할 수 있는데, 해당 인물의 여행은 외부성과 이질성의 타자를 자아 안으로 끌어들여 이질성을 통해 자기중심성을 회복하고 자기를 초월하여 다른 세계를 탐색할 수 있게 해준다. 이 유형은 원심적 욕망에 의한 공동체로부터의 이탈로 경우에 따라서는 절망, 또는 소멸과의 마주침으로 이어지기도 한다.

회귀적 여로는 주인공이 출발지로 되돌아가는 유형으로 율리시스 또는 **돈키호테** 형이라고 할 수 있다. 율리시스처럼 수많은 곳을 떠돌아다니고 수없이 환상적인 여행을 한 후 출발지로 돌아간다. 이 유형은 타자를 흡수하고 지우고 부정하여 결국 자기 자신에게 되돌아가는, 즉 구심적 욕망과 공동체로의 회귀를 드러낸다. 낭만적 일탈 충동에 사로잡힌 한 인물이 낯선 사람과의 만남과 그를 통한 영혼의 극적이고 비일상적인 고양을 맛본 뒤 일상으로 되돌아간다는 것이다.

다만 이 유형의 소설에는 남성 작가들이 우려먹은 판타지가 자리하고 있다. 남자가 혼자 여행을 떠날 때 여행길 어느 모퉁이에서 익명의 여인을 만나 그 허한 속 한번 채워보려는 속셈이 깔려 있다. 이 유형의 원형은 바로 **오디세우스**이다.

한국 문학에서는 김승옥의 『무진 기행』, 윤후명의 『별들의 냄새』, 윤대녕의 『천지간』 등이 그러한데, 이러한 판타지에 일격을 가한 작품이 최윤의 『하나코는 없다』라고 할 수 있다.

황정은의 『누구도 가본 적 없는』은 직선적 여로로 아이를 잃은 부부가 해외를 유령처럼 배회하는 이야기이다. 아내의 간절한 바람 때문에 계획한 여행은 헬싱키, 바르샤바, 크라쿠프, 프라하, 베를린, 뮌헨을 거쳐 귀국하는 것으로 되어 있다. 부부는 헬싱키에서 환승해 바르샤바에 밤에 도착한다. 부부에게는 첫 해외여행이다.

지금까지 부부에게 여행은 대여섯 번 정도로 첫 여행은 제주도 신혼여행이었고, 회사 단합대회와 아이와 함께한 여행과 나들이가 전부였다. 바르샤바 시내 관광을 한 다음 크라쿠프를 거쳐 프라하에 도착, 다음날 프라하역 출발 베를린행 열차 안에서 여권, 항공권, 현금을 넣어둔 파우치를 담은 작은 가방을 분실한 사실을 뒤늦게 알고 부부는 언쟁을 벌인다. 저물녘에 베를린 중앙역에 도착해 화자가 열차에서 내릴 때 캐리어 바퀴가 말썽을 일으키는 바람에 그것을 바로잡고 뒤따라 내린 줄 알았던 아내를 찾아보지만 열차 안에 그대로 남아 있는 그녀를 발견한다. 그러는 사이 열차 자동 개폐문이 닫히고 움직이기 시작해 빠르게 멀어져간다. 그는 역무원에게 다가가 "아이로스트…노, 노, 미스트…로스트…"라고 말해보지만 역무원은 무심한 얼굴로 바라볼 뿐이다. 어떤 방법으로도 아이를 잃은 상처를 봉합할 수가 없어서 삶도 아니고 죽음도 아닌 곳에서 배회하는 부부의 막막함을 형상화한 텍스트이다.

텍스트 소설

직선적 여로형
『삼포 가는 길』황석영
『나그네는 길에서도 쉬지 않는다』이제하
『천마총 가는 길』양귀자
『문경새재』최윤
『나를 사랑한 폐인』최인석
『파로호』오정희
『슬픔의 노래』정찬
『검은 숲』함정임
『신천옹』조용호
『밤이여, 나뉘어라』정미경
『어디로 갈까요』김서령
『누구도 가본 적 없는』황정은
『사라지는 것들』정용준

회귀적 여로형
『무진 기행』김승옥
『별들의 냄새』윤후명
『신라의 푸른 길』윤대녕
『천지간』윤대녕
『말무리반도』박상우
『존재의 숲』전성태
『숨은 꽃』양귀자
『절반 이상의 하루오』이장욱
『하나코는 없다』최윤
『빛의 호위』조해진
『어디로 가고 싶으신가요』김애란
『아무일도 없었던 것처럼』표명희

21

노마디즘

'성을 쌓는 자는 망하고, 길을 내는 자는 흥한다'는 칭키즈 칸이 한 말이다. 이 말은 한 곳에 안주하는 세력에게는 미래가 없고, 길을 통해 끊임없이 이동하는 세력이 미래를 장악한다는 의미이다. 인간은 예로부터 길을 통해 삶과 역사를 개척하고 만들어왔다. 노마드란 끊임없이 이동하는 유목민에서 유래한 용어로 특정한 방식이나 삶의 가치관에 얽매이지 않고 끊임없이 새로운 자아를 찾아 나서는 인간형을 이르는 말이다. 노마드가 시대의 키워드로 자리한 것은 프랑스 철학자 질 들뢰즈Gilles Deleuze(1925~1995)의 저서 『차이와 반복』(1968)에서 시작, 서구의 여러 석학들의 사상적 변주를 거치며 21세기의 새로운 패러다임이 되었다. 들뢰즈가 말하는 **노마디즘**이란 코드화하고 영토화하는 지배 체제의 포획 메카니즘에서 벗어나 **저항하는** 삶의 형식을 뜻한다.

자크 아탈리Jacques Attali(1943~)는 인류사의 99%를 노마디즘의 역사라고 말한다. 끝없이 이동하고 유량하고 여행하는 사람들이 인류 문화의 거의 모든 유산, 불, 사냥, 언어, 농경, 목

축, 신발, 연장, 제식, 문화예술, 바퀴, 항해 따위를 창조하였으며, 심지어 유일신과 민주주의조차 노마드들의 발명이라고 말한다. 그에 반해 정착민이 만들어낸 것은 국가와 세금, 감옥뿐이다. 아탈리는 그의 저서 『21세기 사전』에서 디지털 노마드를 선보인다. 즉, 노마디즘의 스펙트럼을 600만 년 인류사로 확장하여, 인간이란 종을 탄생시킨 생물체들의 그 엄청난 뒤얽힘은 이동성, 즉 미끄러짐, 이주, 도약, 여행으로 이루어졌다고 진단한다. 생명의 역사 자체가 이미 노마드적이었다는 것이다.

그는 지난 역사를 시대별 정착민과 노마드의 대립과 투쟁의 과정으로 고찰한다. 이렇듯 아탈리는 한 곳에 정주하기를 거부하고 끝없이 이동하는 것이야 말로 노마디즘이라고 한다. 고전적인 이동 개념을 넘어 특정한 가치와 삶의 방식에 매달리지 않고 끊임없이 자신을 바꾸어가는 창조적 행위로서 불모지를 새로운 생성의 땅으로 바꾸어가는 것이라는 **철학적 사유의 노마드**와 정착의 틀에서 벗어나 끊임없이 생성과 파괴를 거듭하는 **사회 경제적 노마드**로 확장한다. 오늘날 자본주의야 말로 이윤의 극대화를 위해 저임금을 쫓아 세계를 누비는 대표적 노마드이다. 최근에는 첨단 디지털 장비로 무장한 채 공간 제약을 받지 않고 떠도는 **디지털 노마드**, 한 발 더 나아가 **유비쿼터스 노마드**로 발전해나가고 있다.

데스크탑 컴퓨터가 정착의 삶을 강요했다고 하면 태블릿 PC, 스마트 폰, Wi-Fi 무선 인터넷 같은 데이터 통신의 발달은 우리에게 디지털 노마드의 삶을 가능케 해준다.

자크 아탈리는 노마드 시대의 인간을 세 부류로 나눈다.

첫째는 **정착인**이다. 농민, 상인, 공무원, 엔지니어, 의사, 교사, 은퇴자, 어린이들이다.

둘째는 **비자발적 노마드**(인프라 노마드)이다. 주거지가 없는 사람, 이주 노동자, 정치 망명객, 경제 관련 추방자, 트럭 기사나 외판원 같은 이동 노동자들이다.

셋째는 **자발적 노마드**(하이퍼 노마드)이다. 창의적인 직업을 가진 고위 간부나 연구원, 음악가, 통역사, 안무가, 연극배우, 연출가, 영화감독, 유희적 노마드로서의 관광객, 운동선수, 게이머들이다.

나그네 새인 알바트로스라는 새를 상징으로 '나와 녀석들'이라는 두 시점으로 40대 남자들의 의식 세계를 펼쳐 보이는 조용호의 『신천옹』은 떠도는 삶을 사는 이주자인 사진작가와 붙박힌 삶을 사는 정주자인 회사원의 삶의 대비를 통해 노마드적 삶의 비애를 드러내는 데 성공한 텍스트이다.

텍스트 소설

『늪』 양귀자
『신천옹』 조용호
『타인의 고독』 정이현
『만명의 삶을 산 사람』 남한
『절반이상의 하루오』 이장욱

22

제의적 장치로서의 귀향 소설

세계를 이해하려면 문학을 통하는 것이 가장 재미있고 가까운 길이기도 하다. 마찬가지로 문학을 이해하자면 그 문학의 배경을 알아보는 것이 지름길이기도 하다. 작가들은 어느 고장에서 태어나 자랐으며 작품의 배경은 어느 곳을 그린 곳인지, 그리고 그것이 작가 자신과 어떤 인연이 있는지 알 수 있게 해준다. 돌아보면 위대한 문학은 향토 문학임을 알 수 있다. 즉 작가 자신의 고향과 작가의 주변 이야기들임을 작품을 통해 읽어낼 수 있다. 토마스 하디의 『테스』, 스탕달의 『적과 흑』, 플로베르의 『보바리 부인』, 에밀리 브론테의 『폭풍의 언덕』, 스타인백의 『에덴의 동쪽』, 포그너의 『소리와 분노』 등 세계의 명작들을 보면 대부분 작가의 고향을 배경으로 한 이야기들이다.

그렇다면 존재의 시원이랄 수 있는 고향이란 어떤 곳인가? 자기 조상이 오래 누리어 살던 곳과 자신이 태어나 자란 곳이다. 따라서 살던 곳과 자란 곳이란 사람과 사람, 그리고 자연이 만들어낸 조화의 세계라 할 수 있다. 이렇듯 고향이란 존재의 시원이자 구원과 휴식의 장소이기도 하다.

고향으로 **귀향**하는 데는 세 가지 이유, 즉 **뿌리 찾기**이거나, 상실되었던 자신의 재발견이거나, 아니면 상처의 치유를 위함이다. 고향에서 입은 상처들로 괴로워하는 인물이 그 상처의 치유를 위해 귀향하는 이야기들이다.

세상살이에 지치고 상처 입은 자들이 고향을 찾아 다시금 자신을 추스르는 것은 고향이 지닌 정화와 회복의 능력을 말해주는 것이기도 하다. 하지만 어떤 사람에게 고향은 그리우면서도 진저리나는 곳, 부끄러운 과거와 숨기고 싶은 내면이 흩뿌려져 있는 곳, 그래서 가고 싶지만 가고 싶지 않은 곳이 되기도 한다.

루쉰魯迅(1881~1936)은 『귀향』에서 "이번 나의 귀향은 오로지 고향과 작별하기 위해서 왔다"라고 강조하기도 한다. 따라서 낭만적 기억이 없다면 고향은 결코 돌아갈 만한 곳이 못된다. 미국의 소설가 토마스 울프는 『그대 다시는 고향에 가지 못하리』에서 귀향의 불가능함을 보여준 바 있다. 우리들을 가르는 것은 공간상의 거리는 물론이고 시간 차원에서도 시간은 비가역적이어서 되돌아 갈 수 없다는 것이다. 즉, 공간상의 거리뿐이라면 **망향**의 **고통**이 그토록 크지 않을 것이라고 한다. 시간이야말로 모든 것을 변형시키고 파괴하는 가공할 존재라는 것이다.

귀향 소설의 구조

귀향 소설은 '귀향, 재회, 재회에 따른 결과'라는 구조를 띤다. 귀향하는 데는 그 목적이 무엇인가가 전제되어야 한다. 재회에서는 현재의 고향의 자연과 사람들의 변화된 모습을 보여주고, 또 한편으로는 고향에서의 성장기 시절을 회고한 후 목적에 대한 절망인지 아니면 목적을 이루었는지를 형상화해야 한다. 귀향 소설에서 유의할 점은 고향의 자연에 대한 묘사가 탁월해야 한다는 것이다.

이혜경의 『고갯마루』는 귀향 소설 플롯 속에 담아낸 일종의 가족사 소설이기도 하다. 주인공은 잡지사 기자였다가 학습지 회사 홍보실로 스카웃되어 갔지만 불황에 따른 구조 조정으로 학습지 판매 사원으로 밀려난다. 그런 주인공이 다시 고향의 지국으로 발령을 받고 이를 수락할 것인지 말 것인지를 결심하기 위해 오랜만에 귀향한다. 주인공은 재회에서 변화된 고향과 동창들과의 만남에서 추억을 빼고는 너무 많은 것이 변해버려 심한 낙차를 느끼지만 가족사를 회고하고 고향이 이제는 낯선 곳이라는 자각 끝에 고향 지국으로의 발령을 받아들이기로 마음을 굳힌다.

텍스트 소설

『엄마의 말뚝』 박완서
『징소리』 문순태
『월행』 송기원
『만취당기』 김문수
『장동리 싸리나무』 이문구
『저녁밥 짓는 마을』 김한수
『젖은 옷을 말리다』 이동하
『늪』 양귀자
『여수의 사랑 』한강
『숭어』 이청해
『고갯마루』 이혜경
『비밀들』 김이설
『귀향의 끝』 성은영

23

사랑의 형상화

인간에게 사랑보다 더 실존적인 행위는 없다. 그래서 인간의 실존적 행위인 사랑 이야기야말로 서사 문학의 가장 매력적인 모티프이기도 하다.

호모 에로티쿠스라고 일컬어지는 인간은 속수무책으로 사랑에 빠진다. 사랑은 합리적 이성으로 선택할 수 없다. 사랑은 주도면밀한 계획으로 이루어질 수도 통제할 수도 없다. 종종 혈연, 신분, 인종, 국경까지 뛰어넘기도 한다.

하지만 사랑 이야기야말로 진부하기 짝이 없다. 왜냐하면 사랑은 새롭지 않은 이야기를 자꾸 쓰게 만들기 때문이다. 그래서 사랑은 언제나 이야기를 유지시키지만 발전시키지는 않는다. 그럼에도 불구하고 사랑 이야기를 하지 않을 수 없다는 것이 소설의 숙명이다. 궁극적으로 모든 예술은 사랑의, 사랑에 의한, 사랑을 위한 인간의 반복적 행위라고 할 수 있다.

고대 메소포타미아의 영웅 서사시 『길가메시』에서 길가메시는 불사신(우투나피시팀)을 만나 죽지 않는 약을 얻지만 그만 잃어버린다. 그가 불사신을 다시 찾아가 사정하지만 구하지 못한다. 그렇다면 이제부터 "어떻게 살아야 하느냐"고 묻자 "집으로 돌아가서 그냥 재미있는 일을 하고, 친구들과 즐겁게 사귀고, 연인하고 사랑을 하라"고 일러준다. 이렇듯 5,000년(기원전 2800년 우루크) 전에 이미 어떻게 살아야 하는지에 대한 답은 나와 있다.

소크라테스는 사랑을 에로스(남녀 간의 낭만적 사랑), 스토르케(가족 간의 우애), 필리아(친구 간의 우정), 크세니아(이타적 배려), 아가페(인류애, 희생) 등 다섯 가지로 분류한 바 있다.

이탈리아 르네상스 시대의 철학자 마르실리오 피치노Marsilio Ficino(1433~1499)는 남녀 간의 사랑의 관계를 설명하면서, 한 사람이 다른 사람을 사랑하는 것은 그 사랑의 대상을 이상화하기 때문인데, 그것을 통해 그 사람은 자신 안에 있는 이상적 가능성, 즉 자기 안의 영혼의 존재에 대하여서도 깨달음을 얻게 된다고 했다. 그리하여 사랑은 사람으로 하여금 주어진 대로의 삶을 넘어서 플라톤적 이상의 세계에로 향하게 하는 매개체가 된다는 것이다.

사랑은 자신조차도 낯선 타자로 만드는 '영혼의 마술'이라고 한다. 서사 문학에서 가장 많이 다루어지는 사랑은 에로스, 즉 남녀 간의 낭만적 사랑이다. 역사상 낭만적 사랑으로는 아벨라르와 엘로이즈, 로베르트 슈만과 클라라 슈만의 사랑이 유명하다. 중세 후기의 철학자 아벨라르는 엘로이즈라는 어린 제자와 사랑에 빠져 아이도 갖지만 엘로이즈를 키운 삼촌의 반대로 헤어지게 된다. 아벨라르는 수도사가 되고 엘로이즈는 수녀가 되지만 그 후에도 계속해 사랑의 편지를 주고받는다.

프랑스의 석학 롤랑 바르토는 사랑의 메커니즘은 누구든 그 안에 빠져들기만 하면 사랑의 노예, 사랑의 포로로 만든다고 하였다. 왜냐하면 사랑의 메커니즘엔 일종의 권력 관계가 형성되기 때문이다. 그런데 **사랑의 권력 관계**는 현실 세계의 권력 관계와는 정반대로 작동한다는 것이다. 현실에서는 많이 주는 자가 우위에 서지만 사랑에서는 받는 자가 우위에 선다는 것이다. 더 많이 사랑하고 그리워하는 사람이 견디지 못해 늘 먼저 '사랑해'라고 말한다. 따라서 더 많이 사랑하는 사람은 상대에게 지는 게 아니라 자기 자신에게 지기 때문이다. 주고도 매달리는 자에게 사랑은 비참 그 자체이다. 그래서 사랑은 비자본주의적이라고도 한다.

실연의 근저엔 열등한 감정인 **의혹, 질투**가 자리한다. 의혹, 질투야말로 사랑의 그림자이며 파괴자이다. 실연을 응시하는 것은 가슴 아픈 일이지만 의혹, 질투가 무엇에서 말미암은 것인지 처절하게 복기해야만 한다.

일본의 문학 평론가 가라타니 고진柄谷行人은 실연의 아픔은 예컨대 내가 잃어버린 것은 '이 사람'이라는 것, 즉 문제의 포인트는 '이'에 있다. 실연의 순간에 어떤 다른 '한' 사람도 나의 '이' 사람을 대체할 수 없다. 따라서 실연의 고통은 '이' 사람이 세상에 얼마든지 있는 다른 '한' 사람으로 바뀔 때 극복된다. '한' 사람이 문득 '이' 사람이 되어 사랑이 시작되고 '이' 사람이 떠나면서 절망했다가 '이' 사람이 어느덧 다시 어떤 다른 '한' 사람이 됨으로써 실연의 고통은 끝난다고 했다('이' 사람은 유일성(단독성)이고 많은 사람 중에 '한' 사람은 일반성이다).

오늘날 사랑의 전형인 **낭만적 사랑**이 퇴조하면서 이해관계라는 계산에 의해 이루어지는 **실용적 사랑**이 대세를 이루고 있다. 즉 소비문화에 의해 촉발된 욕망과 그 욕망을 이루기 위한 방법으로서의 프로그래밍된 사랑을 어떻게 형상화하느냐가 관건이다. 하지만 사랑은 계산이 불가능하다. 사랑에서는 완전성과 절대성을 요구해서는 안 된다. 사랑은 언제나 진행형이며 결코 완료형일 수 없다는 것을 명심해야 한다.

결론적으로 오늘날 사랑 이야기는 많지만 진정한 사랑 이야기는 없는, 그래서 사랑의 홍수 속에서도 그에 대한 갈증을 불러일으키는 상황 속에서 더욱 사랑 이야기가 중요하다고 할 수 있다.

통과의례로서의 첫사랑

상대에게 자신이 결핍된 것을 투사하는 것을 **첫사랑**이라고 한다. 즉 첫사랑의 상대는 자신의 무의식 속 깊은 결핍을 건드리는 사람이다.

한눈에 반한다는 것은 투사의 마법이 작동하기 때문이다. 내 머릿속의 이상형을 살아 움직이는 상대방의 이미지에 덮어씌우는 것, 즉 상대방의 현실보다 내 머릿속 이상형의 이미지에 사로잡히는 것, 바로 이것이 사랑의 마법, 투사의 마법이다. 투사의 마법이 벗겨졌을 때의 모습을 마주하게 될 때 사랑이 식을지, 또는 더욱 열렬히 사랑하게 될지 기로에 선다. 상대방의 결점을 인지하고도 장점을 높이 사 사랑할 때 진정한 사랑이 이루어진다. 사랑한다는 것은 과정이고 절차이다.

첫사랑은 설렘과 두려움에 가득 찬 모험의 과정으로 상대를 엿보는 데서 시작한다. 그리고 종국에는 고통의 세계에 대한 인지 양식의 하나로서 헤어짐을 맞이한다.

첫사랑 소설의 패턴은 '싹틈, 엿보기, 다가가기, 헤어짐'으로 이어진다. 이러한 모험의 과정을 거쳐 비로소 성년의 세계로 나아가게 된다. 성년기란 첫 경험으로서의 가치를 상실하고 일상의 되풀이로 변하는 날을 맞이함을 의미한다. 성년의 세계에 진입하면 설렘과 두려움 대신 안일과 권태가 자리 잡는다.

김연수의 『첫사랑』은 지명수배자인 운동권 출신 청년이 경찰에 자수하기로 결심한 시점에서 어린 시절의 첫사랑이었던 여자에게 편지를 쓰면서 자신에게 사랑을 깨닫게 해준 일련의 경험을 회상한다. 어린 시절 아버지를 따라 반공 시위에 참가했을 때 나비에게 넋을 빼앗긴 화자가 한 여학생과 마주친다. 그런데 나비의 아름다움에 매혹되어 그것을 잡으려다 결국 죽이고 만다. 사랑의 대상을 소유하려는 바로 그 행위 속에서 그것을 파괴하고 만다는 것이다. 즉 아름다움은 그것을 욕망하는 자에 의해 어떻게든 손상되고 만다는 것이 화자를 오랫동안 괴롭힌 생각이다. 그런데도 사랑은 절실하다고 강조한다. 이 텍스트에서 자기희생적인 여성의 한 전형인 혜지 누나에 대한 뒤늦은 이해, 즉 예전에 더러운 계집이라고 멸시한 술집 접대부 혜지 누나는 사랑이 삶의 절실한 표현임을 화자에게 발견하게 해준 장본인이라는 것. 바로 이 깨달음이 이 텍스트의 풍쿠툼이라 할 수 있다.

에로스적, 불륜적 사랑

사랑의 장애물과 맞닥뜨렸을 때 그것들을 극복해나가는 과정을 통해 사회적인 터부(금기)를 해체시키고 새로운 사랑관과 그에 걸맞는 인간형을 제시할 수 있어야 한다. 로미오와 줄리엣처럼 주위의 장애가 연인들의 사랑을 더욱 깊고 열렬하게 만들고, 그 사랑을 이루기 위해 자살이라는 극단적인 자유의지까지 동원하기도 한다.

세계의 명작 소설들은 거의 다 **불륜적 사랑**을 다루고 있다고 해도 과언이 아니다. 불륜적 사랑은 12세기 유럽 설화 중 하나인 '트리스탄과 이졸데의 로망스'에서 유래한다.

지금의 삶과 다른 삶을 열망(일탈의 욕망)하는 것은 인간 존재에 내재하는 운명이라고 할 수 있다. 따라서 불륜적 사랑을 진정한 사랑이게 하는 것은 스스로를 불사르는, 다시 말해 비극적 초월인 **죽음**으로 증명해내야 한다. 『테스』의 작가인 토마스 하디Thomas Hardy(180~1928)는 일탈의 죄악과 죽음의 공포를 모르는 정열은 인간 사회를 존립시키는 가치들을 닫힌 공간 속으로 가두어 버린다고 말한 바 있다.

사랑의 모호함을 다룬 박명희의 『마음의 가위질』은 이른 봄 비오는 날, 미용사인 화자가 28평짜리 아파트로 이사하기 위해 이삿짐을 싸면서 지난날을 회고한다. 운동권 학생 출신인 그가 데모하다 미용실에 뛰어들자 감춰주고 끝내는 몸과 마음까지 내어주고 동거에 들어갔지만, 대학 졸업 후 증권회사에 취직하여 자본주의적 속물로 변신한 그가 이사를 앞두고 모든 것을 다 버리라고 화자에게 지시하고 출근한다. 이 말에 강박을 느낀 화자는 그가 돌아올지 반신반의하면서 기다리다 이윽고 자신이 아끼던 가위로 자신의 머리카락을 잘라버리고, 그의 소중한 책(『한국사회구성체 논쟁』, 『전태일 평전』)들까지도 자름으로써 그간의 갈등을 극복하는 것으로 마무리한다.

서하진의 『제부도』는 가정이 있는 직장 상사와 불륜적 사랑에 빠진 한 여자의 이야기를 여로형 소설 구조 속에 담아내고 있다. 주인공은 직장 상사와 마지막 밀회 끝에 그가 실종된 제부도를 다시 찾아간다. 그 와중에 자신의 성장기와 그와의 만남과 사라짐에 대회 회고한다. 첩의 딸이라는 서자 의식에 시달린 주인공은 가출하여 봉제공장에 취직하고 같은 사무실에서 알게 된 그와의 사랑에 빠진다. 그러나 그의 실종을 가장한 배신을 뒤늦게 알게 된 주인공은 자신의 사랑이 진실된 사랑임을 증명하기라도 하듯 차를 몰아 서서히 밀려오는 바닷속으로 빠져든다.

사랑의 새로운 장르로서의 성소수자의 사랑

젠더 퀴어란 남녀의 이분법적 성별 구분을 벗어난 성정체성을 말한다. 젠더란 남녀의 성을 생물학적 또는 신체적인 구조로 구분하지 않고 사회적·문화적 요인으로 인해 서로 다르게 형성된 남녀의 가치관이나 정체성으로 구분하는 것이다.

퀴어를 문학적으로 가시화하거나 성적 규범의 억압성을 폭로하는 문학에서 사회의 성애 중심적이고 이성애 중심적인 인식 틀 자체에 대한 성찰과 재편을 요구하는 문학까지를 폭넓게 아울러 '퀴어 문학'이라고 한다.

한국 문학이 성소수자들의 사랑을 소재로 삼을 때 어떻게 대응 추이해왔는지 단계별로 살펴보면 다음과 같다.

① 제1단계

가부장제적 주류 사회에서 성소수자들을 객체화시켜 윤리적 틀로 재단하려는 경우와 윤리적 비판으로서 성소수자들이 얼마나 다르고 고립된 삶을 살고 있는지를 살피는 게 아니라 우려스런 시각으로 바라보는 경우

② 제2단계:

사회적 맥락에서 주체로서 고통받는 성소수자들이 기존 사회의 폭력에 대한 저항을 그리는 한편, 그들이 주위의 시선으로부터 얼마나 고통받는지에 치중한 경우

③ 제3단계:

주위의 시선을 의식하지 않고 일상을 살아가는 성소수자가 감정 자

체를 생생하게 스스럼없이 형상화하는 데까지 이른 경우. 그렇게 해서 이성애 중심적 인식 틀 자체에 대한 성찰과 재편을 은연중에 요구함

제2단계의 텍스트로는 최은영의 『그 여름』, 윤이형의 『루카』(목사인 아비의 시각은 제1단계의 텍스트로도 부합), 천희란의 『다섯 개의 프렐류드, 그리고 푸가』가 있고, 제3단계 텍스트로는 김봉곤의 『컬리지 포크』, 김지원의 『포토그래퍼』, 박상영의 『알려지지 않은 예술가의 눈물과 자이툰 파스타』 등이 있다. 레즈비언을 다룬 최은영의 『내게 무해한 사랑』, 기준영의 『우리가 통과한 밤』 또한 주목할 만한 작품들이다.

텍스트 소설

첫사랑
『첫사랑』 성석제
『첫사랑』 김연수
『첫사랑』 전경린
『그 사람의 첫사랑』 배수아

사랑
『모텔 알프스』 김인숙
『마음의 가위질』 박명희
『특별하고도 위대한 연인』 은희경
『등뼈』 천운영
『빗소리』 이청해
『사랑을 믿다』 권여선

『북대』 김도연

『사월의 미, 칠월의 솔』 김연수

『모호함에 대하여』 김채린

『국수』 김숨

불륜적 사랑

『풍금이 있던 자리』 신경숙

『은비령』 이순원

『불온한 날씨』 최순희

『제부도』 서하진

『부인 내실의 철학』 전경린

『일식』 이혜경

『시그널레드』 정미경

성소수자의 사랑

『퓨어 러브』 최형아

『루시의 연인』 백가흠

『그 여름』 최은영

『루카』 윤이형

『다섯 개의 프렐류드, 그리고 푸가』 천희란

『컬리지 포크』 김봉곤

『알려지지 않은 예술가의 눈물과 자이툰 파스타』 박상영

『포토그래퍼』 김지원

『내게 무해한 사랑』 최은영

『우리가 통과한 밤』 기준영

24

페미니즘

문학은 궁극적으로 인간의, 인간에 의한, 인간을 위한 **실존적 해방**에 관여한다. 페미니즘 소설은 그러한 인간 해방의 일환으로 여성들이 겪어온 역사적 억압, 즉 가부장제에 의해 억압된 여성의 목소리를 어떻게 드러내느냐에서 출발한다. 역사 속에서 욕망하는 인간은 오랫동안 남자만을 뜻했다. 여성이 욕망의 주체로 서는 데는 오랜 세월을 요했다.

성과 사랑이 은폐된 남녀의 역학 관계 아래에서 '사랑'이란 존재하지 않으며, 다만 사랑이란 '이데올로기'만 존재한다. 성에 대한 남성들의 일반적 인식은 아직도 **신체 결정론적**, 즉 성기 중심적이며 남성 본위적이다. 이러한 인식이 여성을 성적 대상으로 규정하고 통제하는 구실을 해왔다.

여성이 사회적으로 열악한 위치에 놓여 있는 것은 가부장제 역사 속의 '성의 이중 구조' 때문이다. 우리는, 특히 남성들은 법이 인정한 부부 간 이외의 성관계는 비윤리적인 것으로 간주하면서도 비공식적으로는 **매춘** 및 **성의 상품화**를 허용하는 이중적 체계를 갖고 있다. 이는 남성에 의해 정숙한 여성과 비정숙한 여성으로 분리되는 **이분화된 여성상**을 형성시키고 있기도 하다.

성에 대한 이러한 이중적 체계는 남자는 신체 구조상 관용적 대접을 받는 반면, 여성의 신체는 순결을 지키도록 만들어져 있다는 가부장적 논리를 엮어낸다. 따라서 여성의 성 일탈 현상은 가부장제의 이중적 성 규범과 남녀 간의 불평등한 권력 구조 아래서는 용납될 수 없는 것으로 나타난다.

따라서 남성에게는 **성 일탈**이라는 성적 자유의 특권이 주어지고, 여성에게는 **성적 억압**을 안겨준다. 즉 성 일탈에 대한 편견은 남성에게는 문제의 심각성을 은폐하거나 극소화시키고 동시에 여성에게 책임을 전가하게 만든다. 이러한 문제점을 해결하기 위해서는 남성의 성적 우월주의를 불식함과 동시에 여성에게 **성적 자기 결정권**을 보장받을 수 있는 **성적 민주주의**가 실현되어야 한다. 따라서 페미니즘 소설은 여성을 억압 착취해온 가부장제적 인류 역사와 여성을 성의 상품화를 통해 억압, 착취를 자행하고 있는 자본주의적 질서에 대한 근본적인 인식을 전제로 쓰여야 한다.

여성은 **생물학적 성**sex에 의하여 구성된 **사회문화적 성**gender 때문에 다양한 분야에서 차별받고 배제되고 있으며, 이러한 현실을 바꾸기 위해서는 제도와 법을 바꾸는 객관적인 변화와 함께 각자의 의식과 가치관을 바꾸는 주관적 변화를 이뤄내야 한다.

지배와 종속의 메커니즘은 인간을 남자와 여자라는 주 집단으로 분리해 정치, 경제, 문화, 종교, 교육, 예술 등 모든 분야에서 남성의 여성 지배라는 가부장제적 남성 중심주의를 자연적으로 만들어왔다. 이러한 남성의 여성 지배는 다양한 방식의 지배 논리의 틀로서 확장되고 정당화된다. 동시에 우월한 그룹과 개인은 열등한 이들을 지배해도 되며 지배해야 한다는, 지배의 논리가 식민주의, 인종 차별주의, 계층 차별주의 등으로 확장된다.

그리스 신화에서 머리카락이 뱀인 메두사는 여성의 위협에 대한 두려움을 의미한다. 신화 속 메두사가 언제나 괴물이었던 것은 아니다. 오비디우스의 『변신 이야기』에 의하면 아름다운 메두사를 탐하던 포세이돈이 아테나의 신전에서 메두사를 강간한다. 이에 분노한 아테나가 메두사를 괴물로 만든다. 피해자임에도 벌을 받은 메두사는 바라보는 남자를 돌이 되게 하는 운명에 처해진다. 남성의 욕망을 불러일으키는 동시에 남성을 무력화시키는 괴물이 된 것이다. 프로이트가 메두사 신화로 남성의 거세 불안을 설명한 사실은 유명하다. 메두사는 아테나의 청동 방패를 빌려 저주를 피한 페르세우스에게 참수당한다. 이로써 메두사 신화는 남성의 욕망을 자극하고 권위를 위협하는 여성에 대한 불안을, 또 그런 여성에 대한 남성의 처벌과 응징을 표상하게 되었다. 남성 특권을 위협하는 여성에 대한 적대감을 메두사 이미지로 치환해 온 역사에서 메두사가 성폭력 피해자라는 사실은 잊히고 만다.

작금의 '미투me too 운동'은 여성이 피해자로서만 머물지 않고 공적 발화의 주체이자 변화의 주체를 선언했다는 것이 가장 핵심적 의의라고 할 수 있다. 다만 페미니즘 이름으로 생물학적 여성이 아닌 이들을 모두 배제하거나 혐오를 조장하는 일각의 움직임(워마드 등)은 우려스럽다. 파괴적 분노가 아닌 성찰적 분노가 절실한 때이다.

우리의 페미니즘 소설은 가부장제에 대한 도전으로서의 고발 문학의 단계, 여성 정체성의 확립으로서의 비판적 재해석의 단계, 자율적인 의식 표출로서의 참다운 해방의 비전을 제시하는 단계로 나눌 수 있다.

자율적인 여성이란 스스로의 삶에 대한 결정을 내리고 책임지는 여성을 뜻한다. 여성이 자율적 삶을 영위하기 위해서는 경제적 자립과 정신적 독립(의지)이 이루어져야 함은 물론이다. 따라서 여성들이 주체성을 가지고 자율적으로 살아가기 위한 적극적 대안 모색과 제시가 필요하다.

박민정의 『A코에게 보낸 유서』에서는 고립된 이들을 바깥으로 끌고 나와 자신과 비슷한 흔적을 가지고 있는 다른 여성을 문득 발견하도록, 그래서 그들과 닿을 수 있도록 이끈다. 여공인 박영희는 자신을 창고에 가둔 남자에 의해 강간당할 위기에서 남자를 간신히 때려눕히고 그 상황에서 벗어나지만 주위 사람들은 '폭력을 쓴 건 잘못'이라며 그녀의 말을 믿지 않고 오직 최은영만이 그녀의 말에 귀를 기울여 준다. 하나와 수영 사이도 비슷하다. 박영희가 남겨놓은 일기를 세심하게 읽어낸 편집자인 하나가 회사 비밀을 폭로했다는 이유로 창고 같은 사무실에 격리된 상사였던 수영이 자료를 찾고 그 시간을 견딜 수 있도록 도와준다.

하지만 박영희는 최은영이 연행되고 그 후 뉴스에 여대생이 수사 도중 성고문 당했다는 소식을 접하고도 누구에게 물어봐야 하는지 어디에 연락해야 하는지 알지 못한 채 어떤 행동도 하지 못한다. 성폭력과 여성 혐오라는 비슷한 폭력을 겪은 이들의 연대는 편지나 이메일을 통해 희미하게 나타나거나 지연되는 방식으로만 보여준다.

이들이 겪는 폭력은 현재의 시점에서 벌어지지는 않는다. 대신 현재 시점의 인물이 과거에 발생했던 폭력 사건을 깨닫고 곱씹는 방식으로 서사가 진행된다. 한편 편집자 하나는 일본 소년 키노시타 류가 자신의 경험을 담아 쓴 〈류 이야기〉의 편집을 맡게 되면서 자신의 배다른 오빠인 키노시타 미노루가 1991년에 한국인 여성인 박영희를 살해했다는 사실을 알게 된다.

폭력의 의미화라는 과제를 짊어진 인물이 깨닫는 것은 폭력 사건 그 자체이기도 하지만, 자신이 거대하고 촘촘한 폭력의 구조 속에 꼼짝없이 연루되어 있다는 사실이다. 따라서 화자의 가해자에 대한 분노와 피해자에 대한 안타까움이라는 감정적인 반응이라기보다는 부지불식간에 혹은 아무것도 모르던 어린 시절에 자신의 의도와는 상관없이 이미 폭력이라는 연쇄적인 구조의 일부가 되어 있다는 앎이다. 폭력의 연쇄적 구조 속에서 한 개인이 어떠한 겹겹의 '구조적 조건' 속에서 존재할 수 있는지를 소설적 형상화를 통해 보여주는 것이다,

이때의 '구조적 조건'이란 한 개인을 가로지르는 국가, 세대, 계급, 성별이라는 다층적인 사회의 지표들이다. 작가의 서사 전략은 여러 여성 인물들을 젠더라는 하나의 범주로 묶는 대신 국가, 세대, 계급이라는 다층적인 조건들의 차이 속으로 밀어 넣음으로써 **여성의 대상화 혹은 피해자화**라는 함정에 빠지지 않도록 소설을 지탱시킨다. 아울러 페미니즘 운동이 젠더 문제에만 함몰될 경우 사회경제적인 차원과 유리될 수 있음에 유의해야 함은 물론이다.

텍스트 소설

『꿈꾸는 인큐베이터』 박완서
『슈퍼마켓에서 길을 잃다』 이남희
『세상 끝의 골목들』 이남희
『꿈길에서 꿈길로』 서영은
『담배 피우는 여자』 김현경
『우리 생애의 꽃』 공선옥
『나비, 봄을 만나다』 차현숙
『그늘 바람 꽃』 이혜경
『여름휴가』 전경린
『이혼』 김숨
『파종하는 밤』 조해진
『부고』 김이설
『601, 602』 최은영
『피클』 윤이형
『당신의 나라에서』 박민정
『A코에게 보낸 유서』 박민정

25

분단 모순

'분단 모순'이라고 불릴 정도로 우리의 삶에 질곡이 되어온 남북 분단은 여전히 지금 우리 사회가 겪고 있는 갈등의 시작이고 우리의 삶을 옥죄는 실체이기도 하다. 한데 아이러니하게도 분단 모순은 우리 소설에 많은 모티프를 제공해주었다. 그러나 1990년대 들어서면서부터 분단 문제가 소설계에서 외면당하고 있는 게 현실이다.

동족상잔의 한국전쟁은 우리에게 과거의 역사적 사실로 완결된 것이 아니라, 아직도 대치와 이산의 아픔과 연계되어 미결적 현안으로 지속되고 있다.

우리 소설에 비친 분단의 모습은 다음과 같이 간추려 볼 수 있다.

① 피해와 상처의 원천: 하근찬 『수난 이대』, 이동권 『파편』
② 신분 위계와 계급 구조의 변화에 따른 가치 분해 현상: 정한숙 『고가』, 조정래 『회색의 땅』, 이범선 『오발탄』
③ 아이들과 여인들의 삶의 훼손: 김원일 『어둠의 혼』, 윤흥길 『장마』,

문순태 『문신의 땅』, 전상국 『아베의 가족』

④ 이데올로기와 휴머니즘의 상충: 황순원 『학』, 선우휘 『불꽃』, 최인석 『세상의 다리 밑』, 최윤 『속삭임, 속삭임』, 김연수 『뿌넝숴』

⑤ 월남 실향민들의 소외된 삶: 이호철 『판문점』, 전광용 『꺼삐딴 리』, 황석영 『한씨 년대기』, 김소진 『쥐잡기』, 배수아 『은둔하는 북의 사람』

⑥ 제3국으로의 탈출: 최인훈 『광장』, 정운균 『지평선에 지다』

⑦ 미전향 장기수의 영어의 삶: 유시춘 『안개 너머 청진항』, 김하기 『완전한 만남』

⑧ 미체험 세대의 연좌제: 이창동 『소지』, 임철우 『아버지의 땅』

⑨ 이산의 슬픔과 제3국에서의 가족 상봉: 이제하 『나그네는 길에서도 쉬지 않는다』, 박완서 『엄마의 말뚝』, 이균영 『어두운 기억의 저편』, 정소성 『아테네 가는 배』, 이창동 『운명에 대하여』, 김원일 『오마니별』과 『손풍금』, 채문수 『국경선』

⑩ 가해자로서의 해외 파병과 라이따이한: 황석영 『무기의 그늘』, 박영한 『머나먼 쏭바강』, 김현서 『맞불』, 김남일 『자미원에는 어떻게 가는가』, 방현석 『존재의 형식』

⑪ 종전이 아닌 휴전의 일깨움: 박상연 『DMZ』

⑫ 이산가족 상봉에 따른 이질감과 문제 제기: 이문열 『아우와의 만남』, 홍은경 『길, 아름다운 동행』

⑬ 북한 인민의 탈북과 남한에서의 삶: 전성태 『강을 건너는 사람들』, 김휘 『나의 플라모델』, 김이수 『오래 전에 눈물은 말라버렸다』

⑭ 구조화된 현실로서의 분단: 김채원 『베르린 필』

⑮ 미래에서 바라본 역사화한 분단: 윤명제 『개마고원』

최근에 발표된 전성태의 『성묘』가 새로운 텍스트로 눈길을 끈다. 이 작품은 전방 병영에 근접해 있는 적군묘지라는 분단 상황이 만들어 낸 공간을 배경으로 한다. 이 묘지는 북한군과 남파 공작원, 중공군 출신의 시신이 묻혀 있는 곳이다. 이곳을 돌보며 '승리상회'를 운영하는 박 노인은 병든 아내의 고통을 앞에 두고 자신의 행위를 심각하게 되돌아본다. 군대에서 주임상사를 지낸 노인은 오랜 세월 가게를 운영하면서 가게를 드나드는 군인들이 막내 동생 같았다가, 아들 같았다가, 이제는 손자처럼 여겨지는 세월을 살아온 셈이다. 아내 심씨는 열여섯 살에 결혼하여 군부대 주변에만 살아온 세월이 원망스럽기만 하다. 게다가 전사자 유해 발굴 작업이 계속되면서 시신이 늘어나 적군묘지를 넓힐 수밖에 없는 지경에 이르러 그 옆에 밭을 소유하고 있는 노인은 밭을 내놓아야 할 처지에 놓이게 된다. 박 노인에게 큰 고민거리 하나는 1992년 서해 반잠수정 침투 사건 때 사살된 여섯 명의 무장 침투 공작원 중 한 사람인 김광식 대위 무덤에 누군가 21년 째 국화꽃 다발을 놓고 간다는 것이다(그들은 북한이 자기 측 공작원이 아니라고 하는 바람에 남한의 적군 묘지에 묻혔다). 그렇다면 남한에 그의 연고자가 있다는 것이 된다. 노인은 자신의 애도 행위와 자신의 삶 전체에 대한 회의를 느끼지만 끝내 애도 행위를 계속하겠다고 결심한다. 적군묘지를 들러보기 위해 나선 박 노인은 묘지 앞에서 낯선 처녀 한 사람이 버스로 올라서는 것을 목격하고 혹시나 하는 마음이 든다. 노인은 내일 아침에라도 자신이 꽃을 발견한다면 남모르게 치워야 하지 않을까 생각한다. 그래야만 누구도 국화를 발견하지 못할 테고, 그래서 누군가의 성묫길은 계속될 수 있지 않을까, 라고 생각한다.

박 노인의 행위를 통해 아직도 우리사회가 이념과 **연좌제**로부터 자유롭지 못하다는 것을 은연중에 내비친다.

『광장』 최인훈

『지평선에 지다』 정운균

『안개 너머 청진항』 유시춘

『완전한 만남』 김하기

『소지』 이창동

『아버지의 땅』 임철우

『나그네는 길에서도 쉬지 않는다』 이제하

『엄마의 말뚝』 박완서

『어두운 기억의 저편』 이균영

『아테네 가는 배』 정소성

『운명에 대하여』 이창동

『오마니별』 김원일

『손풍금』 김원일

『국경선』 채문수

『무기의 그늘』 황석영

『머나먼 쏭바강』 박영한

『맞불』 김현서

『자미원에는 어떻게 가는가』 김남일

『존재의 형식』 방현석

『DMZ』 박상연

『아우와의 만남』 이문열

『길, 아름다운 동행』 홍은경

『강을 건너는 사람들』 전성태

『나의 플라모델』 김휘

『오래 전에 눈물은 말라버렸다』 김이수

『베르린 필』 김채원

『개마고원』 윤명제

『성묘』 전성태

26

경제 행위

스페인 무적함대가 영국 해군에 참패함으로써 **중상주의** 시대가 막을 내릴 무렵, 영국에서는 투기적 사고를 거부하는 사조가 일어난다. 17세기 말 영국의 경제 사회적 양상을 반영한 다니엘 디포의 소설 『로빈슨 크루소 표류기』는 건전한 자본주의 사회 인간의 전형을 보여준다. 로빈슨이 절해고도에 표류했을 때 맨 처음 떠올린 것이 일확천금 사고의 위험을 충고한 아버지 말이었다.

로빈슨은 집을 짓고 야생 염소를 잡아 목축을 하며 그것으로 의복을 만들고, 흙과 나무로 토기와 생활용품을 만들고, 땅을 일궈 밭도 만든다. 난파선에서 찾아낸 화약을 분산 보관하여 위험에 대비하는 보험적 사고까지 보여준다. 처음 섬에 표류했을 때부터 나무에 칼자국을 내 날짜를 기록하며 자신의 행동을 엄격한 시간관념에 의해 지배하고, 자신이 소유하고 있는 도구와 자재를 조합하여 합리적으로 일할 계획을 세운다. 일 년이 지난 뒤 그동안 자신이 생산한 것과 소비한 것의 대조표를 작성, 생산한 것이 더 많음을 확인하고 신에게

감사 기도를 올린다. 결과적으로 잉여가 산출되면 그중 일부만을 소비하여 경제 규모를 확대한다. 금욕 정신을 발휘해 확대 재생산한 셈이다.

로빈슨은 근대 산업사회에서의 이상적 경제인의 모습을 보여준다. 같은 시대적 사조에서도 상극적인 인간형이 나타날 수 있다. 특히 변혁의 시기에는 적극적으로 새로운 환경에 적응하려는 인간형과 반대로 그런 흐름에 비판적 입장에 서는 인간형이 있다.

영국의 산업화 과정에서 '로빈슨 크루소'와 정반대의 입장에서 쓰인 작품이 스위프트의 『걸리버 여행기』다. '로빈슨'이 이상적 경제인의 모습을 형상화하고 있는데 반해, '걸리버'는 당시 영국 중산층이 지닌 부도덕을 풍자적으로 신랄하게 비판하며 자본주의에 내재하는 모순을 묘사하고 있다.

진정한 부르주아 문화를 역설했던 막스 베버Max Weber(1864~1920)에 의하면 서구 자본주의는 기술적 차원에서만 주어진 것이 아니라 기업 윤리성을 강조하는 한편 부도덕성을 반성하는 과정이 있었음을 강조했다. 하지만 우리에게는 한국의 근대화를 추진하는 경제적 에토스, 즉 윤리조차 없었다 해도 과언이 아니다. 오로지 획일적인 군사 문화에 의한 개발독재식 밀어붙이기만이 횡행했을 뿐이다. 신자유주의 시대에도 복지를 외면하고 오로지 성장에만 올인한다. 바로 이점에서 한국이 천민자본주의라는 비판에서 자유롭지 못하다.

우리의 현대 문학에서 경제 문제를 모티프로 한 소설을 만나기란 쉽지 않다. 김영하의 『보물섬』은 벤처기업의 주가 조작 메커니즘을 통해 경제 행위의 에토스가 어떠해야 하는가를 묻는 텍스트라 할 수 있겠다. 대학 시절 역사연구회 회원으로 알고 지냈던 두 인물이 이야기를 끌고 간다.

재만은 대학 시절 도서관파로 지금은 외국계 컨설팅 회사에 근무하는, 몰역사적인 거품의 삶을 사는 인물이다. 또 한 사람인 형식은 역사 연구에 몰두하는, 편집광적인 역사의식에 사로잡힌 인물이다. 형식의 부추김에 따라 재만을 비롯한 캡틴 일행은 보물선 닷컴을 통해 신화·전설 만들기에 들어간 다음 작은 회사를 만들어 그 이름으로 중소도시의 부실 건설 회사를 인수한다. 형식을 거수기 이사회 대표이사로 취임시킨 후 화려한 사업 설명회와 유명 연예인들을 동원한 바람잡이에 나서기까지 한다. 그 바람에 시골 촌로까지 몰려드는 대성황을 이루고 주가가 폭등한다. 일부 기자는 보물선 사업에 관한 기사를 띄우고 그 기사에다 주간지들은 더 낭만적인 판본으로 각색까지 하기에 이른다. 캡틴과 그 일행(작전 세력)들은 잽싸게 주식을 매각하고 빠져나가 잠적하고 주가는 바로 폭락한다. 뒤이어 충무공 동상이 폭파되는 사건이 터지고 곧 주모자가 체포된다. 작전 세력들은 실명 송금을 하는 바람에 줄소환된다. 그 와중에 한 사내가 호남선 고속버스터미널로 사라지는 것으로 이야기는 마무리된다. 작가는 공산주의라는 유령이 사라지고 주가라는 유령이 활보하는 세태를 해학적인 문체로 담아낸다.

텍스트 소설

『보물선』 김영하
『데이트레이더』 김창호
『긴 하루』 조순례
『대리인』 노현수

27

노동, 취업난과 열정 페이

노동 현장은 우리사회의 모순이 예각적으로 드러나는 공간 중 하나이다. 우리나라 근현대사에서 넓은 의미의 **노동 문제**는 언제나 소설의 중요한 모티프였다. 일제 강점기와 6.25전쟁 직후의 가난했던 시절까지 돌아갈 필요도 없이 1970년대 황석영의 『객지』, 1980년대 조세희의 『난쟁이가 쏘아올린 작은 공』, 방현석의 『내일을 여는 집』, 1990년대 방현석의 『겨울 미포만』이 발표되어 문단을 뜨겁게 달구었다.

그런데 1990년대 이후 노동 문제는 소설 문학의 담론으로서는 식상할 만큼 낡았다는 인식이 팽배해 작가들조차 외면하는 추세에 있다. 하지만 외환위기 이후 자본주의의 전 지구적 지배 체제로의 **신자유주의**가 도래하면서 노동 문제로 인한 압박의 강도는 날로 절박감이 더해지고 있는 것이 오늘의 현실이다.

노동 현장의 갈등은 자본가와 노동자, 노조 지도부와 노조원, 남성 노동자와 여성 노동자, 정규직 노동자와 비정규직 노동자, 한국인 노동자와 제3국인 노동자 사이에서 개별적으로 벌어지기도 하지만 대체로 중층적이고 복합적으로 얽혀 벌어지기도 한다.

울산 자동차 공장 파업을 배경으로 하고 있는 이인휘의 『폐허를 보다』에서는 노조 지도부의 배신에 의한 파업의 실패로 많은 노동자들이 회사에서 쫓겨나고, 투사들 몇은 후유증으로 죽기까지 한다. 지금은 한 식품회사 공장에서 일하는 죽은 노동자의 아내의 시점으로 당시의 투쟁 과정을 회고하는 텍스트이다.

이인휘의 또 다른 소설 『시인, 강이산』은 관찰자 시점의 화자가 정밀기계 공장에 위장 취업하여 그곳에서 강이산과 박영진이라는 또래들을 만나 의기투합, 노조 조직을 시도한다. 전태일의 정신을 따르던 박영진은 이듬해 전태일이 그랬듯이 "근로기준법 준수하라"라는 구호를 외치며 분신자살하고 만다. 한편 강이산은 방황을 거듭한다. 그는 노동자에서 시인으로 그리고 노동 현실을 고발하는 전투적 시인에서 개인적 상처와 고뇌의 근원을 응시하는 내성적 시인으로 변모해 가다가 결국 자살에 가까운 죽음에 이른다. 폐부를 찌르는 아픔에도 불구하고 노동 운동은 어쩔 수 없이 주변부로 밀려날 수밖에 없음을 보여준다.

취업난 속에서 노동 현장의 또 다른 현안은 열정 페이 청년들이 증가하고 있다는 것이다. **열정 페이**란 청년의 열정을 빌미로 최저 임금을 주면서 노동력을 착취하는 행위를 일컫는 말이다. 열정 페이 청년의 구성을 보면 15~24살의 저연령,

대학 재학생, 서비스 업종과 소규모 사업장 취업자, 비정규직과 임시 일용직에서 그 비중이 높다. 그 원인은 최저 임금 상승률을 경제 성장률이 따르지 못한 데 기인한다고도 하지만 우리 경제 구조에 기인한다는 것이 맞다고 본다.

텍스트 소설

『객지』 황석영
『난장이가 쏘아올린 작은 공』 조세희
『또 하나의 선택』 방현석
『내일을 여는 집』 방현석
『겨울 미포만』 방현석
『바통』 김하율
『월리를 찾아라』 윤고운
『손톱』 권여선
『폐허를 보다』 이인휘
『시인, 강이산』 이인휘
『일년』 최은영

28

농어촌의 위상

우리사회의 모순이 예각적으로 드러나는 공간으로서의 농어촌은 도시의 자본주의적 삶에 편입되면서 피폐해지기 시작했다고 해도 과언이 아니다. 최근의 한국 소설은 농촌과 농민의 삶을 회의와 외면의 대상으로 엄연히 거기 있음에도 없는 존재로, 성가시고 부끄러워 떼쳐버리고 싶은 못난 친척으로 취급한다고나 할까.

2016년 현재 우리나라 농가 인구는 290만 명, 곡물 자급률은 23.1%, GDP(국내총생산)에 차지하는 비율은 2.1%에 불과하다.

농수산물은 가격 탄력성이 공산품에 비해 매우 낮다. 게다가 농수산물은 경제적 함수, 즉 비교우위로만 따져서는 안 되는 어려움이 있다. 대체로 경제 대국들은 농업 강국이다. 우리나라와 FTA를 체결한 미국, 중국, 캐나다, 호주, 뉴질랜드, 그리고 독일과 프랑스 등이 그러하다.

그런데 우리의 농어촌은 고령화 인구가 50%를 초과하고, 그나마 10년 이내에 10% 이상이 폐농할 것이라는 예측을 내

놓고 있다.

우리나라 농어촌이 어떤 대내외적 상황에 의해 이토록 피폐해졌는가? 우리나라 농어촌이 처한 위상을 내부적 현실과 외부적 현실을 나누어 살펴볼 필요가 있다.

내부적 현실

① 젊은이들의 이농 현상에 따른 인구 감소와 고령화, 학교와 병의원 폐쇄, 버스 운행 중단, 빈집 증가 등 이른바 한계마을 등장

② 도시 근로자에 비해 상대적이긴 하지만 농어민의 열악한 삶마저도 많은 부채에 의존

③ 도시 자본에 의한 예속화, 수출농 육성 정책의 일환으로 기업농(영농법인) 출현에 따른 양극화 심화, 거기에 더해 부재지주와 중개상의 횡포와 농간으로 더욱 피폐해짐

④ 농어민 스스로도 한탕주의와 물신사상에 물들어 향락적 상업문화가 농촌의 전통문화를 축출하고 빠른 속도로 잠식

외부적 현실

① 공산품 시장 확보를 위한 무역 자유화 확대

② 우루과이라운드와 FTA 체결에 따른 수입 농수산물과의 가격 경쟁

이러한 상황에서 농수산물 정책의 비교우위 허상으로부터 어떻게 벗어날 것인가를 검토해야 한다. 그 대책의 한 방법으로 무역 자유화로 인한 국내 농수산물 가격의 상대적 하락에

대해 정부가 보전해주는 정책을 펼쳐야 한다.

농어촌이 건재해야만 ①건강한 식품의 안정적 공급이 보장(식량 무기화에 대비해)되고, ②국토 환경이 보존되며, ③90%를 차지하는 도시민들의 휴양 공간 확보와 동시에 농촌 문화유산을 유지할 수 있기 때문이다.

농어촌을 개발의 땅으로만 여기는 개발주의자들에게 넘기면 어떤 일이 벌어질지는 이미 그간의 결과가 보여주고 있다. 그들은 쌀이 남아돌기 때문에 농지 전용 축소 정책을 들고 나오는데, 이는 개발 이익을 노리는 세력들의 음모이다. 농어촌은 미개발과 재개발의 공간이 아니라 자연의 시스템이 작동해야 하는 공간임을 잊어서는 안 된다.

송기숙의 『고향 사람들』은 농업용수 확보를 위해 관정을 파는 작업을 둘러싸고, 농사를 경제적 함수로만 평가되어서는 안 된다는 아버지와 비교우위를 내세우는 아들과의 갈등을 다룬다. 관정 파기에 실패해 몇 십만 원을 손해보게 된 상황에서도 아버지는 시추기에 짓밟힌 벼 포기를 일으켜 세운다. 그 모습은 농사일을 환금적 가치로 계산하며 비효율성을 지적하는 아들의 모습과 대조를 이루는데, 결국 아들은 아버지의 작업을 도울 수밖에 없다. 작가는 농촌을 경제적 시각으로만 평가되어선 안 된다고 은연중에 내비친다.

김영진의 『늦가을』은 오지 농촌을 배경으로 이농 현상에 따른 내부 현실을, 자식들을 도시로 내보내고 홀로 사는 노인의 일상을 통해 드러낸다. 그런가 하면 박민규의 『코리안 스탠더즈』는 무역 자유화의 은유를 외계인의 습격을 받아 피폐해진 농촌의 모습으로 판타지 기법을 사용해 보여준다.

이시백의 『잔설』은 연평도 사건으로 남북 관계가 긴장 상태에 놓인 상황에서 마을 앞 강파기(4대강 사업을 빗댐)를 둘러싸고 찬성파와 반대파 사이의 갈등이 끝내는 이념적 갈등으로 치닫고 마는 아이러니를 형상화한 작품이다.

새로운 흐름으로 신자유주의 체제가 가져온 구조 조정으로 밀려난 도시 근로자들의 **귀농 현상**을 들 수 있다. 이러한 귀농은 다음과 같이 세 갈래로 분류된다.

① 농촌 출신 도시 근로자가 고향으로 회귀하는 U자형 귀농
② 농촌 출신 도시 근로자가 고향이 아닌 다른 농촌으로 회귀하는 J자형 귀농
③ 비농촌 출신 노동자가 연고도 없는 농어촌으로 진출하는 I자형 귀농

최근 5년간 귀농한 가구는 2,500여 가구에 이르고 앞으로도 계속 증가가 예상된다. 따라서 그들의 삶에 대한 작가의 접근이 어떤 형태의 담론으로 나타날지 자못 기대된다.

성은영의 『둠벙』은 비농촌 출신 노동자가 아무런 연고도 없는 농촌으로 진입하여 원주민들과의 사이에서 겪는 갈등을 해학적으로 형상화한 텍스트이다.

텍스트 소설

『고향 사람들』 송기숙
『흰둥이』 박종관
『늦가을』 김영진
『목련꽃 그늘 아래서』 한창훈
『코리언 스탠더즈』 박민규
『자두』 홍양순
『시인 그리고 깡패』 황규형
『태풍이 오는 계절』 전성태
『둠벙』 성은영
『잔설』 이시백

29

환경 오염과 파괴, 그리고 지구 온난화

자연(농촌)은 신이 만들었고, 도시는 인간이 만들었다고 한다. 그런데 신이 만든 자연을 신자유주의 기치를 내세운 자본이 경제 개발이라는 명분으로 환경 오염과 환경 파괴를 저지르고 있다. 예컨대 '4대강 살리기'라는 명분으로 우리의 계곡과 강을 향한 개발 사업이 그 예이다. 다기능 복합 발전 인프라 구축이라는 구호 아래 총 16개의 보와 96개의 중소 규모 댐을 세우며 자그마치 22조 원의 예산을 투입해 토건회사와 지방 토호 세력들의 배를 불리게 하였을 뿐이다. 경인 아라뱃길 또한 유사한 예이다.

간통죄로 피소된 주인공의 법정 진술로 진행되는 박범신의 『향기로운 우물 이야기』는 마을 주변에서 개발되는 골프장 사업과 그 속에 뒤얽힌 인간의 탐욕스런 이해관계에 떠밀려 폐허가 될 수밖에 없는 상황을 핍진하게 보여준다. 골프장에서 뽑아 올리는 엄청난 양의 지하수로 유년기의 우물은 고갈되고, 착하기만 했던 주인공의 남편은 스스로의 삶을 폐허로 밀어 넣은 세속적 욕망의 포로가 되고 만다. 결국 남편에 의해 주인공의 간통이라는 음모가 만들어지기까지 난마와 같이 얽혀드는 이 모든 상황의 배후에는 골프장이라는 이름의 거대한 욕망의 성채가 버티고 서 있으면서 배후 조종하고 있는 형국이다.

정찬의 『깊은 강』은 개발이라는 논리를 앞세워 자연과 교감하는 삶의 질서를 파괴해가는 문명 세계에 대한 묵시적 비판을 담아낸 텍스트라 할 수 있다.

인류가 해결해야 할 최대 현안 중의 하나가 기후 온난화 문제다. 대기 중의 이산화탄소를 어떻게 줄여나갈 것인가는 인류에게 내려진 절체절명의 과제이기도 하다. 지금 이대로 간다면 21세기 안에 지구상에 살아남을 인간이 별로 없다는 말도 있다. 과장된 말이라 해도 조만간 근본적인 변화가 없다면 인류의 생존이 파국을 맞게 될지도 모른다. 학자들은 지구의 평균 기온 상승 폭을 2℃ 이내로 멈추도록 해야 한다고 말한다. 따라서 화석 연료 소비량을 대폭 축소하지 않고서는 이룰 수 없다는 것이다.

이런 것들이 이루어지려면 기술적 대응이나 환경운동을 통해 어느 정도 해결할 수 있지만 근본적으로는 **공동체 정신**에 충실한 정치 질서—정치 체제가 확보되어 정책이 제대로 이루어질 때 비로소 가능해지리라는 것이다.

원자력(핵) 발전소를 어떻게 할 것인가. '**원자력**'은 긍정적 평화, '**핵**'은 부정적 전쟁의 이미지가 강하게 드러난다. 원자력 발전소를 운영하는 많은 나라에서는 '원자력'이라는 용어를 사용하지 않고 '핵'이란 용어를 사용한다. 일본 후쿠시마 원전 방사능 누출 사건 이후 일본의 원전은 일단 거의 가동 중단 상태에 들어갔지만 에너지 공급 면에서 이렇다 할 문제는 일어나지 않았다. 일본과 비슷한 길을 걷는 한국은 계절적 요인에 의해 다소 차이가 나지만 전력의 4분의 1이 남아돌고 있다. 그런데도 굳이 핵발전소를 증설하려는 목적이 무엇인지 물을 수밖에 없다.

우리나라는 현재 총 25기의 원전을 가동 중이며 미국은 99기를 가동 중이다. 우리나라의 원전 밀집도는 0.24%로 프랑스 0.12%, 일본 0.11%, 영국 0.04%, 미국 0.01%에 비해 월등히 높다. 게다가 고리와 월성 반경 30km 안에 거주하는 인구는 약 42만 명이나 되며 반경 100km 안에 거주하는 인구는 500만 명이나 된다. 일본 후쿠시마 원전 부근 인구는 17만 명에 불과했다. 특히 기장군은 10기의 원전이 들어서는 원전 단지가 됐다. 더구나 저장량이 포화 상태에 이르고 있는 '사용후 핵연료' 처리에 천문학적 매몰 비용이 예상되는데도 이렇다 할 해답을 못 찾고 있는 실정이다.

박솔뫼의 『어두운 밤을 향해 흔들흔들』과 『겨울의 눈빛』은 원전 사고라는 사회적 이슈를 실험적인 작법으로 형상화한 텍스트들이다.

텍스트 소설

『불타는 폐선』 한정희
『가라앉는 마을』 백정희
『향기로운 우물 이야기』 박범신
『어두운 밤을 향해 흔들흔들』 박솔뫼
『겨울의 눈빛』 박솔뫼
『그것』 배지영

30

교육 및 청소년 문제

교육

약자에 대한 배려와 자기 성찰이 빈약한 한국 사회에서 문제가 되는 것 중 하나가 교육이다. 한국의 교육 현장은 우리 사회의 모순이 예각적으로 집약된 공간이기도 하다.

우리의 교육 현장은 창조성이 결여된 무비판적 **주입식 암기교육**에서 비롯된 지적 폐허의 세계이다. 답을 일방적으로 주입하는 것이 아니라 올바르게 묻는 법을 배우는 것이 진정한 교육이라는 것을 알면서도, 초중고 교육 현장은 명문대 진학이라는 목표 아래 일사분란하게 진군하는 병영과도 같은 모습으로 왜곡되어 있는 것이 현실이다.

공급 측면에서 우리나라 교육을 바라볼 때, 군사독재 시대의 교육은 한 방향의 **국가주의 교육**이었다. 선행 학습인 주입식 교육은 학생에게 강요하는 일종의 폭력이었다. 민주화 이후 신자유주의 기치 아래 경제 지상주의 교육 정책으로 인한 **교육 시장화**, 즉 경쟁과 효율이라는 목표를 향해 치닫고 있다. 상대평가의 구조 속에서는 누군가 떨어져야 자기가 위로 올라간다는 생각이 조금도 이상할 게 없다.

최시한의 『허생전을 배우는 시간』은 텍스트 겹쳐놓기라는 글쓰기 방식으로 왜곡된 교육 현실을 바꿔나갈 수 있는 방안을 모색한다. 교사들의 단결권을 주장하는 것조차 범죄시되는 사회에서 전교조 활동으로 학교에서 쫓겨나게 되는 '왜냐' 선생의 마지막 수업은 '허생전' 읽기이다. 허생은 과일과 말총을 사 모아 양반들을 혼내주고 그들의 허위의식을 까발리는 한편 가난한 백성들을 돕지만, 스스로는 세상을 등지고 섬으로 들어가 버린다. 한편 '왜냐 선생'은 왜곡된 교육 현실을 개선하려는 노력에도 불구하고 쫓겨난다. '허생전'과 '왜냐 선생'의 구조가 겹쳐 있음은 역사의 단절이 아니라 이어가기를 보여주려는 작가의 의도로 읽힐 수 있다. 두 인물의 행위를 통해 왜곡된 질서에 도전하는 역사의 경험을 새롭게 읽어내고 그 속에서 진실을 발견하는 것이 희망 찾기의 한 방편임을 제시한다.

대학 교육 또한 산학 협동이라는 미명 아래 취업 학원으로 전락한 지 오래다. 세일즈맨으로 변신한 대학 총장들에 의해 우람한 건물들이 들어서지만 대학 본연의 임무인 기초 학문을 닦는 일에는 여전히 등한시한다.

수요자 위주로 바라보는 교육 현장은 어떠한가. 학생의 학업 향상은 부모의 경제적 능력에 좌우되는 게 현실이다. 속된 말로 이제는 개천에서 용이 나오지 않는다.

2045년에 이르면 딥러닝을 기반으로 하는 인공지능이 인간의 지능을 뛰어넘는 특이점에 도달할 것이라고 예상한다. 따라서 많은 직업군이 사라질 위험에 처할 것이다. 예컨대 콜센터 직원, 화이트 컬러족, 데이터를 가지고 일을 하는 직업들이 위기를 맞게 된다. 다만 다음 세 카테고리의 직업군은 사라지지 않고 남을 것이라 예상한다.

첫째, 사회의 중요한 판단을 하는 직업군,

둘째, 인간의 심리와 감성에 연결된 직업군,

셋째, 새로운 가치를 창출하는 직업군.

따라서 자라나는 세대는 언제든지 상황을 냉철하게 분석하고 세상을 정확하게 파악해 무엇이 필요한지 최대한 빨리 결론을 내리고 거기에 적응할 수 있는 창의적 능력을 키워야 한다. 그렇지 않고서는 살아남기 어렵다.

창의성이란 새로운 가치, 즉 존재하지 않는 데이터를 만들어낼 수 있는 능력, 혹은 처한 상황과 세상을 냉철하게 분석할 수 있는 능력, 또는 분석해 얻어낸 결론을 바로 실천할 수 있는 도전정신을 일컫는다. 이러한 흐름에 앞으로 어떻게 대처할 것인가에 대한 담론이 절실하다.

 텍스트 소설

『광기의 역사』 공지영
『허생전을 읽는 시간』 최시한
『반성문을 쓰는 시간』 최시한

교육 현실에서 밀려난 청소년

청소년기는 외부 세계에 대한 최초의 시선을 던지는 시기이며 일생에서 가장 감수성이 예민한 시기이다. 입시 경쟁에서 밀려난 청소년들의 탈선과 방황을 모티프로 소설을 쓰고자 하는 작가라면 도덕적 시각에서 벗어나 그들만의 감각과 분위기로 형상화해야 한다. 또한 통과의례로서의 성장기이므로 성적 세계에 대한 그들의 호기심을 놓쳐서는 안 된다.

김영하의 『비상구』는 가족 해체, 경제적 빈곤, 입시 전쟁이라는 사회 환경에서 밀려난 젊은이들의 방황하는 삶을 기존의 도덕적 시각에서 벗어나 그들만의 언어와 분위기로 형상화한 텍스트이다. 청소년의 성적 호기심을 다룬 임정현의 『스키다시 내 인생』, 사십사 계단 위 버려진 공터를 해방구로 삼은 청소년들이 그곳을 폐쇄하려드는 공권력과의 대치를 형상화한 이정연의 『사십사 계단』 또한 주목해야 할 텍스트들이다.

 텍스트 소설

『추운 봄날』 김향숙
『비상구』 김영하
『요요』 유응오
『버니』 이기호
『비치 보이스』 박민규
『스키다시 내 인생』 임정현
『하룻밤』 최진영
『사십사 계단』 이정연

밀레니엄 세대의 교육—4차 산업혁명 시대의 학습

밀레니엄 세대가 하나의 주제에 최대한 집중하는 시간은 90초 ~4분에 불과하므로 이에 맞춘 학습 모형을 운영해야 한다는 게 2015년 마이크로소프트가 밀레니엄 세대 2,000명을 대상으로 실험한 결과이다.

짧은 집중 시간, 비선형적 사고를 특징으로 하는 밀레니엄 세대를 위한 학습법이 **마이크로 러닝**이다. 주제를 잘게 나눠 주제당 학습 시간을 90초, 길어도 4분을 넘기지 않는다. 또한 1부터 10까지 순서대로 배우지 않고 5가 궁금하면 5를, 8이 궁금할 때는 8을 공부한다. 이른바 **비선형 학습**이다.

마이크로 러닝은 이외에도 자기 주도 학습, 단일 주제 다적용 학습, 인터렉티브 리치미디어interactive rich media 학습 등으로 구성된다. 가르치기만 하는 교수, 배우기(암기)만 하는 학생, 이 안이한 구조를 타파하지 않고서는 '사람과 기술, 과학 기술과 인문학의 조화를 이르는 융복합 시대'를 열어나갈 수 없다.

마이크로 러닝을 통해 비판적 사고와 창의력, 소통과 협업 능력을 갖춘 미래 세대, 즉 '새롭고 불분명한 문제'를 해결하는 인재를 육성해야 한다. 그렇지 않으면 인공지능이 지배하는 암울한 시대를 맞게 될 것이다.

교육 1.0 시대의 지식은 받아 적고 암기하는 것이었다. 이런 지식이 교육 2.0 시대에 사회적으로 구성되는 것으로 변모하고, 교육 3.0 시대에 이르러 '사회적으로 구성되고 맥락에 따라 재창조되는 교육'으로 차원이 달라졌다. 학교가 카페, 직장, 길거리, 지하철, 여행지 등 모든 곳으로 확대되었다. 교육 1.0 시대를 고체, 교육 2.0 시대를 액체, 교육 3.0 시대를 기체에 비유할 수 있다. 따라서 교육에서 학습으로 전환해야 한다.

31

노인의 위상

인간은 홀로 태어나 청소년 시절을 거쳐 성인이 돼 가정을 이룬다. 그리고 자녀를 낳고 출가시킨 뒤에 배우자가 세상을 떠나면 필연적으로 혼자 삶을 마감해야 한다. 우리나라는 유엔이 정한 기준으로 2000년부터 **고령화 사회**로 진입, 인구 절벽, 소비 절벽 현상이 나타나기 시작했다. 아마도 2060년이 되면 60세 이상 인구가 차지하는 비중이 역 피라미드 현상으로 나타날 것이다. 2060년 전체 인구 대비 노인 인구는 36%로 40%인 일본에 이어 2위가 예상된다.

노인 문제의 핵심은 경제, 질병, 성(정서적 공명), 그리고 자아실현(의미 추구)에 있다. 다시 말해 행복한 노년을 보내려면 경제적 능력과 건강은 말할 것도 없고 가족이나 다른 사람, 특히 타자와의 친밀한 관계를 유지하는 정서적 공명과 다른 사람에게 도움을 주는 일을 하면서 새로운 삶의 장을 열어 가는 의미 추구의 욕구를 어떻게 해결할 것인가도 중요하다. 예컨대 도서관 문화로부터 소외받은 우리나라 노인들의 독서율은 OECD 국가들 중 꼴찌라는 통계가 나와 있다.

우리나라 노인들이 처한 상황을 개략하면 다음과 같다.

가족 부양 후 노후 파산(경제력)

소비시장에서 구매력 없는 무능한 집단으로 치부된다. 그들을 향한 관심이란 보수 쪽은 그들이 관심을 끌어들여 정치 세력화하고 진보 쪽은 무식한 꼰대들의 일탈로 무시하기 일쑤다.

독거 노인

『크리스 마스 캐럴』(찰스 디킨스)의 스쿠루지 영감이 착한 마음을 갖게 된 것은 참을 수 없는 고독 때문이었다. 홀로 버려졌다는 자각이 변화의 시작이었다.

무엇보다 안타까운 현실은 독거 노인의 급증이다. 2016년 현재 전국 독거 노인은 144만 명으로 65세 이상 노인 인구 687만 명 중 21%에 해당한다. 통계청 예측 발표에 의하면 2035년 전체 노인 인구는 1,200만 명으로 전체 인구의 22%를 차지하며 2065년에는 42.5%에 달할 것으로 예상한다.

치매 노인

2016년 현재 70만 명, 2025년 100만 명, 2030년 130만 명, 2039년 200만 명, 2050년 300만 명이 치매 노인이 되리라 예상한다. 가족들에겐 경제적 부담과 함께 돌봄에 수반되는 심신의 노고가 만만치 않게 다가올 것이다. 치매는 암보다 더 무서운 질병이라 할 수있다.

이러한 치매 문제는 향후 국가가 책임지는 방향으로 나가가야 한다. 치매 환자들이 입원할 수 있는 전국의 요양병원 수는 1,529군데로 환자 1,000명당 2곳에 불과하다(2018년 현재). 현재 요양보호사 한 명이 많게는 30명을 돌보고 있다고 한다. 하지만 치매 환자 돌봄 스트레스 등으로 가족이나 주변인들이 치매 노인을 학대하는 사건들도 늘고 있다. 치매 환자 돌봄에 있어서는 늘 소통의 어려움이 따른다, 망상에 사로잡힌 고집이나 느닷없는 공격적 행동에 곧잘 시달린다. 그들 또한 치매 환자를 돌보는 위마니튀드humanitude로서 눈높이에 맞는 시선, 신체적 접촉, 말 걸기, 자립 보행 돕기 등을 어떻게 해 나갈 것인가에 대한 학습이 이루어져야 한다.

자살 노인

우리나라 자살률은 OECD 국가 중 압도적 1위이다. OECD 평균 10만 명당 12명인데 비해 한국은 33명에 이른다. 노인세대로 한정하면(10만 명당) 60대 이상 84명, 70대 이상 117명에 이른다. 그런데도 우리 사회는 노인들의 자살을 개인적인 것으로 치부해 사회적인 무관심을 드러낸다.

길 잃은 치매 노인을 집으로 데려와 보호하지만 끝내는 감당이 되지 않아 도로 내치는 최인호의 『돌의 초상』, 경제적 궁핍으로 노모를 청량리역 대합실에 방기하는 송하춘의 『청량리 역』, 철거 대상 아파트에 자신을 데리러 오겠다는 아들을 기다리며 가지고 갈 짐을 정리하는 노모를 찾은 인물이 막상 재건축 시공사 직원인지 아들인지 모를 누군가라는 것, 다시 말해 누군가의 구원을 기다리며 막다른 골목에서의 삶을 버티지만 결국 그것은 헛된 미망에 불과하다는 것을 보여주는 편혜영의 『야행』 등은 우리사회 노인의 위상을 상징적으로 보여준다.

또한 핵가족화 등의 영향으로 고독사가 잇따르고, 사후 뒤처리가 현안으로 떠오르는 상황에서 고독사한 사람의 주거를 청소하고 소독하여 원상회복시키고 유품 정리까지 떠맡는 특수 청소업이 늘고 있다. 유품정리사의 하루를 다룬 유희란의 『유품』도 눈여겨볼 만한 텍스트이다.

텍스트 소설

『오동의 숨은 소리여』 박완서
『그리움을 위하여』 박완서
『돌의 호상』 최인호
『잔 일』 윤영수
『청량리역』 송하춘
『봄날 오후, 과부 셋』 정지아
『누런 강, 배 한 척』 박민규
『낮잠』 박민규
『기도에 가까운』 조경란
『간과 쓸개』 김숨
『야행』 편혜영
『비행』 한루시아
『유품』 유희란

32

제3국인 노동자의 위상

2018년 현재 한국 거주 외국인 수는 200만 명을 넘어섰다. 국민 100명 중 5명이 외국인인 셈이다. 그러다보니 피부색도 언어도 별로 낯설지 않다. 그런 데다 우리나라 기업, 특히 중소기업은 외국인 노동자 없이는 지탱할 수 없는 구조가 되어버렸다. 이들은 내국인이 기피하는 업종에 종사하며 한국의 경제 발전에 기여하고 있다. 하지만 배타성 강하기로 소문난 한국인들의 틈에 끼어 일하는 그들이 받는 부당함이 종종 회자되기도 한다.

이들은 산업 기술 연수생 제도나 고용 허가제라는 합법적 절차를 거쳐 입국하지만 이 제도가 가지는 제한 때문에 불법 체류자로 전락하는 경우가 허다하다. 산업 기술 연수생은 임금이 매우 낮고 고용 허가제 노동자들은 노동 3권의 하나인 사업장 변경의 자유, 사업장 선택의 권리, 업종 변경의 자유가 주어지지 않는다. 따라서 사업주가 동의해주지 않으면 변경할 수 없다. 이러한 제약이 사업장 이탈로 이어져 **불법 체류자**로 전락하게 된다.

이들의 고용 노동 기간은 3년이며 연장 1년 10개월까지 가능하지만 어디까지나 사업주의 손에 달려 있다. 특히 중소기업 분야는 값싼 노동력이 필요하기에 불법 체류 여부를 가리지 않고 이주 노동자를 고용하면서도 이들의 약점을 잡고 착취와 억압을 일삼고 있다. 그러다보니 불법 체류자들에 대한 폭력, 차별, 착취는 계속되고, 이들이 불법 체류자라는 점을 악용해 경찰에 신고해 체불 임금을 지불하지 않고 강제로 출국시켜 버리는 악덕 고용주도 없지 않다.

이경의 『먼지별』은 제3국인 노동자의 삶의 비극을 다룬다. 파키스탄 청년은 빵을 찾아 한국에 불시착했지만 임금 체불과 부당 해고에 더해 산업재해에 대한 보상도 받지 못한 처지이다. 그런 그와 그나마 인간적인 교류를 하는 16살 소녀는 이주 노동자들에게 몸을 팔아 먹을거리와 잠자리를 얻는 신세이다. 이주 노동자들을 상대로 이자놀이를 하는 고리대금업자는 화성빵집 주인이기도 하지만 이자와 돈을 갚지 못하는 그들을 신고하여 잡아가게 하는 폭력을 일삼는다.

모든 것이 돈을 매개로 자신까지도 상품이 아니고서는 존재할 수 없는 교환 시장에서 이방인일 수밖에 없기 때문에 또 다른 행성을 찾아 뛰어내리는 장면은 너무나도 비극적이다. 불법 체류 제3국인 노동자가 장기 밀매 브로커에 희생당하는 이야기인 김수정의 『삶』, 한국의 대학 연구기관에 들어와 있는 제3국인 출신 연구자의 삶 또한 열악한 노동자들의 삶과 별반 다르지 않다는 것을 보여주는 송지은의 『알라의 궁전』도

눈여겨 볼만한 텍스트들이다.

한국의 경제 발전과 국제적 지위 향상에도 불구하고 이주 노동자들의 처한 위상은 우리나라 경제 구조의 낯 뜨거운 속살이라 할 수 있다. 따라서 우리 내면의 야만성으로부터 자유롭지 못한 현실을 어떻게 극복해 나가야 할지에 대한 소설적 상상력이 요구된다.

 텍스트 소설

『바리케이드』 서지한
『명랑한 밤길』 공선옥
『물 한 모금』 이혜경
『우리들의 한글 나라』 이은조
『먼지별』 이경
『삵』 김수정
『알라의 궁전』 송지은

33

다문화 가정과 사회

다문화 사회란 다양한 소수 문화 집단들과도 공존하는 사회를 말한다. 한국은 외국인 근로자, 결혼 이주 여성, 외국인 유학생, 북한 이탈 주민 등의 인구 점유율이 이미 전체 인구의 10%를 넘어선다. 국제결혼이 전체 결혼 가구의 10분의 1에 육박하고 농촌 지역 결혼 가구의 절반이 국제결혼이다. 한국에 입국한 이주 여성은 현재 120만 명을 넘어선 데다 이들이 낳은 아이들은 전체 출생 인구의 5%를 차지하고 2030년에는 30%를 넘어설 것이라는 예측도 나오고 있다.

우리는 아직도 해외에 나가 사는 동포들이 받는 차별에는 분노하면서 우리 사회에 사는 외국인 이주자들의 삶은 모른 체 한다. 백인의 유색 인종에 대한 차별은 비판하면서도 우리가 마치 백인인 양 검은 피부의 인종을 곧잘 '깜둥이'로 비하한다. 또한 외국 남성과 연애, 결혼하는 여성을 윤락녀 취급하고 타 인종과의 사이에서 태어난 아이를 '혼혈아'로 차별한다.

2030년에는 다섯 가구 중 한 가구가 다문화 가정이 될 것이라 예측한다. 따라서 청소년 인구의 20%가 다문화 가정 출신이 될 것이라는 예측도 있다.

2015년 현재 다문화 가정 출신 자녀 수는 20만 명을 넘어섰으며 전체 학생의 20%를 차지하는 실정이다. 이 아이들의 삶도 엄마 못지않게 고단하고 아프기는 다를 바 없다. 경제적 어려움과 부모의 이혼, 언어 소통 등의 이유로 집단 따돌림의 대상이 된다. 따돌림의 원인은 한국말이 서툰 엄마 때문이라고 생각하는 아이가 30%를 웃돈다고 한다. 한편으로 자신은 한국인이라고 생각하는 아이는 16%에 불과하다.

출산 기피로 출산율은 세계 최저인 데다 **고령화**가 심화되는 우리나라로서는 줄어드는 경제 활동 인구를 막기 위해서라는 명분으로라도 우리 내면의 야만을 걷어내고 이주민과 다문화 가정을 포용해야 한다. 이제 다문화 정책은 국가 생존의 필수 요소가 되었다. 그들의 법적·제도적 지위 확보를 위한 움직임에 대한 탐색과 지원을 어떻게 형상화할 것인가가 관건이다.

김재영의 『코끼리』는 네팔 남자와 조선족 여인 사이에서 태어난 열세 살 무국적 소년의 성장기 소설이다. 자아의 본질(태생의 비극과 어머니의 가출, 그리고 학교에서의 왕따)에 대한 물음과 자신을 둘러싸고 있는 외부 세계의 실체를 알아가는 과정을 형상화한 텍스트이다. 가구 공단을 배경으로 다가구 주택에 사는 파키스탄, 네팔, 스리랑카, 이란, 인도, 우즈베키스탄 출신 노동자들, 그들을 상대하는 러시아 출신 윤락녀의 비루한 일상, 거기에다 이들을 배타적으로 대하는 한 국인 아저씨의 행태를 실감나게 보여준다.

텍스트 소설

『코끼리』 김재영
『나의 이복형제들』 이명랑
『파프리카』 서성란
『열대에서 온 무지개』 한지수
『그곳의 밤, 여기의 노래』 김애란
『가리는 손』 김애란
『찰스』 이승우

34

해외 입양아의 삶

정부 수립 이후 현재까지 해외 입양아 수는 약 17만 명에 이른다. 한국은 제2차 세계대전 이후 아이를 해외로 가장 많이 입양시킨 나라다. 현재도 OECD 회원국(GDP 규모 11위) 중 입양을 보내는 유일한 나라가 한국이다.

해외 입양이 점차 줄어드는 추세를 보이지만 아직도 홀트아동복지회를 매개로 이루어지고 있다(이러한 상황에서도 이 단체가 여전히 민간 단체라는 데 문제의 심각성이 있다). 2017년 한 해만도 300여 명의 아동을 해외 입양시켰다.

지난날은 전쟁이라는 시대의 고난이 해외 입양을 만들었다고 자위할 수 있지만 오늘 날은 일상에서 개인들이 해외 입양아를 만들어내고 있다(미혼모가 낳은 아이). 이러한 현실에는 젊은이들의 자유분방한 성풍속이 만들어낸 측면이 없지 않지만 미혼모에 대한 차별을 없애고 적극적으로 국가가 나서 미혼모도 아이를 돌볼 수 있도록 지원해야 한다.

우리 소설에서 해외 입양아 문제를 다루는 경우는 다음과 같이 크게 세 갈래로 나뉜다.

① 어린아이가 입양되어 가는 과정: 『에스코트』 최형아
② 해외 입양아의 입양 국가에서의 적응에 따른 정체성 찾기: 『누가 베르톨트 브레히트를 죽였는가』 송혜근
③ 해외 입양아가 성장 후 귀향하여 생부모 찾기: 『빙괴』 민선기, 『그대 흐르는 강물은 두 번 다시 못 보리』 송혜근, 『올드 맨 리버』 이장욱

그렇다면 국내 입양아의 수준은 어떠한가? 저출산을 우려하는 현시점에서도 매우 미미한 수준에 머물고 있다. 그런데다 파양에 이르는 경우가 많다고 한다. 이를 다룬 작품으로는 김재진의 『외로운 식물의 꿈』이 있다.

아직도 해외로 입양시키는 한국의 현실을 고발한 작품으로는 해외 입양아의 정체성 혼돈을 주제로 한 이덕래의 『서랍 속의 블랙홀』이 있다.

미국으로 입양되어 간 아이들에 의해 새롭게 대두되는 문제로는 미국 가정법원이 입양 허가를 개시하기 이전에 입양을 한 아이들은 양부모가 따로 입양아에 대한 시민권 취득 절차를 밟아주지 않으면 무국적 상태에 놓이는데, 그렇게 해서 무국적 상태에 처한 한국인 입양아의 수가 2만여 명에 달한다. 이들에 대한 한국 정부의 나 몰라라 하는 태도에 비판적 관심이 절실한 시점이다.

송혜근의 『누가 베르톨트 브레히트를 죽였는가』는 미국으로 입양되었다 지금은 부랑아로 전락한 소년과 미국인 남편으로부터 이혼당하고 일자리를 구하기 위해 면접을 보러 다

니는 이민자의 삶을 통해 아메리칸 드림의 병적인 한 단면을 문학적인 장치(강아지와 책)를 배치해 보여준다. 입양아의 생부모 찾기를 다룬 민선기의 『빙괴』는 영세중립국인 스위스인과 결혼해 자의로 분단된 조국을 등진 화자가 스위스로 입양되어 자란 처녀와의 만남과 교류를 통해 분단된 조국이 안고 있는 상처의 의미를 되묻는다.

 텍스트 소설

『누가 베르톨트 브레히트를 죽였는가』 송혜근
『빙괴』 민선기
『그대 흐르는 강물은 두 번 다시 못 보리』 송혜근
『에스코트』 최형아
『올드맨 리버』 이장욱

35

디아스포라

디아스포라diaspora는 고대 이스라엘 멸망 후의 유대인의 민족적 이산을 뜻하는 말이었다. 유대인, 아프리카 흑인 노예, 팔레스타인, 일제 침략에 의해 해외로 이주한 해외 동포들처럼 외세에 의한 강제 집단 이주를 나타내는 말이지만 현대에 와서는 제1세계로 이주한 사람들을 지칭하는 개념으로 바뀌었다. 몸은 비록 제1세계 안에 있지만 언제나 그 세계에서 타자로 인식되고, 그 자신도 스스로를 타자로 인식하는 것이 디아스포라의 특징이기도 하다.

따라서 디아스포라는 **포스트콜로니얼리즘**postcolonialism과 관련지어 논의된다. 오늘날 디아스포라의 대표적 지식인으로 레바논 출신의 문명 비평가 에드워드 사이드Edward Said(1935~2003), 우리나라 출신으로 독일 국적을 지닌 송두율, 재일동포인 서경식을 들 수 있다. 최근에는 디아스포라를 자국민의 해외 진출이라는 적극적 의미로 사용되기도 한다. 외국에 살면서도 집단적 정체성을 강하게 유지하는 사람들이 자신들을 규정짓는 말로 쓰이는 것이다. 미국 사회에 기반을 두고 있는 유대인 그룹과 동남아 상권을 거머쥐고 있는 화교들이 그런 의미에서 대표적인 디아스포라이다.

우리 소설은 그동안 외부를 향한 디아스포라 문제를 다루어왔지만 최근 들어 우리 안의 디아스포라(외국인 노동자)에게 작가들이 관심을 가지기 시작했다는 것은 바람직한 현상이다.

신상태의『떠 있는 섬』은 뉴욕 브룩클린을 배경삼아, 그곳에서 그로서리와 미장원을 경영하는 한국인 여자가 흑인 불량배에게 목숨을 잃는다. 미장원에서 일하는 도미니키 출신 흑인 처녀가 하루 일과를 끝내고 죽은 주인의 머리를 마지막으로 손질하기 위해 병원으로 찾아가면서 주인 여자가 막힌 데가 없고 누구에게나 편견 없이 열려 있는 마음의 소유자였다는 것을 떠올린다. 병원에 도착한 그녀는 주인 여자의 머리를 마지막으로 손질해준 다음 마이너리티끼리의 화합을 다지는 집회에 참석하기 위해 발길을 서두른다. 작가는 흑백 갈등을 한흑 갈등으로 둔갑시키려는 미국 백인 사회의 희생양 메커니즘에 대한 비판을 은연중에 내비친다.

텍스트 소설

『누가 베르톨트 브레히트를 죽였는가』 송혜근
『떠 있는 섬』 신상태
『회귀』 안정효
『물이 물속으로 흐르듯』 김지원
『동물달력』 유항목
『나비들의 시간』 우경미
『치즈버거』 김형수
『에바와 아그네스』 김성중
『붉은 나무젓가락』 서진연
『데스벨리』 김옥경
『달려라 자전거』 조미진
『우따』 강석희

36

현안으로서의 난민 수용

2018년 현재 세계 난민은 약 6,800만 명으로 미얀마, 베네수엘라, 예멘, 남수단의 위기와 내전이 이어지면서 그 수는 계속 늘어나는 추세에 있다. 우리나라도 난민 문제에 있어 예외 지역이 아니다. 우리나라가 난민에게 문호를 개방한 것은 1992년 유엔난민협약에 가입하고 1993년 말 아시아 최초로 난민법을 제정하면서부터이다. 그동안 전체 난민 신청자 수를 고려하면 난민 인정률은 여전히 낮다.

'난민 혐오' 문제는 비단 우리나라에서만 일어나는 문제는 아니지만 2018년 제주도에 입국한 예멘 난민 문제는 한국 사회가 난민을 받아들이는 데 얼마나 인색한지를 확인하는 계기가 됐다. 오늘날의 난민 문제는 디아스포라diaspora와도 연이 닿는다.

디아스포라는 구약성서 '출애굽기'에서 모세가 이스라엘 민족을 이끌고 이집트를 탈출, 오랜 세월 방황한 데서 그 시원을 찾을 수 있다. 지난 세기 나치의 박해를 피해 탈출한 유대인, 일제 침략에 의해 해외로 이주한 조선인(식민주의 시대)

등은 **포스트 콜로니얼리즘**과 깊은 관련이 있다. 한국은 국가의 성립과 그 존립을 국제적 난민 보호에 의존해 왔다(정치적 박해를 피한 해외 이주).

2018년 제주도 예멘 난민을 바라보는 우리의 시각은 다음과 같은 이유로 그들을 '잠재적 범죄자'로 인식하는 데 무게중심을 두고 있다.

① 무슬림 난민은 두려움과 혐오의 대상으로 여성과 자녀의 안전에 위험 요인이다.
② 내국인의 일자리를 위협한다.
③ 국가 재정에 부담이 된다.

이러한 일부의 인식에 대해 정부는 '국민 보호가 최우선'이라는 메시지로 응답했다.

2017년 기준 한국은 인구 대비 난민 수용률이 세계 139위(1.51%)로 세계 평균 24.1%에 훨씬 미치지 못했다. 제주도에 들어온 예멘 난민에 내려진 현재까지의 결과는 고작 362명에 대해 인도적 체류 허가, 34명은 불허, 그리고 85명 심사 중이 전부이다. 정부의 난민 수용에 대한 태도는 난민이 그들의 조국에서의 박해 가능성에 대한 입증의 어려움을 그 이유로 든다.

현재 지구상에서 벌어지고 있는 난민 사태는 크게 ①유럽을 향한 시리아 및 아프리카 난민 ②미국을 향한 남미의 캐러번 행렬 ③미얀마군의 학살을 피하기 위한 로힝야족의 방글

라데시로의 탈출 등이 있다.

반난민, 반이민 정서를 자극하는 움직임은 극우 세력이 성장하는 토양이 되고 있다. 탈북자 30,000여 명 중 한국 적응에 실패하여 다시 남한을 떠난 사람은 5,000여 명(15%로 탈북인 자살률은 남한 주민 자살률의 3배나 된다)이나 되며 북한으로 역이주한 사람은 공식적으로 26명이나 된다. 형식적인 난민법제가 아니라 질적인 난민 정책의 수립이 시급한 실정이다.

권행백의 『론리 플래닛』의 주인공은 취업 비자로 한국에 입국한 스리랑카 출신 노동자로, 프레스 기계에 검지와 중지를 잃고 직장에서 쫓겨나 어쩔 수 없이 마석 가구 단지에 취직한 불법 체류자다. 타밀족 출신 힌두교도인 그는 마석에서 만난 스리랑카 출신 싱할리족 여자와 결혼해 두 아이까지 얻었지만 고국의 내전 소식에 불안하기만 하다. 싱할리족인 스리랑카 정부군이 소수 민족의 수호자를 자처하는 타밀 반군에게 전면전을 선포하자 그의 동생은 반군 무장 투쟁에 가담한다. 이에 불안해진 그는 아내와 아이들을 먼저 귀국시키고 자신은 한국 정부에 난민 신청을 한다. 이의 신청과 소송이 3년 2개월째로 접어들었지만 끝내 난민 체류 허가는 나지 않고 한국을 떠나야 하는 상황에 놓인다. 그런 그가 불법 체류자 검문에 걸려 구속되지만 한 달 내로 자진 출국한다는 조건으로 풀려난다. 살상가상, 밀린 임금마저 떼인 그는 절망한 나머지

남대문을 방화하고 그 길로 인천공항으로 이동하여 출국 절차를 밟는다. 탑승 수속을 마치고 출국장을 통과한 그가 먼저 귀국한 아내에게 전화를 걸자, 아내는 지금 귀국하면 신변이 위험해지니 오지 말라고 신신 당부한다. 그는 자신이 방화범임을 자수하기로 결심한다. 그렇게 되면 재판 끝에 형을 받고 복역하면 형기를 마칠 때까지 추방이 유예될 수 있으므로 신변의 위험을 몇 년은 유예할 수 있다는 상황적 아이러니의 극치를 보여준다.

난민 체류 허가 문제를 알레고리 기법으로 다루고 있는 김희선의 『해변의 묘지』 또한 난민 수용에 부정적인 우리사회가 그들을 어떻게 받아들일지 기로에 놓여있음을 보여주는 텍스트라 할 수 있겠다.

출입국 관리소에 근무하는 한국 국적 혼혈 여자의 시점으로 쓰인 이태영의 『길을 잃다』는 출입국관리사무소에서 보호하고 있는 여자가 무국적자라 돌아갈 나라가 없다. 출입국관리사무소는 추방할 나라가 없으므로 국내에 석방하기로 하지만 그 소식에 갈 곳 없는 그녀는 석방을 바라지 않는 의미에서 자해를 한다. 하지만 당국은 석방할 수밖에 없다. 화자는 '풀려난 그녀는 과연 어디로 갔을까'라고 자문한다. 무국적 난민 처리의 난감함을 제시하는 독특한 텍스트이다.

『해변의 묘지』김희선
『길을 잃다』이태영
『론리 플래닛』권행백

37

종교와 교리

오늘날 우리 사회에 만연한 숱한 종교의 번창 이면에는 그 종교적 교리가 일으키는 파행에 따른 폐해가 심각한 수준에 달해 있다. 지배 이데올로기화한 일부 종교가 지대한 영향력을 행사하는 우리나라 현실에서 해당 종교의 교리가 경우에 따라서는 우리 사회의 근저를 이루고 있는 폭력 그 자체로 기능하며, 나아가 여러 형태의 폭력을 은폐하거나, 정당화하거나, 신성화하기까지 한다. 교리를 동원한 종교가 현실에서 이미 권력화되어 있는 까닭이다.

종교는 자신의 기초를 이루고 있는 권력을 정당화하기 위해 곧잘 교리를 동원한다. 종교적 권력과 교리는 서로 밀접하게 얽혀 있어 구별이 쉽지 않다. 예컨대 현실 기독교인들에게 성경에 쓰인 '신의 말씀'은 진리인 데 반해 '교리'는 말씀과 다르다. 교리란 본디 외부 이교도들의 사상과 내부 이단자들의 주장으로부터 자신들의 종교를 방어하기 위해 신학자들이 만든 주장, 즉 말씀을 해석해 만든 인간의 지식이다. 그러므로 말씀은 진리이지만 교리는 진리가 아니며, 말씀은 오류를 범할 수 없다 해도 교리는 오류를 저리를 수 있다. 칼 포퍼Karl Raimund Popper(1902~1994)는『추측과 반증』에서 **오류 가능성과 반증 가능성**을 지목하며 오류나 반증이 가능하지 않은 지식은 한마디로 사이비라며, 누구든 인간인 한 자기가 가진 지식을 진리라고 주장해서는 안 된다고 했다. 종교 개혁은 바로 교리의 오류 때문에 일어났다.

이렇듯 교리와 종교적 권력 사이의 이 **식별 불가능성**이야 말로 종교의 현실적 힘이기도 하다. 그 힘은 종교 자신의 폭력성을 은폐하는 한편, 사회 구성원 전체의 섬김을 강요하는 가치 체계와 신념 체계를 만들어내고 그 **섬김의 강요** 자체를 또다시 은폐한다. 이렇게 해서 종교는 자체 팽창적 운동을 멈출 줄 모른다. 종국에는 유토피아를 꿈꾸는 종교가 현실에서는 폭력적일 수 있음을 보여준다.

최인석의『세상의 다리 밑』은 유토피아를 꿈꾸는 종교, 이상 사회를 지향하는 이데올로기가 현실에서 폭력적일 수 있음을 형상화한 텍스트이다.

고아인 나를 거둬 키워준 양아버지가 고정간첩으로 15년 동안 복역하고 출감한 후 집에 와 기거했지만, 이를 못마땅해하는 아내 때문에 양아버지가 가출해버린다. 그 아버지를 찾아 나선 화자는 한 시골 정류장에서 만난 여호와의 증인인 이병장과 김 하사 사이에서 수혈 거부를 둘러싼 치열한 싸움, 즉 제도가 개인에게 가하는 폭력 앞에 광적인 교리로 무장한 개인이 치열하게 맞서는 데서 벌어지는 인간 파괴적 비극을 목격한다. 그런 다음 아버지와 해후한 화자는 지배 이데올로기에 의해 희생당한 아버지로부터 '내가 봉사다'라는 말을 듣게 된다. 이 말은 자신이 신봉한 이데올로기에 의해 폭력을 휘두른 격이 됐다, 라는 뒤늦은 자책감의 발로였던 셈이다.

흔히들 소설가는 '신으로부터 버림받은 자'라고 말한다. 이 말은 소설가가 신의 세계를 침범했다는 것에 대한 메타포이다. 따라서 작가는 삶의 끝을 둘러싼 유토피아적 인식에 있어서 종교의 편(신본주의)에 서는 게 아니라 인간 삶의 편(인본주의)에 서야 함은 물론이다.

이승우의 『고산지대』는 1980년대 민주화운동 당시 신학대학을 배경으로 종교의 현실 참여(종교와 현실의 갈등)가 어떠해야 하는가를 세 인물의 배치를 통해 다룬 텍스트이다.

현실을 외면하고 유학을 준비하는 신학자 지망생인 화자, 신앙의 정치화에 비판적이고 제사장 의식이 강한 몽크 김, 종교를 자신의 삶으로 보여주어야 한다는 신념의 예언자 의식이 강한 찬익, 교정에서 벌어지는 신학생들의 민주화 시위, 그것을 진압하려는 전투경찰대, 그 와중에 시위의 주동자 찬익이 진압대의 곤봉에 맞아 쓰러지자 몽크 김이 나타나 찬익을 들쳐 메고 한 몸이 되어 마치 골고다의 길로 나아가는 듯한 모습을 도서관 창문을 통해 바라본 화자는 뒤늦게 깨닫는 바 있어 유학을 포기하고 만다.

신본주의
(종교)

	종교적	
종교적	현실적	
비현실적	(한 몸이 된	
(몽크 김)	몽크 김과 찬익)	**인본주의**
		(현실)
비종교적	비종교적	
비현실적	현실적	
(화자)	(찬익)	

 텍스트 소설

『고산지대』 이승우
『못』 이승우
『믿음의 충동』 김원일
『세상의 다리 밑』 최인석
『봄눈』 박양호

38

샤머니즘

샤머니즘은 원시 종교의 한 형태로 부족 또는 씨족을 대표하는 주술사가 주술과 제사를 맡아 신의 의지를 전달하고 주술(초자연적인 힘)로써 병마와 악력 등을 물리쳐 모든 기원과 소망을 성취시켜 준다고 믿는 신앙이다.

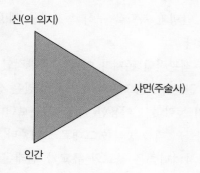

신에게서 계시받은 뜻을 사람들에게 전하는 사람을 샤먼 shaman이라고 하는데, 춤과 노래로 주문을 펼치는 가운데 신들린 상태로 몰입하여 길흉을 점치고 악령을 쫓아내고 병을 치

료한다. 신들린 상태를 엑스터시ecstasy 현상이라고 하는 점에서 타 종교와도 공통되는 현상이다.

무당은 대개 성장 과정이 불우한 사람이 되는 경우가 많다. 사랑의 결핍이 무당의 길로 이끈다고 한다. 그들은 현실적인 속박에서 해방되고 싶은 욕망과 죽고 싶다는 생각 속에 저승을 동경한다고 한다. 무당은 강신무와 세습무로 나뉜다.

굿의 종류도 사가의 굿과 부락 집단 단위의 굿, 그리고 신굿(강신무만이 하는 굿)으로 분류된다. 굿의 구조는 첫째 굿을 행할 장소를 정화하는 부분, 둘째 신들을 부르는 부분, 셋째 신에게 인간 소원을 고하는 부분, 넷째 신의 대답을 듣는 부분, 다섯째 신과 인간이 함께 즐기는 부분, 마지막으로 신을 돌려보내는 부분으로 구성된다. 모든 굿의 목적은 살아 있는 사람들의 안녕과 복락을 구하고 재난을 예방하거나 물리치려는 데 있다.

굿의 신은 객관적인 존재가 아니라 주관적인 산물로 현실을 지배하는 관권의 상징으로 나타난다. 인간은 신을 섬기기보다 신을 불러 농락하고 이용한 뒤에 쫓아 보낸다. 마치 관권에 대한 백성들의 대응 방식을 그대로 보여준다.

우리나라 샤머니즘은 불교와 유교가 전래된 뒤에도 계속 보전되어 백성들의 정신생활에 영향을 끼쳐왔다. 따라서 샤머니즘을 미신이라고 내칠 게 아니라 우리의 전통 생활 문화로 이해해야 한다.

윤흥길의 『장마』는 한국전쟁 발발로 같이 살게 된 할머니와 외할머니의 아들들이 각각 인민군과 국군으로 참전한다. 어느 날 국군인 외삼촌이 전사했다는 소식이 전해지자 이때부터 할머니와 외할머니 사이에 갈등이 시작된다. 가뜩이나 공산주의자들을 저주하는 외할머니의 말 때문에 갈등이 심화된다. 할머니는 삼촌이 아무 날 아무 시에 돌아온다는 점쟁이의 말을 믿고 삼촌을 맞이할 준비를 한다. 그날이 되자 삼촌 대신 커다란 구렁이가 나타나고 그것을 본 할머니는 기절하고 만다. 그때 외할머니가 구렁이를 달래 담장 밖으로 무사히 내보낸다. 그 사건 이후 할머니가 외할머니에게 고마움을 표하면서 화해하고 얼마 뒤 세상을 떠난다. 이 텍스트는 분단과 전쟁의 상처를 삼촌의 현신인 구렁이와 구렁이의 원한을 풀어주는 할머니의 머리카락이라는 토속적·샤머니즘적 상징을 동원해 극복하는 것으로 마무리된다.

샤머니즘의 한 형태로 무가巫歌를 들 수 있다. 무가는 주술성을 가진다고 하는데, 이러한 주술성이 확인되는 최초의 노래가 '구지가'이고, 그것의 계승된 노래가 '해가'이다. 신라 향가인 '처용가'를 무가로 보는 견해도 있다.

텍스트 소설

『무녀도』 김동리
『장마』 윤흥길
『나그네는 길에서도 쉬지 않는다』 이제하
『우리 시대의 무당』 조성기
『발아래 산』 하창수

39

역사 소설

장르 문학으로서의 역사 소설이 이따금 순수 문학에서 거론되는 경우가 있다. 역사적인 배경 속에서 허구적 인물들의 이야기가 교직된 서사 구조로 역사의 충실한 재현 그 자체에 목적이 있는 것이 아니라, 과거의 삶을 통해 현재의 삶을 비추어 보는 데 그 의의가 있다. 따라서 **역사 소설**은 현재적 의미 드러내기를 어떻게 담아낼 것인가가 관건이다.

인간이 역사를 만들어가지만 그렇게 만들어진 역사의 흐름에 인간이 휩쓸려가게 되는 아이러니가 벌어지기도 한다. 인간이 역사를 만들어가는 시각에서는 거대한 역사적 파노라마를 독자에게 보여준다. 하지만 그 속에서 개개인의 행위가 지니는 의미는 묻히고 역사의 행로는 단선화될 위험성이 있다. 예컨대 실재했던 인물로 역사적 기록에 부합하도록 재구성한 이른바 **정사 소설**이 있는데, 이광수『단종 애사』, 김동인『대수양』등이 그러하다.

반대로 인간이 역사의 흐름에 휩쓸려간다는 시각에서는 독자에게 그야말로 살 냄새 나는, 즉 그 시대에 살았음직한 가상 인물의 삶의 모습을 형상화한다. 이 경우 자칫하면 그러한 삶의 모습들이 파편화되고 상호 고립될 수 있다는 약점을 노출하기도 한다. 이러한 텍스트로 이인화의 『시인의 별』, 김별아의 『삭매와 자미』 등이 있다.

결론적으로 중·단편에서는 역사의 흐름에 인간이 휩쓸려가는 모습에 초점을 맞추어 형상화하고, 장편에서는 두 갈래 이야기를 교직해서 전개하는 것이 바람직하다. 현재적 의미화 측면에서 홍명희의 『임꺽정』, 황석영의 『장길산』, 김주영의 『객주』, 김훈의 『칼의 노래』 등이 그러하다.

김별아의 『삭매와 자미』는 후한 헌제 때 둔황 출신인 삭매라는 장군과 그의 연인 자미와의 사랑 이야기로, 도도한 역사의 흐름 속에서 어떤 영웅도 자연의 순리를 거역할 수 없다는, 인간다운 사랑만이 구원이라는 주제를 형상화한다. 장군은 원대 복귀를 위해 낙양으로 떠나는 길 앞에 나타난 강을 건너야 하지만 물길이 거세 건널 수 없게 되자 물길을 가라앉히기 위해 자미를 제물로 바친다. 그러자 한때 누그러졌던 강이 느닷없이 홍수가 휘몰아치면서 아수라장이 되고 만다.

이인화의 『시인의 별-채련기 주석 일곱 개-』는 고려시대 한 무명 시인의 삶을 치밀한 상상력으로 만들어 낸 일곱 개의 삽화를 통해 헤어짐과 만남의 비극을 마치 옛 문헌에 주석을 달듯이 풀어나간 텍스트이다.

대상이 된 역사적인 소재를 작가의 상상력이라는 허구의 과정을 거쳐 질서 있게 재해석된 것을 두고 **소설적 리얼리티**가 살아 있다고 한다. 가상 인물의 삶의 배후에 역사, 정치, 사회적 맥락과 의미망 역시 존재한다.

역사 소설은 과거의 삶을 있음직하게 재구성하는 **역사적 개연성**뿐만 아니라 등장인물의 행위를 있음직하게 보이도록 하는 **심리적 개연성**도 지녀야 한다.

플롯이란 등장인물들의 행위의 집합이며, 그것의 예술성은 작중 주인공의 행위에 내재하는 위대한 심리적 동기(모티프)와 행위의 결과 때문에 야기되는 갈등에서 나온다. 역사 소설 속의 이야기는 단순히 지나간 과거의 이야기가 아니라 현재적 삶에 대한 딜레마이거나 보편적 삶에 대한 딜레마이다.

소설가에게 필요한 역사는 힘의 관계가 아니라, 피와 살이 살아 움직이는 일상의 삶의 이야기다. 소설가는 그 일상의 삶으로부터 보편적 존재의 삶의 의미를 찾아내야 한다. 소설 속에 존재하는 수많은 행위와 행위 사이에 어떤 필연성이 내재해 있으며, 또한 그 행위와 인물들의 상징적 의미는 무엇인가에 대해 생각해야만 한다.

텍스트 소설

『삭매와 자미』 김별아
『시인의 별』 이인화
『강산무진』 권보경
『지팡이 끝에 놓인 산』 김상렬
『남원 고사에 관한 세 개의 이야기와 한 개의 주석』 김연수
『공의 기원』 김희선

40

신화, 전설, 설화, 괴담

이야기하는 동물은 인간밖에 없다. 끊임없이 이야기를 지어내고, 듣고, 전수하는 능력만큼 인간을 인간이게 하는 능력도 없을 것이다. 신화, 전설, 설화는 이야기를 지어내려는 인간 욕망의 산물이며 서사 문학 초기 양식들 가운데 하나이다.

신화

신화myth라는 말의 어원인 그리스어 '뮈토스mythes'는 '이야기'를 뜻한다. 신화는 **상상력**에 의한 이야기 방식으로 세계를 이해한다. 즉 상상력으로 거기에 생명력을 불어 넣으라고 만들어 놓은 것으로 우주와 인간을 연결하는 신비로운 통로이다.

신들에 관한 이야기로서의 신화는 자연 현상 배후에 초자연적 조종 세력들을 설정하고 그 세력들에 갖가지 신의 이름을 갖다 붙임으로써 자연 세계를 이해 가능한 친숙한 공간으로 바꿔놓는다. 신화는 이야기를 인간화한다. 하지만 신화는 인간과 세계를 연결하는 방식이 상상력에 의존한다.

롤랑 바르트는 '신화는 그 판타지 배후에 고도의 논리적 ·

합리적 문법을 감추고 있는 **위장의 언어**이며, 현상 질서를 자연화하는 **탈정치적 언어들**'이라고 했다.

예술의 입장에서 보면 세계의 주요 종족, 부족, 민족치고 자체 신화를 갖지 않은 집단이 없지만, 오랜 세월에 걸쳐 지속적 예술 창조의 모태가 되고 있는가, 그렇지 않은가를 기준으로 따져 그리스 신화, 힌두 신화, 중앙아프리카 신화 등이 주요 신화 체계로 인정받고 있다.

궁극적으로 시, 소설, 영화 등 서사 문학의 현대적 양식들은 그 개개성에도 불구하고 여전히 신화 전통의 연속으로 앞으로도 그 연장일 것이다. 이렇듯 인간이 지닌 모든 장점과 단점을 아울러 지닌 인간 닮은 모습의 신들의 이야기는 인간의 삶의 규범과 인간 심리의 원형을 담은 보고이다.

지금 왜 신화 이야기를 들려주는가, 라는 물음에 현재적 해석을 하는 이유를 담아내야 한다. 플롯은 **액자형 구성**이 주를 이룬다.

이승우의 『미궁에 대한 추측』은 그리스 신화에 나오는 크노소스 궁전, 즉 신화와 역사가 중첩되는 공간을 모티프로 삼고 있다. 소설가이자 번역자인 '나'는 프랑스 작가 장 델뢱이 쓴 소설 〈미궁에 대한 추측〉을 번역하게 된 사연과 미궁인 크노소스 궁전을 지중해를 지배했던 미노스왕이 아이달로스에게 만들게 했고, 완성 후 소의 머리를 한 반인반수의 괴물 미노타우루스를 가둔다는 내용을 이야기한다. 그런데 신화 속에서만 존재하던 미궁은 1900년 영국의 고고학자 아서 에번스에 의해 발굴, 기원전 2000년에 만들어진 실재였음이 밝혀진다. '나'는 소설 〈미궁에 대한 추측〉의 내용을 한자리에 모인 법률가, 종교학자, 건축가, 연극배우에게 설명해주자 그들은 미궁에 대한 자신들의 생각을 이야기하고 토론한다.

법률가는 미궁은 죄수들을 사회로부터 격리시키기 위한 감옥이라고 추측한다. 종교학자는 미궁을 신적 숭배 대상인 미노타우루스를 모시는 신전으로 추측한다. 건축가는 미궁을 창의력이 분출하는 예술가 다이달로스의 마지막 걸작이라고 추측한다. 연극배우는 미궁을 파시파에와 다이달로스가 사랑을 나누기 위한 비밀 장소라고 추측한다. 화자는 장 델뤽의 상상력이 뛰어나다며 독자에게 상상의 기쁨을 누려보라며 필독을 권유한다.

작가는 **미궁**과 같은 이 세상을 단일한 진실로 환원하는 것은 불가능하며, 소설 혹은 상상력의 위대한 힘은 하나의 사실로부터 여러 가지의 이야기를 만들고 그것들이 나름대로의 진실성을 확보하도록 만드는 것이다, 라고 말한다.

전설

로망스와 유사한 **전설**은 입에서 입으로 전해져 내려오는 이야기로 전하는 사람의 의도에 따라, 다시 말해 전하는 사람의 상상력과 세계관에 의해 일정한 구조를 갖추고 재구성된다. 전설은 신화와 달리 인간에 관한 이야기로 초인적인 기적이 발생한다고 해도 그것은 예외적이고 역사적인 근거가 있다.

전설의 서술 양식은 처음에는 구체적인 시간과 공간을 제시하고, 중간(전개와 발전) 부분에서는 그 지역의 이야기 거리, 즉 자연, 역사, 인물, 문화 등의 특징을 서술하고 끝 부분에서는 제시된 것들에 대한 물증이 제시된다.

전설은 지리적 자연물이나 역사적 사건 등과 관련을 가지는 **향토 사상**이다. 따라서 그 지역을 특징짓는 자연물(나무, 바위, 지세) 또는 여러 유형의 인물이 이야기 대상이 된다. 따라서 지역적 유대감을 강화하고 향토애를 고취시키며 그 지역의 정서적 구심점 역할을 한다.

설화(민담)

로망스 모티프의 뒤집기로서의 **설화**는 지배 이데올로기(괴물)에게 패배당한 자의 이야기가 된다. 설화는 지배 이데올로기가 일방통행으로 횡행하는 사회, 즉 억압과 폭력의 산물이다. 폭력을 독점하는 **지배 이데올로기**는 그 사회의 근저를 이루고 있는 여러 형태의 억압과 폭력을 정당화, 성역화하거나 은폐한다. 그러기 위하여 지배 이데올로기는 또 다른 폭력을 동원하거나 말을 동원한다. 언론 조작이 그 사례이다. 지배 이데올로기에 의해 동원된 말은 그 폭력의 희생자들로 하여금 자신이 폭력의 체계 안에 속해 있다는 착각을 갖게 한다(자발적 예속 심리). 이렇듯 말과 폭력 사이의 이 **식별 불가능성**이야말로 지배이데올로기의 현실적 힘이 된다.

설화는 지배 이데올로기가 동원한 폭력과 거기에 영합하는 말에 의하여 현실로부터 쫓겨난 또 다른 말들, 말하자면 **패배자들**의 말을 모아 놓은 것이다. 패배해서 쫓겨난 말들이 뿔뿔이 흩어져 없어지지 않고, 일정한 질서와 환상 아래 다시 모여 '이야기'를 이루는 것은 그 말들이 현실과의 관계에서는 패배했지만, 말 그 자체로서는 사라질 날이 멀었으며 오히려 지배 이데올로기를 밀쳐내버릴 **복수와 반격의** 응전력을 집결시키는 역할을 한다.

설화 속의 인간은 폭력에 의해 참혹하게 희생당한 인간들이다. 억울하게 짓밟히고 모욕당하거나 살해당한 인간들 또는 폭력에 의해 성적으로 짓밟힌 여자들은 죽어서 '민중의 신'이 된다. 따라서 설화에 드러나는 신통력의 크기는 '민중의 신'이 인간으로 살아서 겪는 고통과 수모와 억울함의 크기에 비례한다.

설화는 지배 이데올로기의 폭력 앞에서 패배할 수밖에 없는 인간이 진 자로서의 싸움을 싸워나가기 위한 응전 방식으로 그 무기는 오직 말이다. 설화는 무책임한 것이지만 오히려 그 무책임함에 힘입어 응전력을 더욱 키울 수 있다.

설화는 닫힌 사회를 열 수 없지만 그 사회가 견딜 수 없이 부조리한 사회이며 인간이 살 만한 세상이 아니라는 것을 끊임없이 환기시킨다. 설화는 그 상상력 속에서 지배 이데올로기의 몰락과 새로운 세상에 대한 간절한 그리움을 은연중에 내비친다.

지배 이데올로기가 억압을 성역화하듯 '민중의 신'은 억울함과 모욕을 성역화함으로써 지배 이데올로기에 맞서는 힘을 만들어낸다. 이와 같은 상호 폐쇄의 역사적 구도를 설화는 웅변적으로 보여준다.

우리나라의 수많은 설화 중에서도 **제주 설화**는 그 복수와 반격의 구도를 가장 선명하게 드러낸다. 제주 설화의 그와 같은 구조는 그 섬이 운명적으로 타고난 적대적인 자연 환경과 그리고 그 섬에서 살아온 사람들이 당한 수탈과 억압과 폭력의 역사와 관련이 있다.

현길언의 『김령사굴 본풀이』는 제주 설화를 알레고리 기법으로 형상화한 텍스트이다. 이야기는 판관이 괴물의 흉험에 의해 죽고 마는 사건으로 시작된다. 그러자 김령마을 큰할머니의 본향당 신이 모셔진 굴 앞에서 굿을 벌인다. 굿을 목격한 신임 판관은 주민들을 사로잡은 무당으로부터 그들을 구해내려고 조사를 벌이는 데, 조사 결과 모든 재앙은 뱀으로 둔갑한 심술궂은 요귀인 김령마을 큰할머니로부터 나온다는 것이 밝혀진다. 판관의 명령에 의해 김령마을 본향당 애인 심방이 오랏줄에 묶여 끌려나온다. 판관은 심방에게 요귀를 불러내라고 명하고 요귀가 나타나면 자신이 퇴치하겠다고 말한다. 요귀는 나타나지 않고 심방은 다시 오랏줄에 묶인다. 그 후 판관이 김령마을 요귀인 뱀신을 퇴치했다는 소문이 온 섬에 퍼진다. 그로부터 1년 후 판관이 노루사냥을 나갔다가 낙상하여 시름시름 앓던 끝에 죽고 만다. 판관의 죽음 뒤에 본향당 큰할머니가 복수의 기회를 노리다가 떨어뜨렸다, 라는 소문이 나돈다.

괴담(유언비어)

괴담이란 괴상야릇한 이야기로 진실이 아닌 이야기를 말한다. 진실과 다른 허위 사실을 유포함으로써 사람들의 불안을 가중시켜 사회 혼란을 초래하는 것을 목적으로 한다.

토머스 홉스Thomas Hobbes(1588~1679)는 '국가'를 성서에 나오는 괴물 '리바이어던leviathan'에 비유했다. 국가가 괴물이 된다 하더라도 거리의 무뢰한보다 낫다고 믿었기에 그는 국가를 필요악이라고 했다. 그러나 **사회계약론자**들은 국가가 괴물로 변하면 이를 거부할 수 있는 권리를 국민이 가져야 한다고 주장했다(민주주의의 가장 중요한 원칙).

미국의 정치 사회학자 찰스 틸리Charles Tilly(1929~2008)는 국가는 조직 폭력배와 유사하다고 규정했다. 폭력의 합법적 독점에 기초한 국가가 불법적 방법으로 권력을 찬탈하는 것은 물론이고, 합법적으로 집권해도 공공성을 상실한다면 조폭들과 조금도 다를 것이 없다고 했다.

국민의 생명과 안녕을 지켜내는 것이 절대적 의무임에도 오늘날 우리 국민은 그러한 국가를 가지지 못했다. 조폭과 똑같은 모습의 군사독재 시절과는 다르다 하더라도 지금의 국가는 국민의 죽음을 방치하면서도 도리어 국민을 향해 분노하는 괴물이 되었다.

국민의 권리를 짓밟은 난폭한 괴물과 수십 년을 씨름해온 우리는 이제 정권의 안위만 생각하는 괴물에게 목숨을 맡겨야 하는 기막힌 현실과 마주하고 있다.

국가는 국민을 질타하라고 존재하는 것이 아니라 책임지고 섬기라고 존재하는 것이다.

유언비어는 틀린 사실을 담고 있더라도 공식적 기록이 알려주지 않는 당대의 분위기와 사람들의 감정을 전해준다. 유언비어는 '불안'과 '공포'를 먹고 자란다. 정보가 통제되고 왜곡된 상황에서 더 큰 위력을 떨친다. 정보가 **사적 유통**에 의존되기 때문이다.

사회가 투명하면 유언비어는 자정 작용을 통해 진정된다. 유언비어가 일시적으로 불안과 혼란을 부를 수 있지만 '표현의 자유'와 '알 권리'가 충족되면 자정 작용을 통해 극복된다.

 텍스트 소설

『김령사굴 본풀이』 현길언
『미궁에 대한 추측』 이승우

41

유토피아와 헤테로토피아

유토피아 사상은 전근대 체제인 (종교, 정치, 경제, 문화, 법, 가문 등 피라미드식 서열 구조가 자리 잡은)봉건사회 구조를 허물기 위한 두 조류에 비롯된 것으로 그 하나가 르네상스 이후 번진 이상 도시의 꿈이다.

유토피아는 16세기 영국의 정치가 토마스 모어Thomas More (1478~1535)의 『유토피아』(1516년 발표)에서 처음 쓰였다. 본 뜻은 '아무데도 없는 장소'이다. 이후 이 용어는 현실과 동 떨어진 '이상향'으로 널리 쓰이게 되었다.

모어 이전에 플라톤의 『국가』, 아우구스티누스의 『신국』도 유토피아를 다루고 있다. 기독교의 천국, 그대 그리스의 아르카디아, 불교의 극락(서방정토) 등도 비슷한 뜻으로 쓰였다.

'이상향'은 흔히 사유재산이 없고, 위험한 일도 없으며, 모든 사람이 행복한 생활을 할 수 있는 장소를 나타낼 때 쓰이는 용어가 됐다. 우리나라 설화의 청학동, 홍길동전의 율도국, 중국 도연명의 무릉도원 등도 유토피아로 대치될 수 있다.

프란시스 베이컨의 『뉴 어트란티스』 톰마소 캄파넬라의 『태양의 도시』, H.G. 웰스의 『모던 유토피아』, A.L. 헉슬리의 『멋진 신세계』, 조지 오웰의 『1984』가 이 계열에 속한다.

한국 현대 문학으로는 이청준의 『이어도』, 정한숙의 『IYEU도』도 그러하다.

또 다른 하나는 자연권 사상에 근거한 근대적 **사회계약론**, 즉 기본권을 가진 개인들이 각자 자기 삶의 자율성과 권리를 지키기 위해 서로 합의하에 국가 공동체를 구성하자는 사조이다(코뮌).

실현될 수 없는 '유토피아'의 개념을 한시적 개념인 **헤테로토피아**Heterotopia로 대치한 철학자가 미셸 푸코Paul Michel Foucault(1926~1984)이다. 헤테로토피아는 고정되지 않은 이질적인 요소가 공존하는 실현 가능한 공간을 말한다. 가장 대표적인 장소의 예로는 아이들이 부모 몰래 숨고 싶어 하는 이층 다락방 같은 공간이다. 묵상과 구원의 공간으로서의 사찰과 성당, 일상으로부터 벗어난 놀이공원, 신혼 여행지, 공연장, 전시장, 박물관, 노래방 등은 우리의 삶에 활력을 불어넣어 주는 시설인데, 공통되는 특징은 그 속에서의 활동이 늘 일시적이라는 것이다.

현실에서 유토피아를 꿈꾸는 공간으로 정치권력과 자본 권력이 야합해 만들어낸 것이 바로 우리나라의 '**아파트 단지**'이다. 울타리를 치고 주변 관계를 단절한 채 자신들만을 위한 시설을 갖춰 자신들만의 공동체를 염원한다. 외래어로 단지의 명칭을 붙이고 불과 몇 개의 출입구로 출입을 통제하는 이 공간은 도시 속의 섬으로 헤테로토피아의 한 상징이기도 하다.

지그문트 바우만Zygmunt Bauman(1925~2017, 폴란드 태생의 영국 사회학자)은 실패한 낙원의 귀환인 레트로토피아(retro와 유토피아의 합성어로 과거로의 회귀를 뜻함)를 제시한다. 즉, 유토피아는 사라지고 과거의 향수를 기억하며 과거로 회귀하고 있는 현재를 바라보는 것이다. 과거에 대한 향수는 ①폭력으로의 회귀 ②부족으로의 회귀 ③불평등으로의 회귀 ④자궁으로의 회귀(자신만의 공간)로 이어진다. 나아가서 그는 현실 개선형 유토피아인 판토피아Pantopia를 제시하기도 한다. 그 외에도 미국 과학 저널리스트인 마이클 서머가 제시한 프로토피아(progress+utopia)가 있다. 프로토피아는 측정할 수 있는, 꾸준한 진보가 일어나는 현실의 장소를 말한다.

최인석의 『새, 떨어지다』는 도시로 나가 그곳에서 좌절한 인물이 다시 귀향하지만 고향에서도 좌절하고 마는 이야기를 과장법을 동원한 문체로 형상화한다.

아기장수 같이 괴력을 지닌 한용태는 유토피아에 대한 꿈을 버리지 못하는 도저한 집념의 사나이로, 그가 자그마한 귀와 깜찍한 몸매의 새 같은 여자인 심형숙을 데리고 고향인 은지로 내려와 이모인 남원댁에 기숙한다. 한용태가 하찮은 일로 경찰에 끌려가자 심형숙은 그가 풀려날 때까지 기다리면서 유토피아를 찾기 위한 또 다른 시도로 '호주(조상들이 사형

수였던 나라)'로의 이민을 꿈꾼다. 하지만 경찰에서 풀려난 한
용태는 고향 친구 영식이 자신의 여자에게 집적거렸다는 사
실을 또 다른 친구인 상수를 통해 알게 된다. 이에 분노한 한
용태는 영식을 살해하고 여자마저 죽이고 도망친다. 결국은
십자산 숲속에서 경찰에게 발견되어 온몸에 피 칠갑이 된 채
붙잡힌 한용태는 남원댁에게 "이모, 나는 호주로 갑니다! 먼
저 갑니다! 형숙이 따라 갑니다! 이모도 어서 따라와요!"라고
외친다. 이 텍스트는 유토피아에 대한 인간의 본능적 욕구와
좌절을 형상화해 이 세계가 다름 아닌 **디스토피아** 임을 우의적
으로 드러낸다.

　헤테로토피아인 다락방을 모티프로 한 텍스트로는 이승우
의 『나는 오래 살 것이다』가 있다.

텍스트 소설

『내 영혼의 우물』 최인석
『새, 떨어지다』 최인석
『나는 오래 살 것이다』 이승우
『아내들의 학교』 박민정
『풍경소리』 구효서

42

예술가(장인)의 삶

예술가란 예술과 현실, 참여와 소외라는 화해할 수 없는 부조화의 소용돌이 속에서 미의 창조라는 변증법적 조화의 세계를 꿈꾸는 자들이다. 예술가 소설은 일종의 탐색담으로 삶의 자질구레한 사건이나 사회적 현상보다는 예술적 삶을 결정하는 사건과 관련하여 '자아 발전'을 다룬다. 이때 자아의 발전은 예술가 안에 내재해 있는 두 자아, 즉 개인적 가치를 지향하는 예술적(허구적 상상적) 자아와 사회적 가치를 지향하는 현실적(외적, 관습적) 자아 사이의 아이러니에 의해 제시된다.

따라서 예술가 소설의 대용은 예술의 완성이라는 전방위적 이상을 향해 예술가가 어떻게 고통받고 또 고통스런 현실과 어떻게 싸워나가는지를 형상화한다.

예술가 소설의 패턴은 예술가의 통과의례로서의 3단계 삶, 즉 '분리, 고립, 성패'라는 구조를 지닌다. 분리는 젊은 날의 스승과의 결별이고, 고립은 과도기(홀로 서기)로 세인으로부터 고립된 채 사랑, 우정, 위기, 실패 등을 겪는 과정이고, 성패는 좌절 또는 완성이 판가름 나는 단계이다. 또 다른 패턴으로는 '버리기, 창조적 방황의 시기, 새로운 시작'으로도 형상화할 수 있다.

이문열의 『금시조』는 파란만장한 삶을 살아온 서예가가 병석에서 자신의 지나온 3단계의 삶, 즉 스승과의 갈등과 결별, 사랑, 교우, 방탕한 삶 등을 회고하면서 자신의 작품을 도로 사모아 불에 태워버리는 행위를 형상화한 텍스트로 예술가적 삶의 한 전형을 보여준다.

예술가는 성패를 대하는 자세에서 두 부류로 나뉠 수 있다.

① 객관적, 사실적 예술가

   예술가는 당대 사회로부터 밀려난 자들이기 때문에 그 사회의 모순을 묘사할 수 있는 형식이나 표현의 스타일에 있어서 자유로운 위치에 있기 때문에 현실의 바탕 위에서 자신이 옳다고 믿는 방향으로 예술 세계를 변형시켜 새롭게 구축하려는 자들

② 낭만적 예술가

   현실에서 충족 가능성이 없음으로 현실의 생활과는 거리가 먼 꿈(환상)의 세계로 도피하여 나름대로의 세계를 구축하는, 말하자면 잃어버린 유토피아를 꿈꾸는 자들

테어도어 아드르노Theodor W. Adorno(1903~1969)와 에드워드 사이드Edward said(1935~2003)는 예술가의 말년의 양식은 조화와 화해, 성숙, 평온함 등 안주가 아니라 역경, 파국의 말년이어야 한다고 강조했다. 자신의 매체를 능숙하게 따를 줄 아는

예술가가 이제까지 해온 기존의 사회 질서와 교감하기를 과감히 포기하고, 모순적이고 소외된 관계를 맺는 순간이기 때문이다. 예컨대 베토벤의 말년의 작품은 또 다른 세계로의 진입이었다. 마지막 다섯 개의 피아노 소나타(28번~32번), 제9번 교향곡, 장엄미사, 6곡의 현악 4중주, 17곡의 피아노용 바가텔 등이 그러하다.

예술가는 예술적 자질을 부여받는 대신 **상처** 또한 주어진다는 **은유성**을 지니기도 한다. 이러한 은유성을 보여주는 텍스트로는 유년기 팽나무를 타다 떨어져 무릎관절 불구가 된 화가 이야기를 다룬 이청준의 『날개의 집』, 남편의 상처를 자신의 상처로 치환시킨 삽화가인 아내의 이야기를 다룬 한강의 『아기 부처』를 들 수 있다.

예술가들의 정신적 실존은 **자유로운 상상력**이다. 그것을 위해서는 생활에 대한 뒷받침이 필수다. '작품'을 '상품'으로만 취급하는 자본의 입맛만 고려하여 자유에 기반한 진정한 예술은 알게 모르게 은폐하고 배제시킨다. 예술가들에게는 자유 못지않게 생활의 뒷받침이 필요하다. 예술가들은 일종의 사회적 공익 활동을 하는 자들이다(유네스코 규정). 예술가가 없는 사회를 상상해보라. 생텍쥐페리Saint Exupery (1900~1944)의 어린 왕자는 "사막이 아름다운 건 어디엔가 우물이 숨어 있어서 그래"라고 했다.

예술가들의 작업은 눈에 보이지 않지만 사회적 풍요를 만들어주는 숨어 있는 우물이다. 가난한 예술가들을 위한 '기본

소득'도 그래서 고려되어져야 한다.

시인 백석을 모델로 해서 쓰인 김연수의 단편소설 『그 밤과 마음』 그리고 『낯빛 검스룩한 조선 시인』은 1950년대 말 사회주의 국가에서의 시인의 위상이 어떠한지를 보여주는 텍스트로 눈여겨 볼 필요가 있다.

 텍스트 소설

『유자 약전』 이제하
『금당벽화』 정한숙
『금시조』 이문열
『시간의 문』 이청준
『날개의 집』 이청준
『죽어가는 시인』 김원우
『그리고 아무말도 하지 않았다』 김영현
『베니스에서 죽다』 정찬
『슬픔의 노래』 정찬
『숨겨진 존재』 정찬
『아기부처』 한강
『노랑무늬 영원』 한강
『몽고반점』 한강
『미루의 초상화』 최제훈
『파종하는 밤』 조해진
『인구가 나다』 김연수
『그 밤과 마음』 김연수
『낯빛 검스룩한 조선 시인』 김연수

43

소멸 – 결별의 결정적 양식으로서의 죽음

죽음

'카르페 디엠Carpe diem'과 대비되는 '메멘토 모리Memento mori(죽음을 기억하라, 고대 로마시인 호라티우스)', 이 말처럼 인간은 죽음으로부터 자유롭지 못하다. 의술이 아무리 발달해도 영생은 불가능하다.

죽음이 문학의 가장 진지한 주제이면서 비극적인 것은 **결별의 결정적 양식**이기 때문이다. 인간이 죽음을 두려워하는 것은 죽음 자체가 고통스러워서가 아니라 죽음을 예상, 인식하는 것이 고통스러워서이다. 일상성의 세계로서의 죽음은 차별성이나 개별성이 무화되는 세계이다.

인간이 덮쳐오는 죽음에 대응하는 당사자의 심리적 추이를 스위스 출신 심리학자 E. 퀴블러로스Elisabeth Kübler-Ross(1926~2004)는 『죽음과 죽어감』에서 5단계로 설명했다. 1단계는 **부정**으로 '난 아니야, 그럴 리가 없어', 2단계는 **분노**로 '왜 나야', 3단계는 **협상**으로 '살려만 준다면 보다 나은 인간이 되겠다', 4단계는 **체념**으로 '그렇구나, 할 수 없지', 5단계는 수용으로 '마음의 평화와 주변에 대한 관심 잃기'이다.

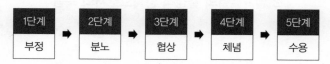

1단계		2단계		3단계		4단계		5단계
부정	▶	분노	▶	협상	▶	체념	▶	수용

퀴블러로스의 죽음에 대응하는 당사자의 심리적 추이

우리는 다른 사람에게서 죽음을 목격하고 산 자의 관점에서 그 죽음을 바라본다. 우리는 3인칭의 죽음에서는 죽음을 실감하지 못한다. 사람이 죽는다는 3인칭의 개념적인 죽음이 아니라 내가 2인칭이라고 말하던 사람의 죽음에서 나도 죽을 것이라는 사실을 실감한다. 우리는 2인칭의 죽음을 대할 때, 어떻게 너를 떠나보낼 수 있을지, 아니 이 갑작스런 죽음을 감당하고 또 어떻게 살아갈 수 있을지 혼란에 휩싸인다. 따라서 죽음의 진정한 의미는 언젠가 죽을 수밖에 없는 자신의 삶에 대해 소중한 의미를 부여할 때 드러난다.

문학은 죽음을 통해서 죽음을 기억함으로써 인생을 이야기한다. 죽음을 맞이하는 인간의 자세를 다룬 박범신의 『감자꽃 필 때』는 용인의 한 농촌을 배경으로 육이오의 비극을 가슴에 지니고 있는 벙어리 농부(79세)의 죽음에 순응하는 자연사와 그와는 반대로 죽음 직전까지도 삶에 집착하는 대처승(77세)의 행태를 시니컬하게 대비시켜 형상화한 텍스트이다.

자유 의지의 극(단)적 표현으로서의 자살

인간의 가장 강력한 욕망인 '자기 보존 본능'마저 거스르게 하는 스스로 다가가는 죽음인 자살 욕구는 자신이 짐이 된다는 느낌, 소속감 단절에서 비롯되는 경우가 많다.

인간은 집단 속에서 상호 작용하면서 스스로 유일한 존재임을 확인받고 싶어 하는데, 그것이 좌절돼 쓸모없는 존재라고 느끼게 될 때, 혹은 사랑하는 사람들을 위협하는 존재라고 느끼게 될 때 자살 충동을 느낀다. 자살하는 순간조차 누군가와 함께 있고 싶은 욕구가 강렬하다고 한다. 종종 처음이자 마지막으로 만난 사람과 함께 자살한 사건이 이를 말해준다.

그러나 현대 사회에서는 타율적인 생계형 자살이 늘고 있다. 이러한 현실에 어떻게 대응할 것인가(공동체가 떠안아야 할 몫이다). 『자살론』(1897))을 쓴 프랑스 사회학자 에밀 뒤르켐 David Emile Durkheim(1858~1917)은 모든 자살은 억압으로 인한 사회적 타살임을 강조했다.

박민규의 『아침의 문』은 인터넷 자살 사이트에서 만난 여섯 명이 자살을 시도하지만 '나'만 살아남는다. 한편 아이를 임신한 여자는 남자 친구에게 학대당하면서 편의점에서 일을 한다. 여자가 일하는 편의점에 들렀다 집으로 돌아온 나는 다시 자살하기 위해 올가미를 만들어 머리를 들이민다. 편의점 근무를 마치고 나오면서 산통을 느낀 여자는 한 건물 옥상으로 올라가 아이를 낳고는 유기한 채 그 자리를 떠나버린다. 그 상황을 올가미 속에서 목격한 '나'는 그 건물 옥상으로 올라가

시멘트 바닥에 버려진 영아를 끌어안는다. 죽음을 결행하려는 자와 축복받지 못한 생명이 서로의 문을 열고 대면하는 장면은 생명의 존귀함을 극적으로 보여주는 예라고 할 수 있겠다.

고독사

한국은 이미 다섯 시간마다 한 사람씩 아무도 모르게 죽는 '고독사 사회'에 들어선 지 오래다. 고독사, 무연사 시신은 신고를 받고 출동한 경찰, 구조대나 또는 열쇠 수리공에게 발견된다. 그리곤 경찰 감식반의 조사를 거쳐 병원 영안실로 옮겨진다. 연고자의 의뢰가 있다면 유품 처리 전문업체가 고인의 물건 정리와 집안 소독을 한다. 무연고라면 정부의 '무연고 시체 처리 규정'에 의해 장례 전문업체가 장례 없이 직장하고 유골은 10년간 보관 뒤 집단 매장한다.

존엄사―준비하는 죽음

가망 없는 생명 연장 시술은 환자와 보호자 모두를 피폐시킬 뿐이다. 중환자실에서 의식 불명 상태로 인간의 존엄성을 잃어가며 죽어가지 않기 위한 대처법으로서 자신을 위한 **사전의료 의향서**가 있다(웰다잉). 남은 삶에서 얻을 수 있는 행복의 총량이 죽음보다 못한 지점에 이르면 사전 의료 의향서에 의한 죽음의 선택도 검토해봄직하다. 삶의 마무리는 지나온 인생 못지않게 중요하기에 병원에서 불필요한 **연명 치료**로 고통받느니 자택에서 임종하는 이른 바 **평온사**를 선택하는 경우도 늘어나는 추세다.

웰다잉을 위해서는 편안한 마음 상태, 부담 주지 않기, 소중한 사람과 함께 시간 보내기, 주변 정리 마무리하기 등을 마음에 새겨두어야 한다.

2016년 1월 무의미한 연명 치료 중단을 허용하는 '호스피스 완화 의료 및 임종 과정에 있는 환자의 연명 의료 결정에 관한 법률'이 통과됐다. 단 시행령은 아직 마련되지 않았다. 여기서 말하는 '임종 과정'이란 회생 가능성이 없고, 치료에도 불구하고 회복되지 않으며, 급속도로 증상이 악화되어 사망이 임박한 상태에 있다고 의학적 판단을 받을 경우를 말한다. 그 판단 기준은 담당 의사와 해당 분야 전문의 1인이 판단한다.

김경욱의 『천국의 문』은 아버지의 죽음을 은밀히 바라는 바람에 죄의식에 시달리게 되는 딸의 내적 갈등을 다룬다. 부모가 이혼할 때 아버지가 가엾어서 아버지를 선택한 딸은 자신의 인생을 망친 아버지를 원망한다. 딸에게 아버지는 평생 지고가야 할 숙명적인 짐이었고 짊어져야 할 멍에였으며 빛을 가리는 어둠의 표상이었다. 딸은 죽어가는 아비보다 병원에서 만난 남자 간호사에게 더 이끌리고 있다. 아버지가 오늘밤을 못 넘길 것 같다는 전화를 받았을 때 남자 간호사를 만날 수 있다는 기대감에 화장부터 고친다. 아버지의 칼부림에서 딸을 구해준 남자 간호사는 그녀에게 죽음이라는 것은 마치 천국의 문을 여는 것과 같다고, 그러니 아버지의 죽음을 두려워하지 말라고 위로해준다. 그리고는 결국 그녀의 미래를 위해 아버지의 죽음을 앞당겨준다. 어두운 과거의 짐이 스스로 사라져 주지 않을 때 우리는 인위적인 방법으로 문제를 해결하려 한다. 그 과정에서 폭력과 상처가 생기게 마련이다. 결말에서 딸은 "아빠, 아빠, 이 개자식, 나는 다 끝났어"(실비아 플라스의 시 〈아빠〉를 패러디)라고 외치면서 끝난다.

텍스트 소설

『별사』 오정희
『타인의 얼굴』 한수산
『우물을 들여다보다』 신경숙
『감자꽃 필 때』 박범신
『화장』 김훈
『시취』 배수아
『야상록』 전경린
『그 여름의 수사』 하성란
『아침의 문』 박민규
『누런 강 배 한 척』 박민규
『낮잠』 박민규
『간과 쓸개』 김숨
『우리가 순금 씨를 기억하는 방법』 안광근
『천국의 문』 김경욱
『봄날의 산책』 이정연

6

소설의

위상과 미래

01

소설가란

소설가의 운명은 '세헤라자데scheherazade'로 은유된다. 소설가는 현실과 소설이라는 화해할 수 없는 부조화의 소용돌이 속에서 창작이라는 변증법적 조화의 세계를 꿈꾸는 자들이다. 소설가는 현실에서 패배한 자, 신으로부터 버림받은 자이기도 하다. 즉 당대 사회로부터 소외당한 자로 그 때문에 당대 사회의 모순을 묘사할 수 있는 자유로운 위치에 서 있기도 하다. 현실 질서와의 싸움에서 패배한 자가 그 패배의 상처로부터 벗어나기 위해 다시 자신을 패배시킨 현실을 자기의 이념의 질서로 바꿔나가는 강한 복수심에서 비롯된다.

유년기에 누구나 한 번쯤은 버려진 아이 또는 사생아라는 망상에 시달린 경험을 갖고 있다. 마르트 로베르Marthe Robert(1914~1996)의 『소설의 기원, 기원의 소설』에 의하면 소설가는 버려진 아이(업둥이) 아니면 사생아적 성향을 가진 자들이라고 한다. 버려진 아이와 사생아의 성장 이야기가 소설의 기원이 된다는 것이다.

마르쿠제Herbert Marcuse(1898~1979)는 소설가를 낭만적 소설

가와 객관적 · 사실적 소설가로 분류한다. 낭만적 소설가는 부모 양쪽을 부정하는 업둥이로 현실을 받아들이지 않고 현실과는 거리가 먼 환상(꿈)의 세계로 도피하여 나름대로의 세계를, 즉 잃어버린 유토피아를 꿈꾸는 자들이다. 객관적 · 사실적 소설가는 아비를 부정하고 어미만 인정하는 사생아로 현실을 수락하고 그것을 바탕으로 자신이 원하는 질서로 바꾸고자 하는 자들이다.

 텍스트 소설

『회칼』 김만옥
『지상의 방 한 칸』 박영한
『수선화를 꺾다』 하창수
『깡통따개가 없는 마을』 구효서
『그림자를 판 사나이』 김영하
『한정희와 나』 이기호

02

물화된 세계에서의 소설의 위상은

헤겔Hegel, Georg Wilhelm Friedrich(1770~1831)은 현대 소설을 부르주아 사회가 만들어낸 서사 양식이라고 했다.

뤼시앵 골드만Lucien Goldmann(1913~1970)은 『소설 사회학을 위하여』에서 물화된 세계에서의 소설의 위상에 대해 설명한 바 있다. 소설가는 우리의 삶을 억압하는 자본주의적 상품화에 대해 어떻게 대응(물화된 세계에 맞서는 서사 전략)할 것인가.

이론적인 출발점이 된 두 권의 텍스트는 루카치의 『소설의 이론』과 지라르의 『낭만적 거짓과 소설적 진실』이다. 루카치György Lukács(1885~1971)는 문제적 개인이 자기 자신을 찾아가는 여정(편력)을 다루는데, 주인공의 이상과 그가 살고 있는 현실 사이에 단절(단층)이 있기 때문에 주인공은 그 단절을 극복하고자 한다. 부르주아의 서사 양식인 소설이 근대 자본주의를 설명한다고 생각한 루카치는 소설은 단순한 문학 장르가 아니라 세계를 총체적으로 설명하는 도구인 셈이라고 했다. 지라르는 주인공의 모든 욕망은 중개자에 의해 암시된 가짜 욕망으로 삼각형의 구조를 지니고 있다고 했다(욕망의 삼각형

이론).

골드만은 루카치와 지라르를 토대로 자본주의의 시장 경제 체제와 소설 사이에서 구조적 동질성을 발견하고 이론화하여 **소설 사회학**을 정립하였다.

시장 경제 체제에서는 사람들이 진정한 가치인 **사용 가치**를 추구하는 것이 아니라 **노동의 상품화**를 통해 **교환 가치**를 추구함으로써 가짜 가치의 지배를 받는다는 것이다. 이것은 소설의 주인공이 자연 발생적인 욕망의 지배를 받는 것이 아니라 중개자에 의해 암시된 욕망을 품는 것과 동일한 구조이다. 소설가가 처음에는 **진정한 가치**를 추구하여 소설을 쓰지만 그것이 시장에서 **교환 가치**에 따라 평가됨으로써 교환 가치를 추구하는 결과를 가져오는 것과 동일한 구조이다.

소설의 구조와 시장 경제 체제에서의 교환 구조와의 상동 관계에 주목한 골드만은 소설이야말로 자본주의 구조와 모순을 밝혀낼 수 있다고 강조했다. 그래서 골드만은 소설이란 타락한 사회에서 타락한 방법으로 진정한 가치를 추구하는 문학 장르라고 주장한다.

 텍스트 소설

『날으는 달』 하창수
『책과 함께 자다』 이승우
『너의 의미』 김영하
『옥수수와 나』 김영하

03

풍크툼이란

롤랑 바르트는 『카메라 루시다』에서 사진의 두 요소인 **스투디움**studium과 **풍쿠툼**punctom에 대해 설명한 바 있다. 바르트가 『카메라 루시다』를 쓰게 된 계기는 어머니의 죽음에 충격을 받아 그 유품, 특히 사진을 정리하면서 스스로 애도하기 위해서였다. 그는 어머니의 본질을 찾아가면서 독자적인 사진론을 전개하는 과정을 담아냈다.

'**충격적인 사진**'은 그 자체로 다 읽을 수 있기 때문에 아무런 충격도 주지 않는다고 하면서 스투디움과 풍쿠툼이라는 개념을 사진 해석에 끌어들였다. 스투디움이란 우리의 지식과 교양에 따라 쉽게 알아볼 수 있는 영역으로, 양식화될 수 있고 전형적일 수 있는 부분이다. 이때 독자가 느끼는 감정은 거의 길들이기에 가까운 **평균 감정 상태**에 속하는 것에 불과하므로 바르트는 그런 사진에는 관심이 없다고 잘라 말한다.

어머니의 사진들 중 바르트가 기억하고 있는 어머니의 얼굴을 담은 사진들은 '어머니를 알아볼 수 있기 때문에' 바르트를 만족시키지 못했다. 어머니를 알아볼 수 있는 사진은 어머니의 어느 일부만 보여줄 뿐 어머니의 본질이 아니기 때문이다. 따라서 희귀한 사진, 순간 포착, 빠른 셔터 속도의 사진, 이중 인화 같은 기법에 의존한 사진은 바르트를 설복시키지 못했다.

반면 풍크툼은 그 어원상으로 상처, 찌름, 상흔 등의 의미를 지니는데 스투디움을 깨뜨리기 위해 마치 화살처럼 독자를 찌르는 어떤 것이라고 말했다. 바르트가 최종적으로 관심을 가진 사진은 어머니의 다섯 살 때 사진이다. 이 온실 사진의 소녀는(바르트가 태어나기 전의 어머니) 바르트가 알아볼 수 없었다. 그래서 바르트는 '어머니는 나를 위해 최초의 모습이었던 본질적인 아이와 결합되면서 나의 소녀가 되었다'고 반기며 그 사진 앞에서 흐느낀다.

사진의 여러 속성 중 '그것은 거기 있었음'이 핵심이다. 그래서 바르트는 소위 예술 사진이 아닌 사진이 더 예술적이라고 하였다. 바르트는 이 두 가지를 양식화될 수 있고 전형적인 정보로 되돌려질 수 있는 문학적 흥미의 영역인 스투디움과 이 영역을 가로지르는 어떤 예기치 못한 얼룩말 같은 줄무늬를 풍쿠툼이라고 달리 표현했다.

예컨대 어느 잘 생긴 암살 미수범 청년의 모습을 담은 사진인 알렉산더 가드너가 찍은 〈루이스의 페인의 초상〉에서 사진을 보는 즉시 환기되는 청년의 아름다움이 이 사진의 스투디움이라면, 그의 죽음이 곧 실현될 것이고, 또 실제로 실현되었다는 사실이 풍쿠툼이다. 한 장의 사진이 보는 이의 마음을 사로잡고 그 앞에서 오래 머뭇거리게 만드는 이유는 바로 이 풍크툼 때문이다.

안드레 케르테스André Kertész(1894~1985, 헝가리 출신의 사진작가)가 찍은 '바이올리니스트의 선율' 사진을 예로 들며, 바르트가 사진에서 관심을 끈 것은 바이올리니스트가 아니라 배경으로 찍힌 흙길이었다. "어떻게 케르테스가 그곳을 지나가는 바이올리니스트를 분리할 수 있겠는가? 사진가의 투시력은 '보는 것'에서 생긴 것이 아니라 그곳에 있었기 때문에 생긴 것이다. 무엇보다도 특히 사진가는 (오르페우스를 모방하면서)사진가가 이끌고 있는 것, 나에게 제시되는 것을 보기 위해 뒤돌아서서는 안 되는 것이다"라고 마무리한다.

사진가들이 보고 의도하고 찍었던 내용과는 전혀 뜬금없는, 다시 말해 찍다보니 우연히 따라온 지엽적인 것에 바르트는 주관적으로 관심을 보였다.

성민선의 『마지막 식사』는 사형수에게 주어지는 관례화된 마지막 식사 장면의 군더더기 없는 묘사를 통해 품어져 나오는 소설적 풍크툼이 매우 강렬하다. 일종의 소설적 풍크툼이 사형제도에 대해 한마디도 언급하지 않으면서도 암암리에 촉구한다.

수전 손택Susan Sontag(1933~2004, 소설가, 문예비평가), 마사 로슬러Martha Rosler(문화비평가), 롤랑 바르트를 비롯한 포스트모던 비평가들은 차마 눈뜨고 보기 힘든 타인의 고통을 여과 없이 사진에 담고 그걸 보는 행위는 희생자를 모독하고 관음증을 부추기며 자극에 지쳐 참상에 둔감하게 만드는 '재난 포르노그래피'에 불과하다고 비난한다.

그들이 무력 분쟁과 학살, 정치 폭력, 빈곤, 재난 등 끔찍한 인간성 파괴나 비참한 상황을 기록한 사진을 혐오한 이유는 다음과 같다.

① 이런 사진은 자본주의에 저항하지 않는 것처럼 보이는 원리가 자리 함. 사진은 특별히 위험한 이데올로기적 도구로 지배 계급 체제에 대한 비판적 사고를 방해한다고 여김
② 다큐멘터리는 공포 영화와 비슷해서 공포의 외양을 띠고 위협을 판 타지로 바꿔버림(마사 로슬러)
③ 발터 벤야민은 "포토저널리즘이 실제로 이 세계의 조건을 둘러싼 진 실을 드러내는 데 기여한 바는 전혀 없으며, 반대로 사진은 부르주 아지의 손에 들어가 진실에 맞서는 끔찍한 무기가 됐다"라고 했음 (1931년)
④ 사진이 정치적 선전 수단으로 쓰이거나 인간성 파괴 범죄를 가리고 호도하는 수단으로 악용되는 사례가 흔함. 나치의 괴벨스가 주도한 이미지 조작이 대표적임
⑤ 현대 자본주의 사회에서 사진과 이미지는 손쉽게 만들어지고 소비 되며 인간을 대상화하는 상품이 됨

수전 손택은 『사진에 대하여』(1977)에서 사진은 "거창하고, 기만적이며, 제국주의적이고, 관음적이며, 약탈적이고, 중독

되기 쉽고, 정신적 오염을 피할 수 없는, 부드러운 살해일 뿐"
이라고 비판했다. 롤랑 바르트 역시 『카메라 루시다』(1980)에
서 사진가를 죽음의 대리인으로, 사진은 "단조롭고, 진부하
고, 어리석고, 교양 없는, 재난"으로 묘사했다. 앨런 세쿨라는
"다큐멘터리 사진은 인간의 비참함을 직접적으로 재현하는 포
로노그래피"라고 조소했다.

카메라에 담은 불편하기 짝이 없는 진실, 보고 싶지 않은 것
을 외면하는 태도가 과연 옳은가, 라는 반론도 만만치 않다.

사진을 포로노그래피에 빗대는 것의 부당함은 "포로노그래
피는 섹슈얼리티를 표현함으로써가 아니라 배신함으로써 보
는 이를 매혹"하며, "남이 봐선 안 될 것을 보았을 때 가치가
감소하는 뭔가를 폭로"하는 것이다. 고통받는 사람들, 고통에
빠진 신체를 찍은 사진은 존재하지 말아야 할 것을 폭로한다.
육체적인 사랑은 지극히 사적인 영역이지만, 재난은 모두에
게 공통된 사회적 조건이다.

모든 고통의 이미지(불편한 사진)는 "이런 일이 일어나고
있다고 말하는 동시에 일어나선 안 될 일이라는 뜻을 함축하
며, 이런 일이 계속되고 있다고 말하는 동시에 이런 일은 중
단되어야 한다"라는 의미를 함축한다.

고통의 기록은 저항의 기록이며, 우리가 세상을 파괴할 때 무
슨 일이 일어나는지를 보여주는 것이다. 무엇을 보느냐(시선
의 대상)가 아니라 어떻게 보느냐(시선의 태도)가 문제라는
것이다.

텍스트 소설

『마지막 식사』 성민선
『상류엔 맹금류』 황정은
『가만한 나날』 김세희
『소풍』 전성태

04

문학에서의 도덕이란

독자는 문학 작품 속의 인물의 행위 양상을 두고 도덕의 문제를 거론할 때가 종종 있다. 그럼에도 불구하고 문학에 있어 도덕에 관한 문제는 해결되지 않는 많은 문제를 우리에게 남겨놓고 있다. 가령 『오이디푸스 왕』은 도덕적인가 비도덕적인가, 이것도 저것도 아닌 도덕과는 아무런 상관이 없는 작품인가? 만약 이 작품에 도덕성 혹은 비도덕성이 있다면 그것과 이 작품의 예술성과는 어떤 관계에 있는가?

『이방인』의 주인공은 도덕적인가 비도덕적인가? 『즐거운 사라』의 주인공은 도덕적인가 비도덕적인가? 이러한 문제에 접근하기 위해서는 문학에 있어서의 도덕에 관한 문제를 체계적으로 따져볼 필요가 있다. 문학 작품을 두고 우리가 상정할 수 있는 도덕성은 우선 크게 두 가지, 서로 다른 차원이 있다.

작중 인물의 행위 양상

가령 『오이디푸스 왕』의 경우 아버지 살해와 근친상간이 작중 인물의 행위 양상이다. 『심청전』의 경우는 아버지를 위한 딸의 일방적 희생이 작중 인물의 행위이다. 찰스 디킨스Charles Dickens(1812~1870)의 『두 도시 이야기』에서는 사랑하는 여인의 남편을 대신한 단두대행이 작중 인물의 행위이다.

작중 인물들의 이러한 행위 양상을 두고 독자들은 흔히 도덕적 평가를 내리기 일쑤다. 하나의 문학 작품을 두고 독자들이 도덕성에 대하여 말할 때는 대부분 작중 인물의 행위 양상을 두고 내리는 평가이다. 문학 작품을 두고 말할 수 있는 이러한 차원의 도덕성을 '문학적 관례로서의 도덕'이라고 명명한다.

독자를 향한 작가의 행위 양상

문학 작품은 작가와 독자 사이에서 형성되는 하나의 담화라고 할 수 있다. 작가가 글을 쓴다는 것은 독자를 향하여 하나의 행위를 하는 것이다. 따라서 하나의 문학 작품은 독자를 향한 작가의 행위 양상을 말해주는 것으로, 따라서 여기에는 어떤 도덕성의 문제가 야기될 수 있다. 이러한 차원의 도덕을 '실제적 도덕'이라고 명명한다.

문학적 관례로서의 도덕

독자들은 각자의 독서 경험을 통하여 습득한 어떤 제한적 사유를 할 수 있다. 하나의 문학 작품은 독자에게 '도덕에 관한 관례', 즉 관습화된 생각을 가지게 할 수 있다. 왜냐하면 대부분의 작가들은 그들의 작품에서 나름대로 '윤리적 한계'를 설정하기 때문이다.

『심청전』은 아버지를 위하여 절대적 희생을 자처하는 주인공의 행위를 선의 범주로 설정해놓고 있다. 그런데 이 이야기가 설정한 선의 범주는 대단히 엄격하다. 하나의 윤리적 선을 결정하기 위하여 작가는 여주인공의 어떤 불순한 행위도 용납하지 않는다. 이를테면 열다섯 살의 소녀가 가질 수 있는 이성에 대한 동경이나 생리 현상도 소설에는 전혀 나타나지 않는다. 따라서 이 이야기를 읽는 독자는 이성에 대한 동경이나 생리 현상 따위는 선의 규범에서 용납되지 않는 불경한 것으로 간주할 수도 있다. 이와 같이 우리는 문학 작품의 독서 경험을 통해 나름대로 제한적인 윤리의식을 가질 수 있는데, 이것을 '문학적 관례로서의 도덕'이라고 할 수 있다. 그런데 문학 작품이 결정하는 윤리적 한계는 작품에 따라 상대적으로 다를 수 있다. 가령 『춘향전』에서는 작가가 상대적으로 윤리적 한계를 넓게 잡아놓고 있다. 물론 『춘향전』에서 설정되어 있는 윤리도 '정절'이라고 하는 상당히 엄격한 것이기는 하지만, 이 이야기에서는 이성에 대한 동경은 말할 것도 없고 남녀 주인공 사이에 노골적인 육체 접촉까지도 도덕적 범주에서 벗어나는 것으로 간주하지 않는다.

따라서 이 작품의 독자는 『심청전』의 독자와는 달리 육체적 접촉의 추구를 비윤리적이라고 생각하지 않는다. 그렇지만 이 이야기에서도 비록 피치 못할 어떤 물리적 외압에 의해서라 할지라도 여주인공이 만약 정조를 잃었다면 그것은 용납될 수 없는 것으로 받아들여질 것이다.

오늘날의 소설가들은 윤리적 한계를 보다 넓게 잡는다. 카뮈의 『이방인』에서는 주인공이 어머니의 장례식에서 눈물을 흘리지 않는다. 그리곤 장례식 이튿날 젊은 여자와 동침하는 주인공의 행위마저도 선의 범주에서 벗어나는 것으로 간주하지 않는다.

따라서 이 작품을 처음 읽는 독자는 적이 당황하지 않을 수 없다. 왜냐하면 독자가 가지고 있는 윤리적 관례가 이 작품에서 갑자기 분리된다고 느끼기 때문이다. 이런 작품에 익숙지 못한 독자들은 이 작품에 대해 비난과 함께 비도덕적이라는 평가를 내릴 수 있다.

문화가 비교적 덜 발달된 사회일수록 문학이 제시하는 윤리적 한계는 좁게 마련이다. 또 지적 발달이 저조한 독자일수록 흔히 관례적 도덕은 협소하다. 가령 어린아이들에게 있어서는 **도덕적 흑백**(권선징악적 작품 선호)이야말로 서사물을 이해하고 감상하는 데 가장 요긴한 통로가 된다.

고대 소설에 있어 인물의 도덕성은 행위를 일으키는 **성격의 한 양상**으로 아리스토텔레스는 보고 있다. 이러한 견해는 문학사를 통하여 상당히 포괄적으로 적용된다. 가령 흥부가 부자가 되는 직접적인 원인은 제비 다리를 고쳐주는 것인데, 제비 다리를 고쳐주는 그의 행위를 있게 한 것은 그의 **도덕적 탁월성**이라고 할 수 있다. 또 콩쥐가 팥쥐와 달리 행운을 차지하게 되는 것도 그녀의 일방적인 **도덕적 우월성** 때문이다.

사실주의 이전의 많은 소설들 중에는 인물의 도덕적 기질이 행위를 일으키는 원인이 되고 그것이 사건을 결정하는 경향이 있다. 고대 소설에서의 인물의 성격이라 함은 **도덕적 우열**을 말한다고 해도 과언이 아니다. 그러나 현대에 와서는 개인의 도덕적 기질이 행위를 일으키는 원인으로서 그다지 믿을 만한 것이 못 된다는 사실을 깨닫게 되었다. 도덕적 기질보다는 오히려 다른 것에 의해 인간의 삶이 지배당하고 있다는 것을 알게 된다. 일례로『감자』에서 인물의 파국적 삶은 인물의 도덕적 기질에 그 원인이 있는 것이 아니라, 그것과는 아무 상관없는 **외부적 사회적 환경**에 기인한다. 게다가 현대에 와서는 개인의 도덕적 기질이라는 것부터 모호한 것이 되어졌을 뿐만 아니라, 윤리적 흑백논리로는 아무것도 세상을 파악할 수 없는 지경에 이르렀다. 따라서 소설도 지난 시대와 같은 좁은 윤리의 한계를 잡을 수 없게 되었다.

그런데 문학적 관례로서의 도덕은 흔히 현실적 윤리, 말하자면 실제 생활에서 인간에게 요구되는 일반적 행동 규범과 그 엄격성의 정도에 있어 항상 동일하지 않다. 가령 현실 생활에서는 아무런 제약을 받지 않는 행위가 문학 작품에서는 용납될 수 없는 경우가 있다. 그런가하면 반대로 현실 세계에서는 용납될 수 없는 행위가 문학 작품에서는 자유스런 것으로 받아들여질 수도 있다.『보봐리 부인』,『인형의 집』이 나왔을 때 당대 사회가 보인 반응을 생각해보면 알 수 있다.

문학적 관례로서의 도덕을 문학의 본질로 보기는 곤란하

다. 왜냐하면 예술은 통념적 가치를 강화하는 데 그 존재 이유
가 있는 것이 아니기 때문이다. 따라서 『오이디푸스 왕』이나
『이방인』, 그리고 『감자』 등이 비록 작중 인물의 행위 양상이
일반적 통념에 견주어 비도덕적이라 할지라도 그 행위 양상
이 작품성의 손상을 말하지 않는다. 만약 현실적인 윤리보다
도 훨씬 엄격한 윤리를 가지고 작품을 바라본다면, 그 독자는
작품을 하나의 예술로 바라볼 수 없을 뿐만 아니라 그의 도덕
은 베르그송이 말하는 소위 '닫힌 도덕'이 될 뿐이다.

실제적 도덕

하나의 문학 작품이 독자를 향한 작가의 행위 양상이라고 한
다면 작가에게는 필연적으로 몇 가지 행동 규범이 요구된다.
이것을 실제적 도덕이라고 할 수 있는데, 이것은 **문학의 예술성**
이라는 문제와 보다 직접적인 관련을 갖는다. 단순한 논리로
생각하는 사람은 작가가 그의 작품에서 무엇을 썼느냐 하는
데 따라 도덕성을 판단하려 든다. 말하자면 『오이디푸스 왕』
또는 『안나카레리나』를 쓴 작가의 행위는 비도덕적이라고 할
수 있다는 것이다. 그러나 문학 작품의 실제적 도덕을 논함에
있어서 무엇을 썼는가 하는 문제가 아니라 어떻게 썼는가 하
는 문제가 더 중요하다. 그리고 어떤 의도로 그것을 그렇게
썼는가 하는 것이 문제가 될 수 있다.

　하나의 문학 작품이 실제적으로 윤리적이라면 진실되게 써
져야 한다. 그것은 인간과 세계에 대한 어떤 진실을 말해줄

수 있어야 한다. 만약 작품 속에 어떤 가식이 나타나 있다면 그것은 궁극적으로 독자를 기만하는 것이 될 수 있을 것이고 그것이야말로 한 작품이, 그리고 한 작가가 저지를 수 있는 비도덕적인 행위이다. 이런 관점에서 본다면 『오이디푸스 왕』이나 『감자』는 인간의 한 가지 진실된 모습이나 상황을 드러내 보여주기 때문에 도덕적이라 할 수 있다. 위대한 문학 작품은 인간과 세계에 대한 어떤 진실을 말해주고 있기 때문에 더욱 그렇다.

하나의 문학 작품이 갖추어야 할 또 다른 도덕성이 있다면 그것은 독자의 자유를 존중해야 한다는 것이다. 그것이 아무리 진실하고 가치 있는 내용이라 할지라도 독자에게 어떤 식으로든 강요해서는 안 된다. 왜냐하면 독자에게 무엇인가를 강요하는 것은 독자에 대한 인격적 모욕이 될 수 있기 때문이다. 따라서 독자를 구속하려든다면 그것 또한 작가가 저지를 수 있는 비도덕적 행위가 될 수 있다.

이런 척도에서 본다면 어떤 문학 작품에 엄격한 도덕적 한계가 설정되어 있다면 그 작품은 오히려 비도덕적이라고 할수 있다. 왜냐하면 어떤 작품이 엄격한 도덕적 한계를 설정한다는 것은 독자의 의식의 자유를 줄이는 것이 될 수 있기 때문이다. 대부분의 교훈적 소설이 문학적으로 그다지 높이 평가받지 못하는 이유가 바로 여기에서 비롯된다. 문학은 도덕적으로 인간을 억압하기 위해서가 아니라 해방시키기 위해 존재해야 한다.

문학의 한계

문학은 실제적 도덕성을 회복함에 있어 항상 한계를 갖는다. 왜냐하면 글을 쓴다는 것은 어떤 점에서 보면 인간과 세계에 대한 왜곡일 수 있고, 그것은 또한 독자를 구속하는 것이 될 수 있기 때문이다. 문학의 이러한 한계야말로 작가들에게 있어서 영원한 숙제이기도 하다.

텍스트 소설

『내가 살았던 집』 은희경
『뱀장어 스튜』 권지예
『비상구』 김영하
『버니』 이기호
『칵테일 슈가』 고은주
『달의 이빨』 유은희
『헤라클레스를 훔치다』 손현주
『젤리피시』 조수경

소설은 살아남을 것인가

오늘날 '문학은 죽었다, 문학은 대중문학에 투항했다'라는 말을 자주 듣는다. 양치기 소년의 되풀이되는 거짓말과 흡사한 이런 말들이야말로 거꾸로 문학의 생존 근거이자 양식이다. 년 전에 『뉴욕타임스』가 문학 특집에서 '소설은 살아남을 것인가' 라는 글을 게재하였는데, 여기에 그 글의 일부를 발췌하여 답으로 갈음한다.

"바흐친은 '소설은 변화에 대처하고 변화에 적응하는 놀라운 유연성을 지니고 있다'고 강조한 바 있다. 소설이 사라진다면 그것은 인간의 내면 생활을 담을 수 있는 최후의 믿을 만한 그릇이 사라지는 것을 의미한다. … 우리의 골수 속에 들어 있는 비밀스런 목소리들은 정보의 배포를 용이하게 해주는 첨단 기술 장치들에 쉽게 잡히지 않는다. 조용한 방 안에 혼자 앉아 있을 때 머리 속에서 들려오는 울림, 여러 가지 목소리들, 연약함과 희망과 초연함과 공포가 담겨 있는 그 내면의 울림을 대중을 위해 만들어진 기계의 시대에 어디에서 찾을 수 있겠는가. 그것은 오로지 소설이라는 예술, 소설의 무한한 유연성과 사물에 생명을 불어넣는 은유 속에서만 찾을 수 있다."

참고문헌

국내

『한국 문학사』 김윤식 · 김현 공저

『한국 문학의 위상』 김현

『한국 근대문학의 이해』 김윤식

『한국 근대문예 비평사 연구』 김윤식

『문학이란 무엇인가』 유종호

『그리움의 비평』 김태현

『포스트모더니즘과 예술』 김욱동 편

『문학에서의 도덕』 하일지

『문학의 이해』 권영민

해외

『시학』 아리스토텔레스

『소설의 수사학』 웨인 부스

『소설의 이론』 게오르그 루카치

『소설의 이해』 EM 포스터

『발터 벤야민의 문예이론』 발터 벤야민

『비평의 해부』 노드롭 프라이

『황금가지』 J.G. 프레이지

『희생양』 르네 지라르

『폭력과 성스러움』 르네 지라르

『사랑의 단상』 롤랑 바르트

『카메라 루시다』 롤랑 바르트

『영원회귀의 신화』 미르치아 엘리아드

『제식으로부터 로망스로』 제이시 웨스턴

『기원의 소설　소설의 기원』 마르트 로베르

『동화의 정신분석』 부르노 베틀하임

『영웅의 탄생』 오토 랑크

『환상문학 서설』 츠베탕 토도로프

『현대인의 소외』 프리츠 파펜하임
『소설사회학을 위하여』 뤼시엥 골드만
『말년의 양식에 관하여』 에드워드 사이드
『소설이론의 역사』 월리스 마틴
『일본 근대문학의 기원』 가라타니 고진
『미니서사의 간결성을 위한 10가지 방』 돌로레스 코흐

부록

 책에 수록된 주제별 텍스트 읽기 목록

01. 소설의 주요 명제

『전기수 이야기』 이승우   『개기일식』 박형서

02. 습작에 임하는 자세

『영혼에 생선가시가 박혀』 구효서   『천년 여왕』 김경욱

03. 체험의 소설화 – 원체험과 추체험

『문래』 조해진   『상속』 김성중

04. 낯설게 하기

『저녁의 게임』 오정희   『우리 생애의 꽃』 공선옥
『공중 관람차 타는 여자』 김경욱   『갑을고시원 체류기』 박민규
『토끼의 묘』 편혜영   『일곱 명의 동명이인들과 각자의 순간들』 한유주
『한밤의 손님들』 최정나

05. 감정 몰입과 감정의 거리 두기

『트렁크』 정이현   『발칸의 장미를 네게 주었네』 정미경   『두 개의 시선』 김경원

06. 창작 동기로서의 착상(모티프)과 작의로의 발전

『해변의 길손』 한승원   『회색 눈사람』 최윤   『원미동 시인』 양귀자

07. 주제의 설정

『노란 연등 드높이 내걸고』 김연수   『제망매』 고종석   『바다와 나비』 김인숙
『밤이여, 나뉘어라』 정미경   『사랑을 믿다』 권여선   『크리스카스 캐럴』 이장욱
『빛의 호위』 조해진   『산책자의 행복』 조해진

08. 인물

『익명의 섬』 이문열   『인간에 대한 예의』 공지영   『숨은 그림 찾기 ①』 이윤기
『삼촌의 좌절과 영광』 원재길   『복날은 간다』 박은경

09. 배경

『마지막 테우리』 현기영　『마음의 감옥』 김원일　『내 마음의 옥탑방』 박상우
『1978년 겨울, 슬픈 직녀』 이순원　『마음의 가위질』 박명희
『갑을 고시원 체류기』 박민규　『풍경』 정지아　『그 남자의 방』 김이정
『하루』 박성원

10. 갈등과 사건

『우린 모두 천사』 조경란　『천지 가는 배』 최시한　『실종 사례』 이승우
『고두』 임현　『노찬성과 에반』 김애란

11. 구성(플롯)

『멀고 먼 해후』 김영현　『물 위에서』 김인숙　『세상의 다리 밑』 최인석
『다시 한 달을 가서 설산을 넘으면』 김연수　『나는 오래 살 것이다』 이승우
『사랑을 믿다』 권여선　『에바와 아그네스』 김성중　『플라톤의 동굴』 정찬
『구리 연』 한수영　『빛의 호위』 조해진

12. 시점

일인칭 주인공 시점
『그는 언제 오는가』 신경숙　『강변마을』 전경린　『새의 시선』 정찬

작가 관찰자 시점
『빈처』 현진건　『사랑방 손님과 어머니』 주요섭　『세상의 다리 밑』 최인석
『별꽃 아제비를 위한 노래』 김선희

작가 관찰자 시점(삼인칭 관찰자 시점)
『모자』 김원일　『잠든 도시와 산하』 이동하　『배드민턴 치는 여자』 신경숙
『강을 건너는 사람들』 전성태　『등불』 정찬

전지적 작가 시점(삼인칭 전지적 시점)
『열린 사회와 그 적들』 김소진　『루시의 연인』 백가흠　『희만』 고진권
『명두』 구효서(굴참나무)　『늑대』 전성태(초점화자 이동)
『하다 만 말』 윤성희(유령)　『어쩌면』 윤성희(죽은 자)
『웃는 동안』 윤성희(죽은 자)　『눈사람』 윤성희(죽은 노인)

13. 이미지 · 비유 · 상징(장치)

『잔인한 도시』 이청준　『누가 베르톨트 브레히트를 죽였는가』 송혜근

『아내의 상자』은희경 『뱀장어 스튜』권지예 『나비』한수영
『존재의 숲』전성태

14. 문장과 문체

『혜자의 눈꽃』천승세 『잠든 도시와 산하』이동하 『풍금이 있던 자리』신경숙
『은어낚시 통신』윤대녕 『사랑을 믿다』권여선 『풍경』정지아

15. 소설의 양적 분류-단편, 중편, 장편, 엽편 소설

단편 소설

『관계』유재용 『그는 화가 났던가?』이동하 『프랭크와 나』천명관
『명랑』천운영

중편 소설

『심해에서』최인석 『나무남자의 아내』구효서
『다시 한 달을 가서 설산을 넘으면』김연수
『그들의 첫 번째와 두 번째 고양이』윤이형

16. 비극과 희극

비극

『흉몽』김이설 『헤라클레스를 훔치다』손현주 『나선의 방향』안보윤
『벨러스트』문은강 『건너편』김애란

희극

『쾌활냇가의 명랑한 곗날』성석제 『내 고운 벗님』성석제
『태풍이 오는 계절』전성태 『이미테이션』전성태 『맥도날드 사수 대작전』김경욱

17. 미메시스

『금시조』이문열 『자전거 도둑』김소진 『미』심상대 『크리스마스 캐럴』이장욱

18. 리얼리즘과 주술적 리얼리즘

리얼리즘

『내일을 여는 집』방현석 『겨울 미포만』방현석 『존재의 형식』방현석
『주유남해』한창훈 『돛 낚는 어부』한창훈 『아버지와 아들』한창훈
『탁란』백정희 『내 아들의 연인』정미경 『하루의 축』김애란
『꿈을 꾸었다고 말했다』손홍규

주술적 리얼리즘

『내 사랑 나의 귀신』 최인석 『염소 할매』 최인석 『명두』 구효서

『백 일 동안』 최은미 『아무도 없는 곳에』 김경숙 『눈으로 만든 사람』 최은미

19. 세태 소설

『거저나 마찬가지』 박완서 『마흔 아홉 살』 박완서 『빈집』 김이설

『입동』 김애란 『마켓』 기준영

20. 아날로지

『우리들의 일그러진 영웅』 이문열 『전설』 신경숙 『박쥐우산』 박은경

21. 아이러니

『운수좋은 날』 현진건 『부메랑』 윤성희 『코리언 솔저』 전성태

『성탄특선』 김애란 『해피 데이』 김정란 『단지 살인마』 최제훈

『너를 닮은 사람』 정소현

22. 패러디

『자전거 도둑』 김소진 『말을 찾아서』 이순원 『고도를 기다리며』 김영현

『야행』 편혜영

23. 알레고리

『잔인한 도시』 이청준 『맹점』 최수철 『숨은 사랑』 정종명

『해는 어떻게 뜨는 가』 이승우 『거인의 잠』 고원정

『쾌활 냇가의 명랑한 곗날』 성석제 『책을 먹는 남자』 윤형진 『쿠문』 김성중

『누구나 손쉽게 만들어 먹을 수 있는 가정식 야채볶음』 이기호 『수인』 이기호

『조공 원정대』 배상민 『큰 늑대 파랑』 윤이형 『오월을 체포합니다』 이선영

『개기일식』 박형서 『악어』 권행백 『부루마블에 평양이 있다면』 윤고은

24. 피카레스크 소설

『조동관 약전』 성석제 『내 인생의 마지막 4.5초』 성석제

『경찰서여, 안녕』 김종광 『오빠가 돌아왔다』 김영하 『실내화 한 컬레』 권여선

25. 로망스와 탐색담

로망스

『약속의 숲』 최인석 『나비를 위한 알리바이』 김경욱

탐색담

『역마』김동리 『어두운 기억의 저편』이균형 『하나코는 없다』최윤
『플라나리아』전상국 『아내의 행방불명에 관하여』정윤우
『타블로 비방 혹은 비너스 내부—작품번호 1』박정규
『다시 한 달을 가서 설산을 넘으면』김연수 『달로 간 코미디언』김연수
『밤의 마침』편혜영 『델러웨이의 창』박성원 『여자의 계단』이준희
『골든 에이지』김희선 『선릉 산책』정용준 『골든 에이지』김희선
『호수—다른 사람』강화길

26. 판타지

『내 얼굴에 어린 꽃』복거일 『아이반』윤이형 『유리 눈물을 흘리는 소녀』김숨
『국경시장』김성중 『내 여자의 열매』한강 『작별』한강

27. 고딕 소설

『그렇게 정원 딸린 저택』백민석 『머리에 꽃을』김성중 『자정의 픽션』박형서
『미노타우로스』김주욱 『라라네』최은미

28. 실존주의로서의 부조리 문학

『내 마음의 옥탑 방』박상우 『아무도 돌아오지 않는 밤』김숨
『움직이는 도서관』박무진

29. 미니멀리즘

『곰팡이 꽃』하성란 『아주 보통의 연애』백영옥

30. 페티시즘

『바위』김동리 『작은 인간』조성기 『몽고반점』한강

31. 의식의 흐름

『날개』이상 『소설가 구보씨의 일일』박태원 『소설가 구보씨의 일일』최인훈
『소설가 구보씨의 하루』주인석 『겨울의 환』김채원 『사랑의 예감』김지원
『풀』하성란 『빈집』백정승 『울어본다』장은진

32. 포스트모더니즘과 패스티시(혼성모방)

『아주 사소한, 류씨 이야기』유성식 『뱀장어 수튜』권지예 『위험한 독서』김경욱
『버니』이기호 『쿼르발 남작의 성』최제훈 『그들에게 린디함을』손보미

『아르판』 박형서 『펑크록 스타일 빨대 디자인에 관한 연구』 송지현
『폴이라 불리는 명준』 명학수

33. 하이퍼텍스트 픽션
『표정 관리 주식회사』 이만교

34. 기억의 재구성 – 기억의 아카이브
『자전소설』 하성란 『삼풍백화점』 정이현 『아버지의 부엌』 김경욱
『카레 온 더 보더』 하성란 『부메랑』 윤성희 『밤의 마침』 편혜영
『사물과의 작별』 조해진

35. 후일담 소설
『회색 눈사람』 최윤 『그대에게 보내는 편지』 홍희담 『세상 끝의 골목들』 이남희
『인간에 대한 예의』 공지영 『꿈』 공지영 『샤갈의 마을에 내리는 눈』 박상우
『숨은 샘』 김인숙 『다시 한 달을 가서 설산을 넘으면』 김연수 『망월』 심상대
『유리 가가린의 푸른 별』 은희경 『추풍령』 이현수

36. 시각 편차 – 사실의 모호성
『수선화를 꺾다』 하창수 『울프강의 세월』 김소진 『심인광고』 이승우
『산장카페 설국 1㎞』 권지혜 『사진관 살인사건』 김영하
『페르시아 양탄자 흥망사』 김희선 『몬순』 편혜영
『기린이 아닌 모든 것에 대한 이야기』 이장욱 『밤의 마침』 편혜영
『남편』 최진영 『나를 혐오하게 될 박창수에게』 이기호 『오래전 김숙희는』 이기호
『참』 이현석 『손』 강화길

37. 데자뷰
『아비의 잠』 이순원 『99%』 김경욱

38. 익명성과 소외
『물위에서』 김인숙 『하나코는 없다』 최윤 『곰팡이 꽃』 하성란
『서울, 밀레니엄버그』 차현숙 『라벤더 향기』 서하진 『거절 컨설팅』 은승완
『파이프』 이경 『토끼의 묘』 편혜영 『목 놓아 우네』 정미경
『거리의 마술사』 김종옥 『모호함에 대하여』 김채린 『일인용 식탁』 윤고은
『해마, 날다』 윤고은 『한 아이에게 온 마을이』 구병모 『일 년』 최은영

39. 하이퍼 리얼리티

『스미스』김지숙 『결투』윤이형 『존재의 증명』정지아 『개기일식』박형서

40. 폭력의 유형과 일상적 세계의 폭력

폭력의 유형

『소문의 벽』이청준 『곡두 운동회』임철우 『그들의 새벽』임철우
『역사』김승옥 『야행』김승옥 『염소는 힘이 세다』김승옥 『뿔』조해일
『장사의 꿈』황석영 『필론의 돼지』이문열 『우리들의 일그러진 영웅』이문열
『세상의 다리 밑』최인석 『변태시대』한동훈 『오란씨』배지영
『심야의 소리.mp3』표명희 『코드 번호 1021』한지수

일상적 세계의 폭력

『이인실』성석제 『나리빛 사진의 추억』정미경 『우유』전윤희
『사육장 쪽으로』편혜영 『루디』박민규 『신에게는 손자가 없다』김경욱
『수림』백민석 『그 밤의 경숙』김숨 『세실리아』김금희
『현수동 빵집 삼국지』장강명

41. 강박 관념에 의한 환각

『순이 삼촌』현기영 『마지막 테우리』현기영 『어제 울린 총소리』유재용
『새 사냥』조중의 『직선과 독가스』임철우 『슬픔의 노래』정찬
『퇴역 레슬러』전성태 『소인국』이혜인 『피 묻은 알사탕』이영임

42. 희생양 – 희생 제의라는 상징적 살해

『우상의 눈물』전상국 『사제와 제물』현길언 『거짓말』김우남
『1교시 언어 이해』이은희

43. 삼각형의 욕망, 간접화에 의한 모방 욕망

『슈퍼마켓에서 길을 잃다』이남희 『호텔유로 1203』정미경 『마술사』이문환
『청색 모래』강영숙 『파이프』이경

44. 원형 상징으로서의 우주수

『느티나무 타기』문순태 『나무남자의 아내』구효서 『명두』구효서
『고욤나무』정지아 『생의 이면』이승우 『검은 나무』이승우
『당신의 나무』김영하 『뿌리 이야기』김숨

45. 수집벽(마니아 신드롬)

『악기들의 도서관』 김중혁   『무용지물 박물관』 김중혁
『회랑을 배회하는 양떼와 그 포식자들』 임성순
『내 마지막 공랭식 포르쉐』 방현희

46. 변신과 빙의

변신 모티프의 세 갈래
『꺼삐딴리』 전광용   『곰 이야기』 양귀자   『내 여자의 열매』 한강
『여자의 계단』 이준희   『모자』 황정은   『오뚝이와 지빠귀』 황정은   『작별』 한강

빙의(憑依)
『가면의 영혼』 정찬   『플라톤의 동굴』 정찬

47. 기아 의식과 오이디푸스 콤플렉스

『우리는 누구이며 어디서 와서 어디로 가는가』 공지영
『나비, 봄을 만나다』 차현숙   『여수의 사랑』 한강   『누이의 방』 원재길
『소년, 소녀를 만나다』 김도언   『새들이 서 있다』 박혜상

48. 누이 콤플렉스

『호박꽃 초롱속의 여름』 송하춘   『제망매』 고종석
『1976년 겨울, 슬픈 직녀』 이순원   『이모』 권여선

49. 아비 부재와 장자 의식

『미망』 김원일   『소지』 이창동   『아름다운 얼굴』 송기원   『금색 크레용』 김병언
『투명인간』 손홍규   『달려라 아비』 김애란   『클리타임네스트라』 이지안
『초록이 지쳐 단풍 드는데』 최인석

50. 폭력적이고 추레한 아비 극복하기

『썩지 아니할 씨』 전상국   『악부전』 안정효   『자전거 도둑』 김소진
『그렇습니까, 기린입니다』 박민규   『칼』 이승우   『당신의 피』 정용준

51. 가족사(개인사) 소설

『해변의 길손』 한승원   『유자소전』 이문구   『손목시계에 관한 명상』 박양호
『개다리 영감의 죽음』 김영현   『세상 끝의 골목들』 이남희   『달의 물』 신경숙
『한 여자 이야기』 김인숙   『마음, 안나푸르나』 김승희

「착한 사람 문성현」 윤영수 「나는 봉천동에 산다」 조경란
「소금 가마니」 구효서 「명두」 구효서 「흔적」 구효서 「국수」 김숨
「세상의 모든 저녁」 임철우 「앵두의 시간」 김탁환 「쇼코의 미소」 최은영

52. 성장기 소설

현재진행형

「경찰서여 안녕」 김종광 「우리들의 작문교실」 조민희
「무지개 빛 비누거품」 김설아 「새들이 서 있다」 박혜상 「무릎」 윤성희
「영영, 여름」 정이현 「소년 이로」 편혜영 「낚시하는 소녀」 전성태
「선긋기」 이은희

회고형

「아름다운 얼굴」 송기원 「생의 이면」 이승우 「보리밭에 부는 바람」 공선옥
「강변 마을」 전경린 「그 순간 너와 나는」 조현 「춤추는 코끼리」 김경순
「고요한 사건」 백수린

53. 여로형 소설

직선적 여로형

「삼포 가는 길」 황석영 「나그네는 길에서도 쉬지 않는다」 이제하
「천마총 가는 길」 양귀자 「문경새재」 최윤 「나를 사랑한 폐인」 최인석
「파로호」 오정희 「슬픔의 노래」 정찬 「검은 숲」 함정임 「신천옹」 조용호
「밤이여, 나뉘어라」 정미경 「어디로 갈까요」 김서령
「누구도 가본 적 없는」 황정은 「사라지는 것들」 정용준

회귀적 여로형

「무진 기행」 김승옥 「별들의 냄새」 윤후명 「신라의 푸른 길」 윤대녕
「천지간」 윤대녕 「말무리반도」 박상우 「존재의 숲」 전성태 「숨은 꽃」 양귀자
「절반 이상의 하루오」 이장욱 「하나코는 없다」 최윤 「빛의 호위」 조해진
「어디로 가고 싶으신가요」 김애란 「아무일도 없었던 것처럼」 표명희

54. 노마디즘

「늪」 양귀자 「신천옹」 조용호 「타인의 고독」 정이현
「만명의 삶을 산 사람」 남한 「절반이상의 하루오」 이장욱

55. 제의적 장치로서의 귀향 소설

「엄마의 말뚝」 박완서 「징소리」 문순태 「월행」 송기원 「만취당기」 김문수

『장동리 싸리나무』이문구　『저녁밥 짓는 마을』김한수　『젖은 옷을 말리다』이동하
『늪』양귀자　『여수의 사랑 』한강　『숭어』이청해　『고갯마루』이혜경
『비밀들』김이설　『귀향의 끝』성은영

56. 사랑의 형상화
첫사랑
『첫사랑』성석제　『첫사랑』김연수　『첫사랑』전경린　『그 사람의 첫사랑』배수아
사랑
『모텔 알프스』김인숙　『마음의 가위질』박명희　『특별하고도 위대한 연인』은희경
『등뼈』천운영　『빗소리』이청해　『사랑을 믿다』권여선　『북대』김도연
『사월의 미, 칠월의 솔』김연수　『모호함에 대하여』김채린　『국수』김숨

불륜적 사랑
『풍금이 있던 자리』신경숙　『은비령』이순원　『불온한 날씨』최순희
『제부도』서하진　『부인 내실의 철학』전경린　『일식』이혜경
『시그널레드』정미경

성소수자의 사랑
『퓨어 러브』최형아　『루시의 연인』백가흠　『그 여름』최은영　『루카』윤이형
『다섯 개의 프렐류드, 그리고 푸가』천희란　『컬리지 포크』김봉곤
『알려지지 않은 예술가의 눈물과 자이툰 파스타』박상영　『포토그래퍼』김지원
『내게 무해한 사랑』최은영　『우리가 통과한 밤』기준영

57. 페미니즘
『꿈꾸는 인큐베이터』박완서　『슈퍼마켓에서 길을 잃다』이남희
『세상 끝의 골목들』이남희　『꿈길에서 꿈길로』서영은
『담배 피우는 여자』김현경　『우리 생애의 꽃』공선옥　『나비, 봄을 만나다』차현숙
『그늘 바람 꽃』이혜경　『여름휴가』전경린　『이혼』김숨　『파종하는 밤』조해진
『부고』김이설　『601, 602』최은영　『피클』윤이형　『당신의 나라에서』박민정
『A코에게 보낸 유서』박민정

58. 분단 모순
『수난 이대』하근찬　『파편』이동권　『고가』정한숙　『회색의 땅』조정래
『오발탄』이범선　『어둠의 혼』김원일　『장마』윤흥길　『문신의 땅』문순태
『아베의 가족』전상국　『학』황순원　『불꽃』선우휘　『세상의 다리 밑』최인석

「속삭임, 속삭임」 최윤　「뿌넝쉬」 김연수　「판문점」 이호철　「꺼삐딴 리」 전광용
「한씨 년대기」 황석영　「쥐잡기」 김소진　「은둔하는 북의 사람」 배수아
「광장」 최인훈　「지평선에 지다」 정운균　「안개 너머 청진항」 유시춘
「완전한 만남」 김하기　「소지」 이창동　「아버지의 땅」 임철우
「나그네는 길에서도 쉬지 않는다」 이제하　「엄마의 말뚝」 박완서
「어두운 기억의 저편」 이균영　「아테네 가는 배」 정소성
「운명에 대하여」 이창동　「오마니별」 김원일　「손풍금」 김원일　「국경선」 채문수
「무기의 그늘」 황석영　「머나먼 쏭바강」 박영한　「맞불」 김현서
「자미원에는 어떻게 가는가」 김남일　「존재의 형식」 방현석　「DMZ」 박상연
「아우와의 만남」 이문열　「길, 아름다운 동행」 홍은경
「강을 건너는 사람들」 전성태　「나의 플라모델」 김휘
「오래 전에 눈물은 말라버렸다」 김이수　「베르린 필」 김채원　「개마고원」 윤명제
「성묘」 전성태

59. 경제 행위

「보물선」 김영하　「데이트레이더」 김창호　「긴 하루」 조순례　「대리인」 노현수

60. 노동, 취업난과 열정 페이

「객지」 황석영　「난장이가 쏘아올린 작은 공」 조세희　「또 하나의 선택」 방현석
「내일을 여는 집」 방현석　「겨울 미포만」 방현석　「바통」 김하율
「월리를 찾아라」 윤고운　「손톱」 권여선　「폐허를 보다」 이인휘
「시인, 강이산」 이인휘　「일년」 최은영

61. 농어촌의 위상

「고향 사람들」 송기숙　「흰둥이」 박종관　「늦가을」 김영진
「목련꽃 그늘 아래서」 한창훈　「코리언 스탠더즈」 박민규　「자두」 홍양순
「시인 그리고 깡패」 황규형　「태풍이 오는 계절」 전성태　「둠벙」 성은영
「잔설」 이시백

62. 환경오염과 파괴, 그리고 지구 온난화

「불타는 폐선」 한정희　「가라앉는 마을」 백정희
「향기로운 우물 이야기」 박범신　「어두운 밤을 향해 흔들흔들」 박솔뫼
「겨울의 눈빛」 박솔뫼　「그것」 배지영

63. 교육 및 청소년 문제

교육

『광기의 역사』 공지영　『허생전을 읽는 시간』 최시한

『반성문을 쓰는 시간』 최시한

교육 현실에서 밀려난 청소년

『추운 봄날』 김향숙　『비상구』 김영하　『요요』 유응오　『버니』 이기호

『비치 보이스』 박민규　『스키다시 내 인생』 임정현　『하룻밤』 최진영

『사십사 계단』 이정연

64. 노인의 위상

『오동의 숨은 소리여』 박완서　『그리움을 위하여』 박완서　『돌의 호상』 최인호

『잔 일』 윤영수　『청량리역』 송하춘　『봄날 오후, 과부 셋』 정지아

『누런 강, 배 한 척』 박민규　『낮잠』 박민규　『기도에 가까운』 조경란

『간과 쓸개』 김숨　『야행』 편혜영　『비행』 한루시아　『유품』 유희란

65. 제3국인 노동자의 위상

『바리케이드』 서지한　『명랑한 밤길』 공선옥　『물 한 모금』 이혜경

『우리들의 한글 나라』 이은조　『먼지별』 이경　『삵』 김수정　『알라의 궁전』 송지은

66. 다문화 가정과 사회

『코끼리』 김재영　『나의 이복형제들』 이명랑　『파프리카』 서성란

『열대에서 온 무지개』 한지수　『그곳의 밤, 여기의 노래』 김애란

『가리는 손』 김애란　『찰스』 이승우

67. 해외 입양아의 삶

『누가 베르톨트 브레히트를 죽였는가』 송혜근　『빙괴』 민선기

『그대 흐르는 강물은 두 번 다시 못 보리』 송혜근　『에스코트』 최형아

『올드맨 리버』 이장욱

68. 디아스포라

『누가 베르톨트 브레히트를 죽였는가』 송혜근　『떠 있는 섬』 신상태　『회귀』 안정효

『물이 물속으로 흐르듯』 김지원　『동물달력』 유향목　『나비들의 시간』 우경미

『치즈버거』 김형수　『에바와 아그네스』 김성중　『붉은 나무젓가락』 서진연

『데스밸리』 김옥경　『달려라 자전거』 조미진　『우따』 강석희

69. 현안으로서의 난민 수용

「해변의 묘지」 김희선 「길을 잃다」 이태영 「론리 플래닛」 권행백

70. 종교와 교리

「고산지대」 이승우 「못」 이승우 「믿음의 충동」 김원일
「세상의 다리 밑」 최인석 「봄눈」 박양호

71. 샤머니즘

「무녀도」 김동리 「장마」 윤흥길 「나그네는 길에서도 쉬지 않는다」 이제하
「우리 시대의 무당」 조성기 「발아래 산」 하창수

72. 역사 소설

「삭매와 자미」 김별아 「시인의 별」 이인화 「강산무진」 권보경
「지팡이 끝에 놓인 산」 김상렬
「남원 고사에 관한 세 개의 이야기와 한 개의 주석」 김연수 「공의 기원」 김희선

73. 신화, 전설, 설화, 괴담

「김령사굴 본풀이」 현길언 「미궁에 대한 추측」 이승우

74. 유토피아와 헤테로토피아

「내 영혼의 우물」 최인석 「새, 떨어지다」 최인석 「나는 오래 살 것이다」 이승우
「아내들의 학교」 박민정 「풍경소리」 구효서

75. 예술가(장인)의 삶

「유자 약전」 이제하 「금당벽화」 정한숙 「금시조」 이문열 「시간의 문」 이청준
「날개의 집」 이청준 「죽어가는 시인」 김원우
「그리고 아무말도 하지 않았다」 김영현 「베니스에서 죽다」 정찬
「슬픔의 노래」 정찬 「숨겨진 존재」 정찬 「아기부처」 한강
「노랑무늬 영원」 한강 「몽고반점」 한강 「미루의 초상화」 최제훈
「파종하는 밤」 조해진 「인구가 나다」 김연수 「그 밤과 마음」 김연수
「낮빛 검스룩한 조선 시인」 김연수

76. 소멸―결별의 결정적 양식으로서의 죽음

「별사」 오정희 「타인의 얼굴」 한수산 「우물을 들여다보다」 신경숙
「감자꽃 필 때」 박범신 「화장」 김훈 「시취」 배수아 「야상록」 전경린

『그 여름의 수사』하성란 　『아침의 문』박민규 　『누런 강 배 한 척』박민규
『낮잠』박민규 　『간과 쓸개』김숨 　『우리가 순금 씨를 기억하는 방법』안광근
『천국의 문』김경욱 　『봄날의 산책』이정연

77. 소설가란

『회칼』김만옥 　『지상의 방 한 칸』박영한 　『수선화를 꺾다』하창수
『깡통따개가 없는 마을』구효서 　『그림자를 판 사나이』김영하
『한정희와 나』이기호

78. 물화된 세계에서의 소설의 위상은

『날으는 달』하창수 　『책과 함께 자다』이승우 　『너의 의미』김영하
『옥수수와 나』김영하

79. 풍크툼이란

『마지막 식사』성민선 　『상류엔 맹금류』황정은 　『가만한 나날』김세희
『소풍』전성태

80. 문학에서의 도덕이란

『내가 살았던 집』은희경 　『뱀장어 스튜』권지예 　『비상구』김영하
『버니』이기호 　『칵테일 슈가』고은주 　『달의 이빨』유은희
『헤라클레스를 훔치다』손현주 　『젤리피시』조수경

소설을 꿈꾸다

소설 작법과 텍스트 읽기

발행일	2019년 9월 6일 초판 1쇄
편저자	조동선
펴낸이	오성준
본문디자인	Moon & Park
마케팅	김현철
펴낸곳	아마존의나비
등록번호	제2018-000191호(2014년 11월 19일)
주소	서울시 마포구 양화로 56 동양한강트레벨 1022호(서교동)
전화	02-3144-8755, 8756
팩스	02-3144-8757
웹사이트	www.chaosbook.co.kr
이메일	info@chaosbook.co.kr
ISBN	979-11-90263-02-3 03800

아마존의나비는 카오스북의 임프린트입니다.